Helen Carter

Geliebter Gebieter

Eine Sklavin im Zeichen Roms

Erotischer Roman

Blue Panther Books

BLUE PANTHER BOOKS TASCHENBUCH
BAND 2271
1. AUFLAGE: AUGUST 2018

VOLLSTÄNDIGE TASCHENBUCHAUSGABE
ORIGINALAUSGABE

LEKTORAT:
MARIE GERLICH

COVER:
KRIEGER: DIANAHIRSCH @ ISTOCK.COM
DEPOSITPHOTOS.COM: PORTOKALIS, GENIKA, DIGITALSTORM,
HZPARISIEN@GMAIL.COM

UMSCHLAGGESTALTUNG: ELICADESIGN/AUTORENDIENST.NET
GESETZT IN DER TRAJAN PRO UND ADOBE GARAMOND PRO

PRINTED IN GERMANY
ISBN 978-3-86277-345-9
WWW.BLUE-PANTHER-BOOKS.DE

I.

»Steh gerade!«

Der Wächter hatte die Tür geöffnet und mit leisen Schritten war jemand eingetreten. Auch wenn Walda neugierig war, wagte sie nicht, in die Richtung zu schauen. Stattdessen drückte sie ihren Rücken durch, wodurch ihre üppigen Brüste noch weiter nach vorn ragten.

Sie war nackt und sie schämte sich deswegen, auch wenn sich nur Frauen in dem großen, üppig verzierten Raum aufhielten.

Ein Mädchen mit schwarzem Haar und zierlicher Figur, die in ein praktisch durchsichtiges rotes Tuch gehüllt war, trat an sie heran. Sie hielt der älteren Frau, die Walda zurechtmachte, einen kurzen Spatel und ein Gefäß mit einer schmalen Öffnung entgegen. Die Frau tauchte den Spatel vorsichtig hinein und zog ihn sogleich wieder heraus. Hauchfeine Goldstücke hingen nun daran.

»Jetzt das Eis«, forderte die Frau eine andere Sklavin auf. Walda fragte sich, wo man bei diesen Temperaturen Eis herbekommen konnte. Sie schrak zusammen, als die Frau mit zwei Brocken Eis ihre Brustwarzen zu reiben begann. Die Kälte schien zahllose kleine Blitze durch ihre Brüste zu schießen, die nicht ruhten, ehe sie ihren Oberkörper vollständig durchdrungen hatten.

Tatsächlich aber erkannte Walda erst jetzt, was der Sinn dieser Übung gewesen war: Ihre Nippel hatten sich zusammengezogen und standen wie hellrosa Pfropfen hoch empor. Eine feine Gänsehaut überzog derweil ihre Brüste und die Vorhöfe ihrer Nippel hatten sich zu kleinen, runzeligen Schatten zusammengezogen.

Die ältere Frau betupfte mit dem Spatel Nippel und Vorhöfe, die augenblicklich golden zu strahlen begannen. Sie trat einen Schritt zurück und betrachtete ihr Werk.

»Nicht übel für eine Germanin.«

»Ich glaube nicht, dass sie den Gästen gefallen wird«, sagte eine der Dienerinnen, die an einer Venusstatue lehnte. Sie trug ein schlichtes, cremefarbenes Gewand, wobei die obere Partie so gegürtet war, dass eine Brust nackt blieb. Sie hatte eine exquisite Figur, was auch die üppigen Stoffbahnen nicht verdecken konnten, und Walda zuckte durch den Kopf, dass diese Frau mehr Attraktivität im kleinen Finger hatte als sie im ganzen Körper. Zudem bewegte sie sich mit einer solchen Eleganz und Lässigkeit, dass Walda kaum die Augen von ihr lassen konnte.

»Jetzt das Gewand!«, sagte die ältere Frau ruhig und die kleine Sklavin brachte ein Gewebe im tiefsten und dabei strahlendsten Grün, das Walda je gesehen hatte. Es erinnerte sie an eine Moossorte, die sie aus ihrer Heimat kannte. Und als die Sklavin es vorsichtig über ihren Unterarmen liegend präsentierte, wirkte es weniger wie Stoff als vielmehr eine schimmernde, durchsichtige Flüssigkeit.

»Heb die Arme an … Und du bring den Schmuck und den Gürtel …«

»Soll sie rasiert werden?«

Die Dienerin hatte begonnen, langsam um Walda herumzugehen, als sei sie keine untergeordnete Person, sondern die Herrin, die alles begutachtete.

»Wie findest du ihr Dreieck?«

Die ältere Frau legte den Kopf ein wenig schief.

»Ich finde, wir sollten sie nur rasieren, wenn der Herr es wünscht. Und bislang hat er nichts dergleichen gesagt. Außerdem, finde ich, passt dieser Rotton nicht schlecht zum Rest.«

»Ja. Du hast recht. Wir rasieren sie nicht.«

Waldas Augen weiteten sich ein Stück, als plötzlich eine Sklavin mit einer Perücke in strahlendem Rot erschien. Sie trug sie so vorsichtig, als wäre sie aus Glas.

»Na endlich. Ja. Genau so habe ich sie mir vorgestellt.«

Die Perücke, die man jetzt auf Waldas Kopf befestigte, strotzte nur so von fantasievoll drapierten Zöpfen, funkelnden Ketten und langen, kunstvoll gedrehten Locken. Die Strähnen flossen über ihren Rücken und schmiegten sich an ihre Arme.

Die Ornatrix, zuständig für Haar und Aussehen der ihr Anvertrauten, befestigte die Perücke mit geschickten Handgriffen und trat immer mal wieder einen Schritt zurück, um ihr Werk zu betrachten.

»Sitzt sie fest?«, fragte eine Dienerin und erntete einen vernichtenden Blick der Ornatrix, die sich offensichtlich in ihrer Berufsehre gekränkt sah.

Nun war wieder die Dienerin an der Reihe, um Walda anzukleiden. Währenddessen passte die Ornatrix auf, dass nichts ihr Werk beschädigte.

»Gib mit der Schulter acht …«, knurrte sie ungehalten, als das Mädchen ein Ende des Stoffes zwischen Haar und Schulter hindurchzog. Gold rieselte auf Waldas Füße, doch sie gab sich alle Mühe, sich nicht zu bewegen.

»Nimm die Spange da vorn. Sie passt zu den Ohrringen und dem Halsreif.«

Walda bewunderte den herrlichen goldenen Schmuck. Noch nie zuvor hatte sie so etwas gesehen. Es schienen Drachen oder Schlangen zu sein, die sich umeinanderwanden und versuchten, ihre langen Zähne in das Fleisch der anderen zu schlagen.

Walda erhaschte im Spiegel aus herrlich poliertem Metall einen Blick auf sich selbst. Welcher Schrecken! Der Stoff bedeckte zwar ihren Körper, war aber so durchsichtig, dass sie praktisch nackt wirkte. Selbst die üppige Rundung ihrer bedeckten Brust war deutlich zu erkennen. Ganz zu schweigen von ihrer entblößten Brust, die lediglich von Goldstaub bedeckt war. Die Stoffbahn führte diagonal über ihre Hüfte und wurde ungefähr auf Höhe ihres Beckens mit einer länglichen Spange zusammengehalten.

Walda war bekleidet und dabei doch vollkommen nackt. Sie ahnte, was man mit ihr vorhatte.

»Ihr hättet Blau nehmen sollen. Das hätte besser zu ihren Augen gepasst.«

Die Stimme kam von einem Bereich hinter Walda, doch sie wollte sich nicht umdrehen. Schritte näherten sich. Ein junger Mann trat in ihr Gesichtsfeld. Er glich keinem der Römer, die sie bis jetzt gesehen hatte. Aber für einen Sklaven sprach er zu frei. Ein Diener vielleicht?

Sein Haar war schwarz und glänzte wie poliert. Dabei fiel es ihm in weichen Wellen bis auf die Schultern – anders als bei den römischen Männern, deren Haare kurz geschnitten und Gesichter glatt rasiert waren. Er aber trug einen kleinen Bart, der lediglich die Partie um Mund und Kinn bedeckte. Seine Nase war zwar lang, doch sie passte zu seinem länglichen Gesicht, das seinen Höhepunkt im intensiven Blick jener braunen Augen hatte, die unter den dichten, am Ende leicht gehobenen Brauen lagen. Sein Teint ähnelte beinahe jener Frucht, die die Römer Ol*iva n*annten und zu jeder Tageszeit und in scheinbar jeder Form aßen.

Eine Sklavin begann damit, Waldas Haar zu kämmen und strähnenweise aufzustecken.

»Sie hat einen prachtvollen Hintern«, sagte der junge Mann, während er um Walda herumging. »Sie wird dem Dominus und seinen Gästen gefallen.« Dabei nickte er, als müsste er sich selbst zustimmen.

Er stand neben dem Spiegel und betrachtete die junge Frau so eingehend, dass sie errötete. Seine Schultern waren breit und sein Oberkörper vergleichsweise lang. Wenn sie sich nur daran hätte gewöhnen können, dass man in ihrer Anwesenheit von ihr sprach, als wäre sie gar nicht da.

»Wirst du nicht an der Orgie teilnehmen, Dominus?«, fragte die alte Frau, die sich solcherlei offensichtlich herausnehmen durfte.

»Nein. Ich reite zu unserem Landhaus und sehe dort nach dem Rechten. Wenn ich zurückkomme, nehme ich mir, was die anderen übrig gelassen haben«, sagte er und grinste dabei süffisant.

Zwei Sklaven traten ein und begannen, die Öllampen anzuzünden.

»Sehr gut. Jetzt sehe ich sie noch besser.«

Walda verstand nicht, warum der junge Mann aufs Land ritt, wenn es bereits dunkel wurde und zudem Gäste erwartet wurden.

»Sind die Haare lang genug?«, fragte die alte Frau und der junge Unbekannte nickte.

Was mochte das nur für ein Mann sein, der um Rat beim Aussehen einer Frau gefragt wurde? Walda erinnerte sich plötzlich wieder daran, dass es Männer gab, deren Lust sich nur auf Männer bezog, und dass die Römer das akzeptierten. Ober er wohl ein solcher war? Seltsamerweise verspürte sie bei diesem Gedanken einen Druck zwischen den Brüsten.

Plötzlich legte er die Arme in den Nacken, drückte seinen Oberkörper durch und ächzte. Dabei spannte sich der Stoff seiner Toga um seinen Unterleib und Walda konnte nicht anders, als die feste Beule anzustarren, die sich dort zeigte.

»Vielleicht bleibe ich auch da. Mal sehen.« Es schien, als wollte er die Hauptattraktion des Abends noch ein wenig mehr reizen. »Will der Dominus Masken?«

»Ja. Die Götter sollen dargestellt werden.«

»Und welche Göttin stellt sie dar?«

Walda spürte den Atem der alten Frau in ihrem Nacken. »Sie wird wohl Proserpina darstellen.«

Der Mann nickte zufrieden. Walda wurde klar, dass er sich allein für sie so neben den Spiegel gestellt hatte. Sie sollte ihn genau anschauen können.

Du *bist eitel,* dachte sie und musste schmunzeln.

Die Diener waren offensichtlich mit der Beleuchtung zu Ende gekommen und gingen jetzt mit Duftschalen umher. Die Gerüche, die in den Raum krochen, waren erdig. Es fehlte der blumige Anteil jener Öle und Gewürze, die Frauen in ihren Häusern einsetzen ließen. Die Düfte stiegen ihr augenblicklich zu Kopf, denn als sie sich jetzt im Spiegel ansah, empfand sie eine Zuneigung zu ihrem eigenen Aussehen, wie sie es nicht für möglich gehalten hatte. Durch den herrlichen grünen Stoff schimmerte das rötliche krause Haar zwischen ihren Schenkeln, die Warze ihrer goldbelegten nackten Brust erhob sich wie ein kleiner Stöpsel aus dem vergoldeten Vorhof. Und dann diese ungemein künstlerische Frisur. Würde sie mit diesem Meer an Locken, Ketten, Steinen und Zöpfen überhaupt laufen können? Die Perücke war extrem gut befestigt, aber sie spürte sie nicht und das irritierte Walda. Der Gedanke ließ sie schneller atmen und ihre Brüste hoben und senkten sich heftig. So heftig, dass der schöne junge Mann seine Blicke abermals auf sie heftete.

Wer er nur sein mochte … Walda konnte nicht aufhören, über diese Frage nachzudenken. Alles an ihm schien sie zu faszinieren. Vor allem der Blick in seinen Augen, wenn er sie ansah. Eine lodernde Gier. Doch schon im nächsten Moment wies sie diese Vorstellung wieder von sich. Er gehörte auf jeden Fall zum Haus. Warum nahm er sie dann nicht einfach? Das durfte er doch. Er konnte Walda zu Boden werfen oder auf eine der Liegen, sich zwischen ihre Schenkel drängen und sie benutzen. In jeder nur denkbaren Art und Weise. Stattdessen ging er auf und ab und sah sie nur mit diesem merkwürdigen Blick an. War er doch nur an Männern interessiert?

»Vergesst nicht, ihre Füße zu salben«, erinnerte er und die Sklavinnen fielen im nächsten Moment auf die Knie und betupften Waldas Zehen und Fußsohlen mit sanft duftenden Ölen.

»Ihr könnt jetzt gehen«, gab der seltsame Mann von sich und alle verschwanden.

»Setz dich bitte.«

Walda ging langsam zu einem Sessel und ließ sich so vorsichtig wie nur irgend möglich nieder.

»Du siehst wundervoll aus«, sagte er und ging vor ihr in die Hocke, als betete er sie an.

»Und ich weiß nicht einmal, wer du bist …«

»Ist das so wichtig?«, fragte er mit gesenkter Stimme und einem kleinen Lächeln. Gleichzeitig näherte er sich ihren leicht geöffneten Lippen. Waldas Herz begann zu rasen. Das durfte nicht sein. Was immer dieser seltsame Fremde vorhatte, es würde sie in den Abgrund stürzen.

Ihre eigene Gier überwindend, zog sie ihren Kopf entschlossen zurück. Als hätten sie sich abgesprochen, blickten sie beide auf Waldas sich wild hebenden und senkenden Brüste.

»Was hast du? Ich begehre dich. Das ist doch nicht verboten …«

»Es ist sehr wohl verboten. Ich gehöre dem Dominus dieses Hauses. Und nachher findet eine Orgie statt.« Etwas Besseres fiel ihr nicht ein, um sich zu schützen. Was auch immer geschehen mochte – im Zweifel würde man sie dafür bestrafen.

»Und zu der musst du unangetastet sein, ja? Weißt du, was die Gäste des Dominus mit dir machen werden? Diese Männer und Frauen, für die du dich jetzt so unterwürfig aufsparst? Sie werden dich auf jede nur denkbare Art und Weise benutzen. Sie werden jedes deiner Löcher stopfen. Und das nicht nur einmal, sondern wieder und wieder. Wie es ihnen gefällt. Und der Dominus wird nichts dagegen unternehmen, denn sie sind seine Gäste und du bist nur Dreck.«

Er ließ sich auf die Knie hinab und ergriff vorsichtig ihre Hände.

»Ich aber … ich –«, hob er an.

Walda wünschte sich, dieser geheimnisvolle Fremde würde endlich gehen. Seine großen braunen Augen hatten die Macht, sie in den Abgrund zu stürzen. Ihr ganzes Leben war auf einmal verwirrend und gefährlich.

»Du solltest jetzt in deine Räume gehen, Dominus.«

Walda sah, dass er widersprechen wollte, ihm aber auch klar war, dass er damit kindisch und trotzig gewirkt hätte.

»Ich nehme deine Hände … auch wenn ich sie nicht küsse.« Seine Blicke bohrten sich förmlich in Waldas Augen und sie spürte, dass ihre Spalte tropfte wie ein nasses Kissen. Dass sich eine Lust auf seinen Körper in ihr ausbreitete, die kaum noch zu bändigen war.

Als er gegangen war und die anderen den Raum wieder betreten hatten, fragte Walda die Frau: »Wieso darf ich ihn nicht haben, aber in kurzer Zeit alle Gäste des Dominus?«

Die Antwort war eine schallende Ohrfeige, die allerdings so geschickt platziert war, dass nichts von dem bereits vollendeten Kunstwerk zu Schaden kam. Dennoch dröhnte der Schmerz in ihren Ohren. Das war das Leben einer Sklavin. Man wurde gezüchtigt und wusste nicht einmal, weshalb.

»Die Haarteile müssen noch angebracht werden«, sagte die Ornatrix.

Also waren ihre Haare noch immer nicht vollendet. Jetzt ging es an die einzelnen Locken und Kissen. Die Helferin der Ornatrix tupfte mit einem Pinsel eine Flüssigkeit auf das ganze Gebilde und bestäubte Walda danach mit Goldflitter, der an den Stellen kleben blieb, wo die Flüssigkeit war.

»Ja. Das sieht gut aus«, lobte die Ornatrix, wenn auch niemand sagen konnte, ob sie sich selbst lobte oder die Frauen um sie herum.

Die Luft begann abzukühlen und man spürte den herannahenden Abend. Der schwere süße Duft einer Blume, die die Römer Lilie nannten, umhüllte die Villa und drang durch die geöffneten Fenster nach drinnen. Walda atmete tief durch, denn der Duft dieser weißen Schönheiten war perfekter Ausdruck dessen, was sie empfand. Jeder Handgriff, den man an ihr vollführt hatte, steigerte ihre Lust. Und das, wo sie sich eigentlich hätte fürchten oder schämen müssen.

Alles in dieser Villa schien ihr unerwartet, irgendwie verkehrt. Niemand hier behandelte sie wie eine Sklavin. Sie wurde nicht erniedrigt oder in jener furchtbaren Art misshandelt, von der sie schon so oft gehört hatte. Selbst dieser fremdartige junge Mann hatte ihre Hände genommen, als wollte er sie küssen. Was würde als Nächstes kommen?

Noch nie hatte sie einen Mann in sich gehabt. Walda kannte nur die gekicherten Erzählungen ihrer Freundinnen daheim. Angeblich tat es maßlos weh, denn Männer verhielten sich, wie die Mädchen zu Hause erzählt hatten, wie Hengste, die mit aller Gewalt ihr Gemächt in die Stuten stießen. Bei diesem Gedanken bekam Walda Angst und ein heftiges Beben begann ihren Körper zu durchfluten.

Sie wurde für eine Orgie zurechtgemacht. Das aber bedeutete, dass ihr nicht nur ein Mann solches antun würde, sondern mehrere.

»Heb die Arme!«, kommandierte eine der Dienerinnen. Sie zupfte den hauchzarten Stoff vorsichtig oberhalb des Gürtels heraus, sodass er noch üppiger wirkte.

Walda blickte vorsichtig an sich herab. Das konnte unmöglich Stoff sein, schoss es ihr durch den Kopf. Es musste sich vielmehr um grünen Dampf handeln, der ihren Körper ebenso bedeckte wie im gleichen Moment entblößte. Sie wollte ihre Schenkel spreizen und sich selbst berühren. Sie wollte, dass der seltsame Mann mit den langen Haaren zurückkam und sie an jenen Stellen küsste, die nur einem Ehemann gehörten. Sie sehnte sich nach ihm, nach der Berührung seiner Hände, seiner Lippen.

Mitten in diese hitzigen Gedanken hinein vernahm sie Schritte. Stimmen. Musik begann zu erklingen.

»Die Gäste treffen ein …«, sagte die älteste Dienerin, in deren Verantwortung Waldas Erscheinen zu liegen schien.

»Ist sie fertig?«, herrschte die Ornatrix sie an.

»Natürlich ist sie fertig«, zischte diese zurück, wobei sich die Falten in ihrem Gesicht noch mehr vertieften.

»Wir bringen sie dort hinten durch die Türe in den großen Saal. Ein wenig Zeit haben wir noch.«

Zwei muskulöse Sklaven traten hinter einem Vorhang hervor und ergriffen Walda entschlossen unter den Achseln. Mit einem kurzen Japsen hielt Walda erschrocken die Luft an, während die Sklaven sie davontrugen, als hielten sie nichts weiter als einen zierlichen Vogel.

Der Saal, den sie betraten, war mehr als beeindruckend. Wo man keine gewaltigen Blumenarrangements hatte aufstellen können, hingen Blütengirlanden von der Decke. Düfte, wie man sie sich schöner nicht vorstellen konnte, erfüllten die Luft. Auf langen Tischen wurden die unterschiedlichsten Speisen kredenzt, und zwar von nackten Sklaven. Mädchen liefen umher, deren Blöße bis zu den Hüften mit durchsichtigen Stoffbahnen umwickelt war und deren Brustwarzen den gleichen goldenen Überzug trugen wie die von Walda. Musikanten wanderten umher und spielten.

Sie passierten die zahlreichen Speiseliegen, auf denen sich in kürzester Zeit die Gäste verwöhnen lassen würden. Mit einem Ruck wurde Walda in die Höhe gehoben und auf ein Podest gestellt. Die Ornatrix war ihr offenbar gefolgt und umrundete ihren Schützling nun, um etwaige Zerstörungen erkennen und beheben zu können.

»Du bewegst dich auf keinen Fall. Was auch immer geschieht!«, mahnte die oberste Dienerin mit zu Schlitzen verengten Augen. Dann eilte sie davon.

Walda aber sehnte sich nach dem jungen Mann, dessen Namen sie noch immer nicht kannte und von dessen Stand sie keine Ahnung hatte. In ihrer Fantasie berührte er sacht ihre Brüste, deren Vorhöfe sich so verengten, dass die Nippel sich aufstellten.

Und dann begann das Fest. Walda genau gegenüber wurde eine breite Tür geöffnet und die Prozession der Gäste wurde eingeleitet. Musiker gingen voraus, ein Dichter zitierte aus seinen Versen, wurde aber von der Musik und den Gesprächen übertönt. Stimmen erfüllten den Raum und mischten sich mit den Düften, die durch entzündete Duftschalen noch verstärkt wurden.

Und dann sah ihn Walda.

Ein Mann wie die Statue des Jupiter. Für Walda musste der Gott keine wallende Lockenmähne und einen üppigen Bart haben. Schlagartig war ihr klar, dass der Gott der Götter nur so ausgesehen haben konnte: das dunkle, leicht wellige Haar kurz geschnitten, Gesicht und Körper ohne jede Behaarung. Dafür aber jeder Knochen mit wohl trainierten Muskeln überzogen. Das Gesicht aus feinen Linien geformt und die Lippen so voll, als wollten sie einen Gegensatz zu diesem kämpferischen Körper bilden. Der Mann, der jetzt an der Seite stand und jeden einzelnen Gast mit ein paar Worten bedachte, musste einfach ein Gott sein oder zumindest direkt von den Göttern abstammen. Es gab keinen Zweifel: Er war der Herr dieses

Hauses und er war die Ursache dafür, dass sie sich an diesem Ort so merkwürdig fühlte. Wie sehr sie sich in diesem Moment wünschte, seine Toga möge sich lösen und herabrutschen, damit sie seinen Anblick so richtig genießen könnte.

Nachdem der Herr des Hauses mit allen gesprochen hatte, verteilte man sich in dem weitläufigen Saal. Sklaven gingen umher und schenkten Getränke aus.

Walda versuchte, starr geradeaus zu schauen und wie erwartet eine Göttin darzustellen, doch bald bemerkte sie diejenigen, die sich zu ihren Füßen versammelt hatten.

Ein Senator mit bereits ergrauten Haaren verkündete: »Ich will sie ficken. Sie ist eine Göttin und ich will sie ficken.« Er hob die Hand und ehe Walda es sich versah, hatte er seinen hochgereckten Zeigefinger unter ihr Gewand und in ihre Spalte geschoben.

Vielleicht mochte der Senator nicht besonders attraktiv sein, doch was sein Finger in ihrer Möse tat, raubte ihr den Atem. Mal quetschte er ihren kleinen Kern, bis er dick und hart war, dann rieb er derart schnell in ihr Loch, dass Walda fürchtete, jeden Moment vor Lust zu explodieren.

»Aber nicht doch, Dominus …«, meinte plötzlich eine ebenso freundliche wie nachdrückliche Stimme. »Wer wird denn die Göttin derart schamlos berühren.« Dazu lächelte der soeben unter den Menschen erschienene Gott.

Doch der ältere Mann, der Walda solche Lust bereitet hatte, war keineswegs willig, bereits jetzt aufzugeben.

»Reicht dem Senator ein Glas Wein und ein Mädchen, das ihn erfreuen kann«, rief der Zeremonienmeister.

Walda wusste nicht, ob sie hinschauen und so ihre Gier anfeuern sollte, oder geradeaus starren, um die Statue zu mimen.

Ein junges Mädchen wurde hinzugeführt. Es trug ein Gewand aus Seide, das mit einer einzigen Fibel über der Schulter befestigt war. Sie bückte sich und ihr langes, offenes Haar rauschte nach vorn. Der Stoff glitt zur Seite und gab den Blick auf ihren kleinen festen Hintern frei.

Walda aber wurde von diversen Rufen und Schreien abgelenkt. Hatten die Gäste schon so viel getrunken?

Der Dichter stieg unter dem Gejohle der Umstehenden auf einen Tisch, auf dem eine römische Matrone lag. Ihr Gewand war vielfältig befleckt, denn der Sklave, der sie gerade ritt, hatte sämtliche Schalen und Platten umgestoßen.

Sein Manuskript hochhaltend, ging der Dichter langsam in die Knie und beugte sich dann so nach vorn, dass sein erigierter Schwanz direkt über dem Gesicht der Matrone schwebte.

»Un*d so zwang der unkeusche Julius die Magd, ihren Mund so weit als nur möglich zu öffnen …*«, feixte er.

Die Gaffer rieben sich unter ihren Gewändern, während sie die Frau anfeuerten.

Der Sklave aber, ein Berg aus Muskeln und Sehnen, packte ihre drallen Schenkel, warf sie über seine Schultern und begann, ihre bereits jetzt überreizte Auster noch weiter zu stimulieren. Die Frau schrie und versuchte, ihre Beine zu befreien, doch für den durchtrainierten Sklaven war es ein Leichtes, die Frau zu halten. Mit zusammengepressten Lippen spie er auf ihr wolliges dunkles Dreieck und schob sodann mit seinem Daumen die Flüssigkeit in ihre geschwollene Auster.

Die von ihm noch immer festgehaltene Matrone keuchte aufgegeilt: »Was tust du mit mir? Du darfst dieses riesige Ding nicht mehr in mich hineinstecken! Ich werde meinen Gemahl holen, auf dass er dich mit der Peitsche züchtigt.«

Das Gelächter kannte keine Grenzen.

»Ach Lavinia … Was meinst du denn, wer dich mit diesem Stier versorgt hat!«, grölte einer der Umstehenden.

Eine Frau griff in eine der Schalen, die mit einer rötlichen Creme gefüllt war, und rieb damit die üppigen Brüste der Patrizierin ein. Dann beugte sie sich über die wild zappelnde Frau und saugte die Creme von deren Titten.

»Oh … Bei allen Göttern … Was tut ihr mit mir?«

»Wir benutzen dich«, zischte ihr die Frau ins Ohr.

»Er soll ihr seinen Schwanz in den Mund stecken!«, forderte eine Frau. Gerade kamen die Musikanten vorbei und drohten, alle Sätze zu ersticken, doch man schickte sie schnell weiter, denn niemand wollte die Gedichte verpassen, die der Dichter zu deklamieren anhob, während die mit Creme beschmierte Frau den Schwanz des Sklaven in den Mund der Matrone dirigierte. Diese gurgelte und würgte, doch es gab keine Gnade.

»Schluck ihn!«, forderte die Menge.

Der Poet tat, als bemerkte er gar nicht, wie sein Schwanz zwischen die Lippen der sich sträubenden Frau geschoben wurde. *»Ich trieb es die ganze Nacht mit jener geilen Schlampe«, be*gann er seinen Vortrag.

»Das wird die hungrige Lavinia gewesen sein«, grölte einer und die anderen brüllten vor Begeisterung.

»Ruhe!«, kommandierte jemand. »Wir wollen ihn hören …«

»Ei*nem Mädchen, deren dreckige Einfälle unübertroffen sind; wir taten es auf tausend verschiedene Arten. Doch dann war ich des altbekannten Krams müde und so bat ich sie um einen Arschfick.*«

*»H*oho … Jetzt wissen wir, was Lavinia braucht.«

»Jawohl! Dreht sie auf den Bauch, damit der Sklave ihren Hintern mal so richtig dehnen kann.«

»Nie und nimmer!«, keuchte die Patrizierin, an deren schweißnasser Haut die letzten Stoffreste klebten.

»Ic*h hatte noch nicht zu Ende gesprochen, da hatte sie schon Ja gesagt. So ermutigt fragte ich sie errötend nach etwas noch Schmutzigerem. Und sie sagte abermals Ja.*«

»*Was wird das gewesen sein?*«

»Das ist ein Rätsel! Der Poet stellt uns vor ein Rätsel!«, rief ein anderer.

»Nicht uns … LAVINIA!«

Sie begannen zu lachen, dass ihnen der Schweiß ausbrach.

»*Und trotzdem war dies Mädchen keusch in meinen Augen. Und um das Gleiche zu erlangen, mein Freund, würdest du ein wirklich zweifelhaftes Geschäft eingehen müssen.*«

Grinsend und dabei Beifall heischend blickte er sich um. Dann riss er plötzlich die Augen auf und schrie in hohem Ton: »Bei Annona … Was geschieht mir?« Er starrte an sich herab und sein Blick verharrte eben dort, wo sein erigierter Ständer tief in Lavinias Kehle ragte.

Grunzend saugte und leckte sie ihn, während ihre schweren Brüste vor und zurück ruckten, immer im Rhythmus der Stöße des unersättlichen Sklaven.

Walda betrachtete die Sehnen und Muskelstränge, die sich unter seiner glänzenden Haut bewegten. Seine Eier, die sie regelrecht zu zwingen schienen, von ihrem Podest zu steigen und sie zu lecken und zu kneten, während Lavinias Saft an ihnen herab und über Waldas Lippen floss. Aber sie durfte auf keinen Fall ihren Platz verlassen, auch wenn sich inzwischen zahlreiche Götter zwischen den Gästen bewegten – alle in einer Manier ausgestattet, die zeigte, dass der Dominus für den heutigen Abend keine Ausgaben gescheut hatte.

Es gab zahlreiche Mädchen, die als Nymphen zurechtgemacht worden waren und mit Wasser,- und Weinkrügen umhergingen, um so den Durst der Feiernden zu stillen. Eine solche stieg nun über einen kleinen Block, bis sie bei Walda auf dem Podest stand.

»Du hast doch sicher Durst«, sagte sie voller Anteilnahme und hob einen gläsernen Wasserkrug in die Höhe.

Das junge Mädchen war wesentlich größer als Walda und so konnte sie ohne Probleme selbst einen großen Schluck Wasser nehmen, die Lippen der Sklavin öffnen und die Flüssigkeit hineinfließen lassen. Sie tat das dies aber nicht, ohne am Ende mit ihrer Zunge Waldas Mund erkundet zu haben.

»Hat das gutgetan?«, fragte die in Blau- und Grüntönen schimmernde Nymphe.

»Ja«, sagte Walda. »Aber ich will, dass du nicht nur meinen Mund kostest …«

Die Nymphe schenkte ihr einen weiteren Schluck ein, dann sagte sie lächelnd:

»Ich kann es dir nicht versprechen, aber vielleicht komme ich nach dem Ende der Feier in dein Zimmer …«

Diese Aussicht genügte Walda. Sie wollte ihre Geilheit befriedigen. Egal mit wem oder auf welche Art. Und so sah sie der Nymphe zufrieden hinterher, während sie sich wieder unter die Gäste mischte.

Und wie sie sich so umsah, entdeckte sie ein bizarres Arrangement. Ein Faun, die Beine mit Fell überzogen und an den Füßen Hufe, kniete auf einem Tisch hinter einer drallen Dienerin, hielt ihre Schenkel umfangen und zog sie dergestalt auseinander, dass jeder ihre dicke Spalte sehen konnte. Während er mächtige, gedrehte Hörner auf seinem Kopf trug, hatte man ihr einen üppigen Kranz aus zahllosen Blüten gewunden. Von diesen Blüten war ein Bett auf dem Tisch bereitet, sodass die beiden wirkten, als befänden sie sich mitten auf einer Blumenwiese. Der eigentliche Zweck aber war der, dass jeder der wollte, zwischen ihre drallen Schenkel treten und ein Stück seines Essens in ihre Auster tauchen konnte.

»Und was machst du, guter Satur, hier bei der äußerst appetitlichen Abundantia?«, fragte ein Mann, der offensichtlich nicht so recht wusste, was man ihm da zur Unterhaltung offerierte.

»Ich befeuchte sie. Ich reibe ihre Spalte so, dass euer Mitgebrachtes stets ansprechend umhüllt wird.«

Der Gast strahlte zufrieden. Er hatte ein Stück Fleisch mitgebracht, schob es tief in ihr Loch, zog es wieder heraus und begann daran zu knabbern.

»Hm …«, brummte er. »Es muss mehr nach ihr schmecken«, verlangte er. Doch noch bevor der wild aussehende Satur etwas tun konnte, hatte der Gast sich nach vorn gebeugt, schloss die Augen und folgte dem herzhaften Duft, der ihn an jene Stelle führte, wo er nun seine Zunge einzutauchen gedachte.

Wie viele Hetären und Huren hatte er in den letzten Monaten gefickt? Er konnte sich nicht erinnern, denn keine war ihm im Gedächtnis geblieben. Aber dieses dralle Mädchen mit einer Möse, wie von den Göttern gemacht … Bei der genügte der Duft ihrer herrlich geölten Haut, der sich mit jenem der Blüten mischte, und er wollte keine andere mehr haben. Er hob den Kopf, ohne sie berührt zu haben, und sah den Gehörnten mit den zotteligen Beinen an.

»Wirst du sie heute noch ficken?«

Die schwarzen Augen in dem von wirren Locken umwogten Gesicht fixierten ihn.

»Ob du sie ficken wirst?«

»Nein, Dominus.«

Er blickte das Mädchen an. Eine Traube aus lila Blüten hatte sich aus dem Kranz gelöst und hing an ihrer Wange herab. Jetzt erschien sie ihm noch anziehender.

Sie hob die Hand an die geröteten Wangen und versuchte offensichtlich, die Blüte an ihren Platz zurückzuschieben. Er aber hielt ihre Hand fest. »Nichts sollte perfekt sein. Lass es so.« Abermals beugte er sich zwischen ihre Beine und streckte seine Zunge aus. Wie köstlich sie war. Konnte es sein, dass sich Geilheit in ihrer Spalte mit Natürlichkeit mischte? Er rieb seine Zunge an den fleischigen Seiten ihrer Auster. Nutzte die empfindsame Spitze ebenso wie die raue Seite. Der nicht mehr ganz junge Patrizier versuchte ihre Höhle mit der all der anderen Frauen zu vergleichen, die er in seinem Leben gehabt hatte. Aber er fand keinen Vergleich.

Seine Toga hob sich an, dort wo sein Ständer – von Blut durchpumpt – emporwuchs. Es war ein bestialischer Druck, der von dieser Stelle ausging und sich in seinem ganzen Unterleib ausbreitete.

Und auch die Grotte der von Blumen umgebenen Nymphe schien sich zu verändern. Sie dehnte sich aus. Schwoll an und aus ihrer Mitte floss jener Saft, der süßer war als jeder Wein.

Der Patrizier konnte sich nicht mehr bremsen. Bohrte seine Zunge so tief in ihre Spalte, wie er nur irgend konnte. Sein Gesicht wurde von der Nässe der geilen Nymphe benetzt. Ohne sein Gesicht zurückzuziehen, blickte er auf. Die Nymphe hatte sich zurückgelehnt und stemmte sich in die Arme des Saturs, während ihr Körper vor Geilheit bebte. Schweiß rann von ihrer Stirn. Dann hörte er ihre Stimme – dieses tiefe, beinahe gebrochene Stöhnen. Die Blüten, die aus dem Kranz gefallen waren, klebten an ihren schweißnassen Brüsten.

Der unverschämte Satur aber hielt ihre Nippel und drehte sie zwischen seinen Fingern, was sie offensichtlich noch geiler machte.

Für einen Moment überlegte der Mann, diesen frechen Waldgott davonzujagen. Dann aber besann er sich. Wenn er seiner Nymphe Lust bereitete, ohne dabei selbst geil zu werden, würde er ihn eben gewähren lassen.

Hätte er den Ständer des Saturs sehen können …

Dann hatte er eine Idee. Er winkte ein Mädchen mit Wein heran, trank ein Glas und meinte an Satur gewandt: »Hör zu … ich möchte etwas … Ich möchte, dass du ihren Hintereingang penetrierst, während ich es der Nymphe von vorn besorge.«

»Nein!«, stieß die aufgegeilte junge Frau hervor.

»Was erdreistest du dich?«, fuhr sie der Patrizier an.

Satur schlug die Augen nieder. »Dominus … Das kann ich nicht …«, sagte er gepresst.

»Ah … Und wieso nicht?«

Der Gehörnte hob die Nymphe von seinem Schoß und zeigte dem Adligen, was ihn davon abhielt, sie durch den Hintereingang zu nehmen.

Sein Schwanz war von beinahe bizarrer Größe. So lang wie der Unterarm eines ausgewachsenen Mannes, und – so dachte der Adlige – so dick wie der Arm eines Gladiators. Ja, es wäre unmenschlich, wenn er dieses gewaltige Teil in den Arsch der Göttlichen stemmen würde.

»Dann sollten wir etwas anderes suchen, womit wir ihr dreifach Lust bereiten können …«, meinte er und blickte sich dabei schon um. Worauf sein Blick fiel, war eine junge Tänzerin, die ein Tympanon schlug und dabei durch die Menge der Gäste tanzte. Ihr Gewand war von einem durchsichtigen Roséton und ließ nicht den winzigsten Teil ihres Körpers unsichtbar.

Der Patrizier betrachtete die hüpfenden kleinen Brüste, von denen nur eine bedeckt war, und den festen Bauch über ihrem beinahe unbehaarten Dreieck. Entschlossen winkte er die Tänzerin herbei. »Zeig dieses Ding, mit dem du das Tympanon schlägst …«

Sie reichte dem hoch erigierten Mann den glatt polierten Stößel.

»Das ist gut. Das gefällt mir.«

Sein Gesicht hatte sich in ein tiefes Rot verwandelt und er wusste, dass er in nur wenigen Augenblicken in die Luft abspritzen würde, wenn er nicht in die füllige Göttin würde eindringen können.

Was für ein lustvolles Arrangement hatte er dabei im Sinn: Abundantia sollte sich über seinen Schoß kauern, sodass er ihre Möse penetrieren konnte, während sie gleichzeitig versuchte, den gewaltigen Ständer des Satur in ihren Mund aufzunehmen.

Der vornehme Mann hatte diesen ersten Teil seiner Pläne noch nicht ausgesprochen, als die geile Göttin auch schon mit beiden Händen ihre Auster auseinanderzog und ihm ihr geschwollenes Fleisch präsentierte.

»Bei allen Göttern … welche Fotze!«, rief er hemmungslos. Und nicht nur die starrte er an. Auch ihre hin und her schwingenden Brüste hielten ihn in ihrem Bann. So rund und glänzend … die Nippel hart und dabei beinahe so groß wie sein Handteller.

»Fick mich, Herr, solange ich noch gefickt werden kann.«

Egal wie sie sich bemühte, sie schaffte es nicht, den harten Schaft des Satur zu umfangen.

»Ich kann ihn nur lecken, Dominus.«

Der Patrizier schlug ihr mit der flachen Hand klatschend auf den Hintern. »Gib dir Mühe, du geiles Stück!« Sein Schwanz pochte, als würde das Blut ihn platzen lassen. Es war beinahe ein Schmerz, den er ertragen musste. »Wie eng du bist … damit hätte ich nie gerechnet, meine geile Göttin des Überflusses.«

Er winkte die Tänzerin näher heran.

»Was soll ich tun, Dominus?«, fragte sie mit unterwürfigem Blick.

»Nimm deinen hölzernen Ständer und erfreue ihren Hintereingang. Spucke auf ihr Loch, damit sie recht geschmeidig und geil ist.«

»Sie kann kaum geiler werden, Dominus. Sieh ihre Spalte an. Sie ist so nass, dass alles aus ihr herausfließt, und so geschwollen, dass man kaum einen Grashalm in sie einführen kann.«

Der silberhaarige Patrizier packte die zierliche Tänzerin bei den Haaren und zerrte sie dicht vor sein Gesicht. »Denkst du, ich will diskutieren? Du tust, was ich dir sage. Spucke auf diesen Knüppel und fick sie damit!«

Das erschrockene Mädchen tat, wie ihr geheißen.

Der Adlige aber nahm seinen Steifen und presste ihn in die Möse der üppigen Göttin.

Sie schrie auf und er wusste nicht, ob er ihr Schmerzen zugefügt hatte ober ob sie nur überrascht war. Das Gefühl, in diesem engen Loch zu stecken, war unbeschreiblich. Gerade so, als hätte ihn ein Weib mit beiden Händen gepackt, oder als bewegte er sich im Hintern eines Soldaten.

»Los ...«, brummte er atemlos, »... fick sie!« Die Tänzerin trieb den hölzernen Lüstling ohne Unterlass in den Hintern der Adligen und je länger sie dies tat, desto heftiger schrie die so Gequälte. Gleichzeitig stieß sie aber auch ein tiefes, gieriges Grunzen aus.

»Heb deinen Hintern hoch«, kommandierte der ältere Mann, der sich selbst über seine Stehkraft wunderte. Kaum hatte er das ausgesprochen, hatte er die ebenfalls durchnässte Möse der Tänzerin im Gesicht. Ohne sich zu bremsen, stieß er die dick geschwollene Göttin, betrachtete, wie die Tänzerin in deren Hinterteil wirkte, und saugte dabei deren glühende Möse. Es dauerte nicht lange und sie begann, ihre Auster in sein Gesicht zu stoßen. Mit kleinen, spitzen Schreien, bewegte sie sich ihrem Höhepunkt entgegen, weil der Patrizier mit geschickter Zunge ihre Kirsche derart bearbeitete, dass sie nicht mehr an sich halten konnte.

Es interessierte ihn nicht, was sie empfand, wenn er ihre dicke Auster zwischen seinen Lippen einsaugte, leicht an ihr knabberte und dann wieder aus den Qualen entließ. Ihn interessierte nur, wie die Göttin seinen Schwanz mit ihrem Innersten massierte. Sein Atem kam scharf wie die Schneide eines Messers aus seiner Kehle. Er saß äußerst unbequem, aber es war die beste Möglichkeit, diesen vor Geilheit brodelnden Körper bis zur Besinnungslosigkeit emporzuschleudern.

Schreie von Qual. Schreie von Gier. Ihre wogenden Titten klatschten auf die Schenkel des Satur, dessen Gemächt noch üppiger geworden war.

Der Patrizier stellte sich vor, wie es sein mochte, wenn dieser gewaltige Stamm in seine Gattin getrieben würde. Welcher Genuss zu sehen, wie sie behandelt wurde. Geiler als eine Hure. Und genau in jenem Moment, da sich seine Fantasie so mischte – dass er sich vorstellte, wie seine Gemahlin von Satur mit seinem unmenschlichen Stamm gequält wurde, und gleichzeitig Abundantia in alle ihre Löcher gefickt wurde, da explodierte er. Sein Schwengel pochte und mit jedem Hub schoss er neue Fontänen in Abundantias Unterleib.

»Ich komme, ihr Kinder des Waldes!«, rief Satur plötzlich und der Adlige stieß so schnell er konnte die Tänzerin neben die Göttin, damit beide von jener Köstlichkeit abbekamen, die der Waldgeist jetzt in gewaltigen Stößen von sich gab.

Nie zuvor hatte der Patrizier so etwas gesehen. Und auch er selbst wurde überzogen vom Sucus des Gehörnten. Ach, was wünschte er sich, seine Frau wäre gezwungen gewesen, diesen gewaltigen Schwanz in ihre Grotte aufzunehmen. Erschöpft setzte er sich neben seine drei Gespielen, alle getaucht in den Saft des Gehörnten.

Walda stand noch immer so starr wie nur möglich auf ihrem Podest und freute sich, wenn jemand zu ihr trat, um ihr zu trinken oder zu essen zu bringen.

Jetzt schien ein besonderer Moment gekommen zu sein, denn man ließ allgemein voneinander ab und versammelte sich um das Becken mit Seerosen.

Walda reckte sich, um so viel als möglich zu sehen.

Der Herr des Hauses stieg ein paar Stufen zu einer Plattform empor, die mit Lampen und Pflanzen geschmückt war und auf der man auf diversen Liegen ausruhen konnte.

Wenn sie ihn auch nur von hinten sehen konnte, so war doch die Muskulatur seiner erhobenen Arme beeindruckend, zumal der Stoff seiner Toga von größter Feinheit war und jeden Fingerbreit seines Körpers beeindruckend nachzeichnete. Bisher hatte sie nicht beobachten können, dass er sich einem Mann oder einer Frau hingegeben hätte. Mit einem kleinen Schmunzeln überlegte sie, ob er sich vielleicht für sie aufsparte. Für die Sklavin aus der kalten Ferne.

»Meine lieben Freunde …«

Tiefes Schweigen.

»Zunächst lasst mich euch dafür danken, dass ihr heute Abend bei mir seid.«

Alle klatschten und er verbeugte sich.

Selbst sein Nacken erschien Walda perfekt geformt. Die Haut war von einem goldenem Glanz und wurde an genau der richtigen Stelle von seinem dunklen Haar bedeckt.

»Und zum anderen lasst mich euch dafür danken, dass ihr …«

Mehr verstand sie durch den Applaus und die Rufe der Begeisterung nicht. Im nächsten Moment schälte sich ein Mann aus der Menge. Er trug ein mehr als wertvolles Gewand und dazu kostbar gefasste Edelsteine.

»Hoch verehrter Marcus Lucius … Wie immer sind die Feste in deinem Haus etwas ganz und gar Besonderes und jeder von uns genießt jeden Augenblick.«

Er verbeugte sich so tief, als stünde er vor dem Kaiser, wobei das Klirren seines Schmucks zu hören war.

»Als vernichtend kleinen Ausgleich habe ich mir erlaubt, dir ein Geschenk mitzubringen …«

Er streckte in einer imperialen Geste den Arm aus, machte eine elegante Bewegung und lenkte so alle Augen auf einen Sklaven, der etwas in seinen Armen trug, das wie ein in roten Samtstoff gehülltes Lebewesen wirkte. Mit unendlicher Vorsicht hob der Gast das Tuch an zwei Ecken an und ließ zuerst nur den Gastgeber sehen, welchen Schatz er da gebracht hatte.

Walda betrachtete die Körpersprache ihres Herrn. Er war offensichtlich beeindruckt. All die harten, durchtrainierten Muskelstränge hatten sich zusammengezogen, während er sich offensichtlich kaum zu bewegen vermochte.

»Polivius … Ich bin fassungslos …«, sagte er kaum hörbar. »Was für ein Wesen ist das?«

»Eine gefiederte Schlange!«, rief Polivius und hielt das merkwürdige Tier in die Höhe. Schreie ertönten. Die einen drängten nach vorn, um dieses Wunder zu sehen, andere wiederum zogen sich furchtsam zurück.

Ta*tsächlich,* schoss es Walda durch den Kopf. Die Römer hatten gefiederte Schlangen. Jetzt verstand sie, dass niemand eine Chance hatte gegen ein solches Volk.

»Ist sie echt?«, rief eine Frau.

»Sie lebt. Sie frisst. Sie trinkt. Ja. Sie ist echt.«

»Aber wo hast du sie her?«, fragte der Dominus, während er sie gleichzeitig vorsichtig berührte und mit seiner Fingerspitze streichelte.

»Sie kann nicht echt sein. Die Götter würden niemals dulden, dass …«

»Ach du … hör auf! Natürlich ist sie echt. Sieh sie dir doch an.«

»Man erzählte mir zwei verschiedene Geschichten, wie es zu der geflügelten Schlange gekommen sein soll. Die eine meint, sie sei schon so geboren worden, weil ihre Mutter mit einem Vogel kopuliert habe. Die andere wiederum besagte, ein griechischer Arzt habe einem Vogel die Flügel abgetrennt und in die Schlange verpflanzt. Ich weiß allerdings nicht, welche stimmt.«

»Wie dem auch sei …«, erklärte der Dominus. »Ich bin dir zu ewigem Dank verpflichtet, dass du mir ein solches Geschenk gemacht hast, um das der Kaiser mich beneiden würde, wenn er davon wüsste. Jetzt aber wollen wir dem Tier seine Ruhe geben. Schick deinen Sklaven mit ihm hinauf, dass er meinen Dienern erklärt, wie man dies Wesen pflegt.«

Der Patrizier erteilte ein paar Anweisungen und der Sklave trug die schlafende Schlange davon.

Welch merkwürdige Reaktion, dachte Walda, die nicht verstehen konnte, warum er sich jetzt nicht voll und ganz mit seinem Wunder befasste. Doch dieser Gedanke war im nächsten Moment wie weggewischt, als kein anderer als der Herr selbst zu ihr herüberkam, vor ihrem Podest stehen blieb und sie anstarrte.

Walda hielt schlagartig die Luft an, denn sie wollte perfekt für ihn aussehen, so wie er perfekt für alle anderen aussah.

»Du stellst Proserpina dar?«, fragte er, als hätte er es nicht selbst festgelegt.

»Ja, Herr«, antwortete sie mir ruhiger Stimme.

Seine Augen wanderten in düsterer Strenge über ihren Körper.

»Sie haben gute Arbeit an dir geleistet. Man merkt gar nicht mehr, dass du eine Wilde bist.«

»Danke, Dominus!«

Der Stoff unter seinem Gürtel beulte sich aus. Was hätte sie in diesem Moment dafür gegeben, den göttlichen Körper zu sehen. Wie gern hätte sie sein Gewand heruntergerissen und seinen Ständer so lange gesaugt und geleckt, bis er in ihr Gesicht spritzte.

Der Druck in ihrem Unterleib nahm abermals zu, vor allem wenn sie ihn jetzt sah. Diese starre Haltung und der Blick, in dem keinerlei Regung lag. Eines wusste Walda: Nach allem, was sie an diesem Abend gesehen hatte, wollte sie in dieser Nacht genommen werden, und es war ihr völlig egal, wer sie benutzte.

Für gewöhnlich spreizte sie ihre Schenkel so weit wie nur irgend möglich, wenn der Appetit sie packte, und rieb ihre Spalte entweder mit den Fingern oder mit einem Gegenstand, der wie der Stamm eines Mannes wirkte. Aber in dieser Nacht wollte sie einen echten Ständer aus Fleisch und Blut. Einen Ständer, den sie massieren und quälen konnte, bis sein Herr ihr Einhalt gebot.

Sie sah über den Dominus hinweg, denn er sollte nicht wütend werden, weil sie ihre Rolle vergaß. Und so fiel ihr Blick auf zwei Männer und eine Frau. Die Frau stand an einem Tisch und aß von den Köstlichkeiten, die dort angeboten wurden. Scheinbar hatte sie noch nicht bemerkt, dass die beiden Männer begonnen hatten, um sie herumzuschleichen. Oder wusste sie es doch? Was für ein merkwürdiges Spiel sie nur treiben mochte. Sie war schlank und klein. Wirkte sehr jung. Aber ihre Haartracht und ihr Gewand wiesen sie als verheiratete Frau aus. Wenn es denn ein Spiel war – ob dann ihr Mann mitspielte? Walda wusste es nicht, aber sie war sicher, sie würde es erfahren.

Einer der Männer war neben der Frau stehen geblieben. Er nahm etwas aus einer der Schalen und stellte sich sodann hinter die Frau. Es ging so schnell, dass Walda erst erkannte, was geschehen war, als die Frau einen kleinen Sprung machte und ihr Gesicht heftigen Schrecken zeigte.

Der Mann nahm eine Frucht und wisperte der Frau etwas ins Ohr. Sie zog die Brauen hoch, konnte aber den Befehlen des Mannes nicht widerstehen. Und so raffte sie mit bebenden Händen ihr Gewand hoch, legte sich mit dem Oberkörper auf den Tisch und spreizte leicht die Schenkel.

Walda konnte nur daran denken, dass die beiden sie jetzt ficken würden. Wie sollte sie sich nur selbst davon abhalten, ihre Finger durch ihre geschwollene Möse fliegen zu lassen?

Aber der Mann penetrierte die liegende Patrizierin nicht mit seinem hoch aufgerichteten Stamm, vielmehr nahm er Stück um Stück von der Tafel und schob es in ihre Grotte. Die Frau verzog gepeinigt das Gesicht. Ihren Lippenbewegungen nach zu urteilen, bat sie den Mann, aufzuhören.

Als er sie bis zum Rand mit allen möglichen Leckereien angefüllt hatte, begann er, diese mit Kraft wieder herauszusaugen.

Walda sah die wilde Begeisterung in seinen Augen, die nur übertroffen wurde von der immer intensiver werdenden Gier der Frau. Und trotzdem spielte sie die Verängstigte, Schockierte. Sie krallte ihre Finger in die Tischdecke und ächzte dabei wie ein Tier.

Der Mann hatte eines der letzten Stücke aus ihrer Auster gesaugt und hielt es lockend zwischen seinen Vorderzähnen. So beugte er sich nach vorn und gab ihr offensichtlich zu verstehen, dass sie die Frucht nehmen und essen solle.

Ein paar Interessierte waren stehen geblieben – gespannt, was die beiden sich einfallen lassen würden, um die eigene Lust anzustacheln und die Zuschauer aufzugeilen.

Die vornehme Dame nahm die Frucht und begann, sie langsam zu kauen. So langsam, dass der Saft über ihre Lippen rann und auf ihre Brüste tropfte. Es schien Walda, als richteten sich ihre Nippel unter dem süßen Saft auf. Und gerade, als alle dachten, sie wüssten was jetzt käme, zog der Mann die Dame auf die Füße, drehte sie mit dem Rücken zu sich und hob sie, ihre Schenkel umfassend, in die Höhe.

Vollkommen geöffnet kauerte sie in seinen Armen, schien zu wimmern und gleichzeitig zu genießen, wie sie zur Schau gestellt wurde. Aber dieses Spektakel war noch keineswegs alles, denn jetzt trat der andere Mann hinzu.

Walda fragte sich, ob es sich wohl um eine Art Vorführung eines Bordells handelte. Doch die Frau schien ihr zu eng, um eine Hetäre sein zu können.

Der zweite Mann ging auf und ab und rieb dazu seinen Ständer. Seine Hand flog in einem immer schnelleren Tempo auf und ab. Der Schaft war bereits stark gerötet und die Adern waren derart angeschwollen, dass sie es sogar von ihrem Podest aus sehen konnte. Wie nass seine Eichel war … Er musste bereits jetzt die ersten Tropfen spritzen.

Die Frau wurde mit einem kleinen Ruck abermals in Position gebracht, dann kam der dicke, lange Stamm rot und pochend auf ihr Loch zu. Jenes Loch, das süß und klebrig war von all den Köstlichkeiten, die der andere in sie eingeführt hatte. Der Mann sagte etwas zu ihr und die Patrizierin benetzte ihre Finger, um sich selbst damit zu reiben.

Es dauerte allerdings nicht lange und der Helm wurde mit sanftem Druck an ihrem Loch angesetzt. Unwillkürlich drückte sie den Rücken durch, als wollte sie ihn von sich stoßen. Doch es misslang natürlich. Wer so offen präsentiert wurde, hatte keine Chance gegen einen entschlossenen, steinhart geschwollenen Ständer. Sein Besitzer lehnte sich nach vorn und intensivierte den Druck, indem er mit einer Hand gegen seinen Rücken drückte. Dabei kostete es ihn dennoch einiges, in ihre glühend heiße Tiefe einzudringen. Kurz darauf aber begann er, seinen Unterleib in einem gleichmäßigen Rhythmus vor und zurück zu bewegen. Er achtete dabei sorgsam darauf, dass er sie hart stieß. Die Frau verzog das Gesicht wie in Qual, aber ihre Auster sagte etwas anderes. Sie floss über von Liebessaft.

Als ihr Liebhaber dies bemerkte, zog er sich aus ihr zurück und gab ihrer Möse die Chance, sich vollständig zu verspritzen.

Walda traute ihren Augen nicht. Fast wie bei einem Mann sprühte der Saft in alle Richtungen. Um alles sehen zu können, beugte sie sich so weit nach vorn, dass sie beinahe von ihrem Podest gefallen wäre.

Der Liebhaber hatte beide Hände unter den Strom gehalten und beschmierte nun seinen Oberkörper damit. Manche Zuschauer traten zu ihm hin und ließen sich ebenfalls einreiben. Erst dann konnte der Reigen weitergehen.

Walda wusste, wie es sich anfühlte, wenn eine Grotte so dermaßen angeschwollen und gleichzeitig so durchnässt war. Doch wie ein Mann sich fühlen musste, wenn er diese Grotte mit seinem pumpenden Ständer eroberte – das musste sie an der Miene des Liebhabers ablesen. Es war so unglaublich schwer für sie zu ertragen. Sie konnte kaum noch richtig atmen vor Erregung und der Aussicht, sich vielleicht keinem hingeben zu dürfen.

Im nächsten Moment dachte sie an diesen jungen Mann, von dem sie nicht einmal den Namen kannte und den sie doch begehrte wie kaum einen Mann zuvor. Sie stellte sich vor, dass er an einem der Tische säße und sich mit irgendwelchen Papieren quälte, die der Dominus ihm gegeben hatte. Sie würde so leise wie nur irgend möglich zu dem Tisch schleichen …

Im gleichen Moment zog etwas ihre Aufmerksamkeit in Richtung des Teichs. Eine der Frauen lag auf einem Triclinium, welches am Fußende zwei Stützen hatte, an denen die Beine der Dame bis zu den Knien festgemacht waren. Sie hätte sich trotzdem noch bewegen können, wenn ihre Hände nicht an langen Seilen über ihren Kopf nach oben geführt worden wären.

Sie musste wohl bereits um die vierzig sein, dachte Walda, aber ihr Körper war so straff und biegsam wie der eines jungen

Mädchens. Und neben ihr hatte jemand eine Tafel aufgestellt, auf der stand: *Auxilium te!* – Bediene dich!

Von dieser Aufforderung machte eine Frau Gebrauch. Sie hatte eine lederne Klatsche dabei, wie die Römer sie gemeinhin für lästige Fliegen verwendeten. Allerdings war der hölzerne Griff viel dicker. Er war so mächtig, dass die Frau ihn kaum umfassen konnte.

»Was hast du vor?«, fragte die Gefesselte.

»Seht sie euch mal an … Sie sieht das Werkzeug nur an und wird nass wie der Boden im Herbst!«, verkündete ein Mann, dessen Sprache man anmerkte, dass er es gewohnt war, Reden zu halten.

»Lass mich von ihr und ihrem Saft kosten, bevor du sie quälst!«

Die Herrin aber schüttelte den Kopf. »Kommt nicht infrage. Dazu ist sie noch viel zu trocken.«

Walda sah jetzt, dass die Frau ein Collier trug, das ihre Nippel heftig zu reizen schien, denn sie wurden hart und stellten sich auf.

Der Mann, den sie den R*edner n*annte, ergriff eine der Ketten und rieb damit wieder und wieder über ihre Titten, bis die Frau tiefe Grunztöne von sich zu geben begann.

»Was ist das für ein Theater?«, fragte die Domina in herrischem Ton.

Noch ehe die Gefesselte etwas sagen konnte, begann die andere auch schon, mit dem Lederteil direkt auf ihre Grotte zu schlagen – zuerst vorsichtig und dann immer heftiger.

»Ho, ho …«, sagte der Redner. »Du verletzt sie noch, bevor ich sie ficken kann.«

»Dann nimmst du ihren Hintereingang.« Dennoch benutzte sie den Lederlappen nicht mehr, sondern rieb den langsam anschwellenden Lustkern mit dem Griff des Werkzeugs.

Die Gefesselte begann, sich zu winden. Sie drückte ihren Rücken durch, sodass ihre Brüste zur Seite rutschten und der Kettenschmuck klirrte. »Steck ihn mir rein«, forderte sie und jeder konnte sehen, wie geil sie inzwischen geworden war.

»Ich soll ihn dir reinstecken?«, feixte ein Mann, der gerade in Begleitung eines mehr als attraktiven Sklaven vorbeikam.

»Gut. Mach deinen Mund auf und er wird ihn dir reinstecken.« Mit einem Handgriff riss er dem Sklaven den Lendenschurz herunter und es kam ein überaus ansehnlicher Ständer zum Vorschein.

»Wichs ihn!«, bekam eine Dienerin den Befehl, woraufhin sie sofort vor ihm in die Hocke ging und ihn so tief sie nur konnte zwischen ihre Lippen schob.

Der Sklave legte genießerisch den Kopf in den Nacken, während das junge Mädchen seine Männlichkeit teilweise leckte und teilweise schluckte.

»Nicht so wild, kleine Schlampe!«, mahnte der Mann. »Ich will nicht, dass er in deinen Mund spritzt. Er soll die hier bedienen!«

Der Sklave kletterte also auf das Triclinium und kniete sich so über die Gefesselte, dass er seinen Schwanz ganz nach seinem eigenen Willen bewegen konnte.

»Mach den Mund zu!«, kommandierte der Mann und die Gefesselte gehorchte sofort.

So musste der Sklave seinen mächtigen Stamm mit einiger Kraft durch ihre Lippen pressen. Walda neigte sich ein wenig zur Seite, denn sie wollte sehen, wie die Liegende auf diese Invasion reagierte, zumal die andere Frau wieder damit begonnen hatte, auf ihre weit geöffnete Auster zu schlagen.

Allein das rhythmische Klatschen des Lederstreifens brachte einige der Männer dazu, ihre Riemen in die Hand zu nehmen und sich erst genüsslich, dann immer schneller zu reiben. Sie umstanden das Triclinium und rieben sich, ohne dabei den Blick von der Gefesselten zu nehmen.

Doch Walda konnte kaum den Blick vom Körper des Sklaven nehmen. Die straffen Muskelstränge, die glatte, haarlose Haut. Wie seine Hinterbacken und die Rosette sich bewegten, zuckten. Und dazu die herrlichen Schenkel. Waldas Atem ging so schwer, dass sie manchmal fürchtete, ohnmächtig zu werden. Schweiß lief über ihr Gesicht und es kostete sie alles, nicht ihrer Lust nachzugeben, vom Podest zu steigen und sich dem Erstbesten hinzugeben. Und wenn der Dominus sie totschlagen ließe, sie brauchte einen Mann.

»Ich komme gleich, Herr«, sagte der Sklave mit ruhiger Stimme.

Als sie das hörten, nickten die wichsenden Zuschauer zustimmend – wenn auch der ein oder andere bereits heimlich abgespritzt hatte.

»Warte … Ich will sie noch für dich bereit machen …«, erklärte die Frau mit dem Werkzeug. Und so beugte sie sich über die dunkelrot geschwollene Möse und fickte sie mit dem hölzernen Griff, dass die so Gepeinigte zu stöhnen und zu schreien anfing. Mit aller Kraft versuchte sie, sich zu befreien, um nicht mehr weiter benutzt zu werden. Aber sie hatte keine Chance. Und so ergab sie sich der Geilheit, indem sie den Griff mit ihrer innersten Muskulatur umklammerte und so einen Orgasmus nach dem anderen durchlebte.

»Jetzt!«, rief der Sklave, während ihre Schreie durch den Raum hallten. Und wie er seinen Samen in ihre Kehle entlud, erlösten auch die umstehenden Männer ihre Schwänze von der Qual, aufgegeilt zu werden und nicht explodieren zu dürfen. Dicht an der Liege stehend tauchten sie die so Benutzte in ein Meer aus Samen.

Sie öffnete den Mund so weit, dass Walda fürchtete, ihre

Mundwinkel würden einreißen. Aber alles, was die Gefesselte wollte, war, so viel als möglich von den köstlichen, nussigen Strömen abzubekommen. Dabei konnte sie das gar nicht. Cremige Flüssigkeit lief bereits aus ihrem Mund und tropfte auf Hals und Liege. Den Kopf hebend betrachtete sie ihren nassen Körper.

Die andere Frau wollte ihre Fesseln lösen, doch sie gebot ihr Einhalt.

»Noch nicht, meine süße Gespielin. Zuerst will ich noch, dass du mich leckst. Und dafür sorgst, dass ich noch einmal komme. Aber heftiger als eben. Du verstehst?«

Mit einem süffisanten Lächeln nickte die Angesprochene. Sie legte das Werkzeug beiseite und machte sich ans Werk.

***

Zwischen den Flanierenden machte Walda auch immer mehr Betrunkene aus. Eine Frau schwankte und taumelte in den Teich, aus dem ein paar Sklaven sie mit geübten Griffen wieder heraushoben. »Mehr Wein!«, schrie jemand und sie wusste nicht, ob es ein Mann gewesen war oder eine Frau.

Die Dienerinnen eilten so schnell sie konnten, holten frisch gefüllte Kannen und kamen schon kurz darauf mit leeren zurück.

Immer häufiger hörte Walda ungehaltene Stimmen, die sich ärgerten, weil ein Mann nicht mehr genug Stehvermögen hatte oder eine Frau zu lustlos agierte.

Doch diese Phase des Zorns ebbte schnell ab, als die Müdigkeit Oberhand gewann. Und nun spürte sie selbst Verärgerung. Wieso wurde sie derart erotisch hergerichtet, nur um stundenlang auf einem Podest zu stehen, wo der Einzige, der sie ansah, der Dominus war? Und das sicher auch nur, weil er begutachten wollte, ob er sein schönes Geld vernünftig eingesetzt hatte. Walda kämpfte mit dem Drang, herunterzusteigen und dem Dominus die Meinung zu sagen. Da dies jedoch undenkbar war, blieb sie stehen, machte ein göttinnenhaftes Gesicht und wartete darauf, dass alle so fest schliefen, dass sie unbehelligt von ihrem Platz würde verschwinden können.

Ein Gutteil der Gäste wurde nach und nach von Sklaven und Dienern untergehakt und vom Schauplatz des Festes in ihr Heim verbracht, während andere, die zu tief schliefen, einfach liegen gelassen wurden.

»Die werden morgen früh hier auf das Beste versorgt. Dafür sorgt der Dominus schon.« Eine der älteren Sklavinnen bedeutete Walda, dass sie vom Podest steigen solle. »Du kannst jetzt schlafen gehen. Ein paar der Mädchen warten schon auf dich. Sie helfen dir, dich auszuziehen.«

Walda nickte. Es fiel ihr ungeheuer schwer, herabzusteigen, denn ihre Beine waren steif und müde. Mit jedem Schritt spürte sie die Folgen des langen, nahezu bewegungslosen Stehens.

Andererseits – wenn das die schlimmste Seite ihres Sklavenlebens war, durfte sie sich nicht beschweren.

***

Dort wo der Dominus sich bewegte, brannten überall gewaltige Öllampen, sodass er keinen unsicheren Schritt tun musste. Sie hingegen hatte ein beinahe winziges Lämpchen bekommen, das kaum den Bereich vor ihrem Gesicht erhellte. Also bückte sie sich und hoffte, dass niemand sie in dieser albernen Haltung sehen konnte. Vergessen waren Gier und Geilheit. Walda war nur noch müde und jeder Muskel ihres Körpers schmerzte. Zudem wurde das Kostüm mehr als unbequem. Das Gold juckte und sie spürte, dass sich einige der Haarteile gelockert hatten und zu fallen drohten. Das wiederum hätte bedeutet, dass sie auch noch die Haare hätte suchen und einsammeln müssen. Und so ging sie ebenso langsam wie vorsichtig. Doch gerade, als sie das leise Geräusch eines fallenden Zopfes hörte, verlöschte ihre Lampe. Einem glühenden Speer gleich fuhr der Schreck in ihre Brust.

Mit einem Mal war sie hellwach, denn in eben jenem Moment begriff sie, dass da auch das Geräusch von Schritten gewesen war. Kalter Schweiß bildete sich auf ihrer Haut und ließ sie beben, ohne dass sie es stoppen konnte. Sie wollte um Hilfe rufen, doch ihre Kehle war wie zugeschnürt. Was, wenn es sich um einen der Gäste handelte, der sich an ihr vergehen wollte? Tränen stiegen ihr in die Augen.

Sollte sie dies überleben, würde der Dominus sie töten lassen. Wem würde man denn glauben? Dem Patrizier oder der germanischen Sklavin? Ihr Atem ging unregelmäßig und ihre Brust schmerzte. Ihre Kehle fühlte sich an, als bewegte jemand eine lange Klinge darin auf und ab. Sie wusste, dass ein guter Teil dieser Angst von der Müdigkeit und der Dunkelheit herrührte, doch diese Erkenntnis half ihr nicht.

Und dann war da plötzlich eine Hand. Sie legte sich gegen ihre Wange und Walda war umgeben vom herben Duft eines Mannes.

»Hat dich jemand angefasst?«, fragte eine ruhige, tiefe Stimme, die sie sofort erkannte. Langes, weiches Haar rieselte über ihre Schulter. Der Mann entzündete einen Kienspan und brachte eine Öllampe zum Leuchten.

Walda hatte das Gefühl, als wären sie allein auf der Welt. Sie und der Mann mit den großen braunen Augen. Heißer Atem strich über ihre Haut. Von den Brüsten bis zum Hals.

»Ich hätte es nicht ertragen, wenn dir jemand etwas getan hätte. Wobei ...« – er senkte den Kopf und sein Haar verdeckte seine Züge – »bei den Orgien in diesem Haus wird niemandem etwas getan, was derjenige nicht will.«

Die Seite seines Zeigefingers wanderte über ihre Wange und sie empfand plötzlich die größte Lust, seinen Finger in den Mund zu nehmen und ihn abzulecken – als kleinen Vorgeschmack auf das, was er jederzeit von ihr haben konnte.

»Wenn die Götter mir gewogen sind, lassen sie mir dieses Bild von dir auf dem Podest für den Rest meines Lebens«, sagte er so leise, dass sie ihn kaum verstehen konnte.

»Aber ich bin doch hier. Du brauchst kein Bild in deiner Erinnerung.« Warum nahm er sie nicht einfach in den Arm und küsste sie?

Ihr war es bei Todesstrafe verboten, den ersten Schritt zu tun. Aber er … er war kein Sklave. Wenn sie recht hatte, gehörte er zu jener Gruppe von Menschen, die sich jederzeit nehmen konnten, was sie wollten.

Er neigte den Kopf etwas und war jetzt mit seinem Gesicht so dicht vor dem ihren, dass sie jeden der winzigen schwarzen Sprenkel im tiefen Braun seiner Augen erkennen konnte. Dazu den etwas zu breit angelegten Mund in dem schmalen, länglichen Gesicht. Die lange, gerade Nase.

Er brauchte sie nicht einmal zu umarmen und doch wusste Walda, wie sich jeder einzelne Muskel anfühlte. Sie atmete besonders tief ein und aus, damit sie ihn mit ihren Brüsten berührte. Damit er verstand, wonach sie sich verzehrte. Doch er blieb ruhig stehen und tat nichts weiter, als ihre Wange zu streicheln.

»Du sollst dich in diesem Haus wohlfühlen. Du bist keine jener Sklavinnen, die zu nichts anderem taugen als zum Putzen und zum Beinebreitmachen.«

Walda konnte den Gedanken nicht verdrängen, dass der Dominus das etwas anders sah.

»Wer bist du?«, fragte sie eindringlich.

»Ich bin der jüngere Bruder deines Dominus. Man nennt mich Gaius.«

»Ich muss zu Bett gehen …«, sagte Walda leise. Sie fürchtete sich vor seiner Anziehungskraft, die beinahe so stark war wie die seines Bruders.

Er schaute sie lange an und ging dann wortlos davon.

II.

Man hatte ihr gesagt, dass sie nichts weiter tun solle, als an der Wand stehen zu bleiben und darauf zu warten, dass man ihr Befehle erteilte. Und das tat sie. Wenn Walda mittlerweile auch davon ausging, dass man sie einfach vergessen hatte, denn kein Mensch sagte irgendetwas zu ihr.

Es war eines der vielen Zimmer des Dominus. Im oberen Stock gelegen, hatte es einen Balkon und einen atemberaubenden Blick über die zahllosen Häuser und Tempel Roms hinweg. Offensichtlich mochte der Dominus Wasser, denn – wie in fast jedem seiner Räume – gab es auch hier einen kleinen Teich, der mit den schönsten Blumen bepflanzt war. In diesem schwammen sogar goldfarbene und rote Fische.

Sie wusste, dass er ab und an am Teich saß, seine Füße ins Wasser baumeln ließ und so entspannte. Noch hatte sie ihn nicht gesehen. Er stand hinter einem Mauervorsprung und diskutierte mit einem kleinen, zusammengefallenen Mann, der immer wieder weite Kreise lief, um seiner Anspannung Herr zu werden.

»Das kann ich nicht, Dominus. Wenn ich noch mehr Masken einfüge, wird das Metall so dünn, dass es schon beim Anlegen bricht.«

»Kannst du nicht oder willst du nicht? Noch nicht einmal an die Schlacht gegen die Sueben wird erinnert …«

Es war nicht die Stimme des Dominus, die den kleinen Mann so anherrschte.

»Eine der glorreichsten Schlachten des Herrn und du unterschlägst sie! Soll ich dich züchtigen?«

Jetzt sah sie den Leibsklaven des Dominus mit einer hoch erhobenen Gerte in der Hand hervortreten.

»Hör auf. Wenn er sagt, dass es nicht geht … Dann soll er einen Entwurf machen lassen von einem neuen Helm mit der Schlacht.«

Der Sklave fuhr empört herum und funkelte den Herrn an. »Dem Dieb auch noch eine Belohnung geben?«

Der Dominus machte eine Handbewegung in Richtung des Sklaven, die aussah, als wollte er eine lästige Fliege verjagen. Augenblicklich verschwand die Gerte.

Walda hatte sehr schnell begriffen, dass dieser Leibsklave sich dem Dominus gegenüber mehr herausnehmen durfte als irgendwer sonst auf der Welt – Cäsar vielleicht ausgenommen. Warum, wusste sie nicht.

Der Dominus hielt den Panzer, während der Schlosser ihn an den Seiten öffnete und vorsichtig abhob.

»Ein frisches Gewand für den Herrn!«, rief der Sklave und zog den Dominus aus.

Walda bekam für einen Moment keine Luft.

Sie konnte sich nicht erinnern, je einen Körper wie diesen gesehen zu haben. Muskeln, die derart scharf unter der festen Haut lagen, als hätte sie ein Künstler mit einem Griffel nachgezogen. Welche Ebenmäßigkeit … alles war von einer Perfektion, die nur die größten Bildhauer zeigten. Narben der unterschiedlichsten Größen zeugten allerdings davon, dass er den Valkyrjar schon beinahe gefolgt wäre.

Nachdem man ihm das Gewand abgenommen hatte, senkte er die Arme und die Bewegung setzte sich von den Muskeln der Arme fort bis zu seinem Bauch. Dieser bestand aus scharf unterteilten Bereichen, die Waldas Blick zu seinen Lenden führten. Seine Männlichkeit war nicht erregt und doch hatte er eine mehr als stattliche Größe. *Wieso hat er sich bei der Orgie nicht gezeigt,* fragte sie sich. Mit Freuden hätte sie ihm jeden Teil ihres Körpers zur Erfüllung seiner Lust zur Verfügung gestellt.

Während sie ihn mit rot glühenden Wangen anstarrte, bemerkte sie, dass auch er sie ansah. Die Hitze zog sich wie ein Schwelbrand über ihren Körper, sodass der Dominus selbst quer durch den Raum ihre peinliche Verlegenheit bemerken musste.

Doch da packte sie der Stolz. Walda reckte ihren Kopf kerzengerade in die Höhe und erwiderte den Blick ihres Herrn – eine absolute Todsünde für jeden Sklaven. Ihr Magen zog sich zu einer kleinen, harten Kugel zusammen. Es fühlte sich an, als forderte sie einen Wolf heraus. Ein Akt, der nur mit einem enden konnte: ihrem Tod! Und dennoch konnte sie nicht anders. Das Beben rollte durch ihre Adern, ließ die Härchen auf ihrer Haut aufstehen und Kälte mit Hitze kämpfen.

Und der Dominus? Er stand da: nackt, wie die Götter ihn geschaffen hatten. Aber seltsamerweise war dieser perfekte Körper beinahe nebensächlich. Es war sein Blick, der Walda gefangen hielt. *Können Blicke allein Lust hervorrufen?,* fragte sie sich.

Ja, wenn sie die Härte seiner Blicke hatten … deren Entschlossenheit. Wenn sie einer Frau sagten, dass sie sich nur auf sie konzentrierten, auf nichts anderes in der Welt.

Das Beben ihres Blutes war inzwischen in ihrem Unterleib angekommen und füllte ihren Schoß mit Gier. Walda wollte nur noch, dass er sie mit seinem Stamm anfüllte, dass er sie so tief penetrierte, dass sie seinen Samen schmeckte, wenn er ihn in ihr verschoss.

Die Sonne schimmerte auf seinem leicht welligen, kurzen Haar und ließ seine Haut wirken, als hätte jemand flüssiges Gold auf ihr verstrichen.

Ob er sie provozieren wollte? Sollte sie etwas tun, das sie nachher bereuen würde? Aber sie konnte nichts dergleichen feststellen. Nur diesen stählernen, konzentrierten Blick.

Ob er spürte, wie feucht sie wurde? Wie heftig dieses Prickeln in ihrem anschwellenden Fleisch war? Warum konnte er sie nicht einfach zu sich winken und sich dann an ihr befriedigen? Plötzlich spürte sie, wie die Feuchtigkeit so heftig wurde, dass sie an ihren Schenkeln herabzulaufen begann.

Er aber durchbrach den Bann, hob wieder seine Arme und rief: »Wo ist das frische Gewand? Wie lange soll ich noch warten?«

Im gleichen Moment kam sein Leibsklave herbeigeeilt und half seinem Herrn, sich wieder anzuziehen.

Was immer auch der Dominus gerade empfunden haben mochte – Walda würde jene Augenblicke für den Rest ihres Lebens nicht mehr vergessen.

Ein Diener trat ein, verbeugte sich tief und sagte:

»Iulia Balbilla, Dominus.«

Gleich darauf kam eine extrem auffällig zurechtgemachte Frau in den Raum geeilt. Die Farbe ihres Gewandes war eine Mischung aus Rot und Rosa. Dabei war der Stoff beinahe vollkommen durchsichtig und wurde mit einem goldenen Band um ihre Taille gehalten, die – seitlich überlang – herabhing. Brüste, Bauch und Po waren von goldenen Ketten behangen, an denen wiederum bunte Steine hingen und bei jedem Schritt klimperten.

Der Dominus streckte die Hände nach ihr aus, wartete aber, bis sie zu ihm gekommen war. »Meine Liebe … du siehst heute wieder wundervoll aus!«

Ihr Haar und die Perückenteile hatten die gleiche Farbe wie das Gewand und als wäre sie noch nicht auffällig genug gewesen, waren auch noch Stücke gewalzten Goldes auf ihre Brüste gelegt.

»Ich danke für das Kompliment. Doch wie ich sehe, habe ich den Höhepunkt des Tages verpasst …«

Er sah sie absichtlich verwundert an und lächelte. »Was meinst du?«

»Draußen hat man mir gesagt, dass du soeben deinen neuen Panzer probiert hast …« Sie sah sich um und ihr Blick fiel auf das goldstrahlende Stück.

»Oh … Bei allen Göttern … Davon spricht ganz Rom!«, stieß sie hervor, wobei ihre Stimme in der Höhe beinahe zu brechen schien.

»Iulia … Du bist eine schamlose Lügnerin«, erwiderte der Dominus mit einem schmalen Lächeln um die Lippen.

Damit, so fuhr es Walda durch den Kopf, hatte der Dominus diese Frau sicher sehr genau beschrieben.

»Ich sehe, du hast Karten ausgebreitet … Wenn ich schon deinen Anblick in deinem neuen Panzer verpasse, musst du mir wenigstens etwas von deinem nächsten soldatischen Abenteuer erzählen, damit ich bei meinen Freundinnen prunken kann.«

Sie beugte sich so über den Tisch, dass ihre vollen Brüste fast aus dem durchsichtigen Stoff rutschten. Sie waren groß und rund. Die Haut unter dem schillernden Gold war weiß wie Sucus.

Und nicht nur Walda betrachtete diese Brüste, auch der Dominus warf einen ebenso ernsten wie konzentrierten Blick auf die Halbkugeln. Ob ihn ihre Brüste anzogen?

Der Dominus trat an den Tisch heran und ließ seinen Zeigefinger so über seine Unterlagen wandern, als wären ihm die bis zu den Nippeln entblößten Titten der Iulia noch gar nicht aufgefallen. »Es wird wohl in Richtung Germanien gehen.«

Walda straffte sich, als sie den Namen ihres Heimatlandes hörte.

»Wir haben mit den Sueben noch das ein oder andere Problem.«

»Dann wirst du wohl lange weg sein?«, sagte die Frau, wobei sie sich so über den Tisch reckte, dass der Stoff ihres Gewandes straff gespannt wurde und ihre Brüste herausglitten. Walda überlegte, wann sie schon einmal solche Nippel gesehen hatte. Beinahe übergroße dunkelrote Kreise, in deren Mitte sich jeweils ein fast perfekt runder Knoten erhob.

»Ich stelle mir immer vor, wie du in deiner Uniform hoch auf dem Pferd sitzt, so stark und edel. Und wie du deine Feinde mit einem Schwerthieb niederstreckst …«

Walda betrachtete das Gesicht des Dominus und war mit dem Ergebnis zufrieden, denn offensichtlich fand der diese Vorstellung nicht halb so erregend wie sein Gast. Nein, er schenkte ihr gar keine Aufmerksamkeit mehr. Stattdessen stand er gedankenverloren über den Plänen und schien bereits jetzt über die Schlachtfelder zu reiten.

Iulia hielt sich an der Tischkante fest, machte ein paar schwingende Bewegungen, die denen eines gelangweilten Kindes ähnelten, ging dann in die Hocke und von dort unter den Tisch.

Verblüfft beobachtete Walda, wie die Frau in ihrem wertvollen Gewand und dem vielen Gold gänzlich unter dem Tisch verschwand und sich hinkniete.

Etwas Merkwürdiges ging vor sich.

Julia kroch so weit nach vorn, bis sie direkt vor dem Dominus kauerte.

Walda verstand nicht, was sie da beobachtete. Eine prachtvoll zurechtgemachte Frau, die unter einen Tisch kroch und sich von dort dem Herrn näherte, der an eben diesem Tisch arbeitete und die Frau vollkommen vergessen zu haben schien.

Und dann geschah es …

Iulia hob seine Tunika an und betrachtete eine Zeit lang, was sich darunter verbarg.

Walda stockte der Atem, denn sie sah nur allzu gut, was sich jetzt abspielte. Die am Boden kniende Frau griff nach dem noch weichen Gemächt des Dominus und ließ es wie einen köstlichen Happen zwischen ihren Lippen verschwinden. An den Bewegungen ihres Kiefers erkannte die junge Germanin, dass Iulia den Schaft des Herrn so massierte, dass er innerhalb von Augenblicken erhärtete. Seltsamerweise aber schien der noch immer seine Papiere studierende Herr nichts davon zu merken.

Ob aus diesem Grund oder weil sie es für anregend hielt, änderte Iulia ihre Vorgehensweise. Sie hob mit beiden Händen ihre wogenden Brüste an und schloss sie um den beständig härter werdenden Stamm des Dominus.

Seltsamerweise reagierte er noch immer nicht.

Iulia Balbilla aber stieß kehlige Laute aus, schloss die Augen und bewegte ihren ganzen Oberkörper. Sie presste ihre vollen Halbkugeln derart zusammen, dass die runden Brustwarzen sich über dem Schaft des Dominus trafen.

Unbewegt beugte Marcus Lucius sich herab, spie auf seinen Helm und sorgte so dafür, dass er geschmeidig durch ihre Titten glitt.

»Nimm ihn wieder in den Mund«, sagte er, wobei Walda fand, dass seine Stimme bereits ein wenig gepresst klang, »und massiere mein Gehänge!«

Iulia griff mit einer Hand zwischen ihre Schenkel und begann, ihren Kern zu reiben, während sie mit der anderen den inzwischen steinharten Schwanz des Dominus hielt. Sie vollführte mit dem Handgelenk leicht drehende Bewegungen, die die Vorhaut des Herrn in alle Richtungen bewegten.

Sein Atem ging schwerer. Auch konnte er sich nicht mehr auf seine Karten konzentrieren, sondern stand hoch aufgerichtet da, die Augen geschlossen, und presste die Lippen zusammen. Sein Stamm hatte sich dunkelrot gefärbt und verschwand in einem immer schnelleren Rhythmus in Iulias Kehle.

Deren Hand flog förmlich an ihrer Auster auf und ab. Ihre Erregung war von solcher Intensität, dass sie eine nassglänzende Hand unter ihrem Gewand hervorzog und damit den Helm des Dominus einrieb. Dann ließ sie ihn wieder so tief in ihrer Kehle verschwinden, dass sie würgen musste. Ihre Brüste hüpften wild und Walda sehnte sich danach, diese großen, runden Nippel zwischen ihre Zähne zu nehmen und an ihnen zu ziehen, bis Iulia Balbilla schrie. Zu sehen, wie ihr Herr befriedigt wurde, noch dazu in solch meisterhafter Art und Weise, löste bei ihr ein seltsames Gefühl aus. Eine Art von Wut, dachte sie und verstand es doch nicht. Denn diese Wut mischte sich mit ihrer eigenen Geilheit. Mit dem Wunsch, die Schenkel dieser Frau zu spreizen und die Zunge so in sie hineinschnellen zu lassen, dass sie von einem gewaltigen Höhepunkt davongerissen würde. Ja, sie wollte ihr das Gefühl geben, von einem Schwanz befriedigt zu werden, jedoch von einem, der jeden Punkt ihrer Löcher so erreichen konnte, dass sie sich dem Wahnsinn nahe fühlte.

Wie viel stärker wurde aber im gleichen Moment die Qual, dass der Dominus, jener göttlich aussehende Mann dort vorn, von dieser Frau mit Lust überschüttet wurde und nicht von ihr … Stand Loki irgendwo verborgen und amüsierte sich über jene üblen Streiche, die er ihr spielte?

Wieso aber reagierte der Dominus kaum auf das, was Iulia mit ihm tat? Sie hatte andere Männer in dieser Situation gesehen und die waren vergangen vor Gier.

Würde er sie für eben jenen Dienst erwählen, würde er vor Geilheit irrsinnig werden – dessen war Walda sich sicher.

»Willst du mich penetrieren?«, fragte Iulia Balbilla und sah zum Dominus auf.

In Walda entbrannte ein Feuer. Das wollte sie sicher nicht sehen.

Doch da geschah etwas Seltsames. Der Dominus hob den Kopf und blickte direkt in Waldas leicht geweitete Augen. Es war jener Blick, den er ihr auch während der Orgie zugeworfen hatte. Starr. Kalt. Nachdenklich.

»Nein. Ich will nur auf deine Titten spritzen«, sagte er ruhig.

Die Frau nickte und schob seinen Stamm langsam in ihren Mund. Immer tiefer. Bis ihre Lippen gegen seinen Unterbauch stießen.

Jetzt bewegte er sich. Seine Hände lagen an ihrem Kopf, als wollte er verhindern, dass sie sich seinen Stößen entzog. Und dazu hatte sie auch jeden Grund, fand Walda. Ihre Möse brannte und sie wollte nichts weiter, als diesen Raum verlassen, um sich Erleichterung zu verschaffen.

Wie tief er seinen Stamm in die gurgelnde Kehle stieß. Immer schneller. Iulia bewegte ihren Kopf in jede Richtung, krallte sich in seine Hüften, um den Rückhalt zu bekommen, sich zu lösen, aber es gelang ihr nicht. Bis zum Ansatz stieß er seinen Hammer in sie hinein. Was der Römerin die Tränen in die Augen trieb, versetzte Walda beinahe in Raserei. Welche Vorstellung, dass er eben dies mit ihr täte.

In ihrer Fantasie blickte er kalt und konzentriert auf sie herab und knebelte sie dabei mit seinem Stamm. Sie beobachtete Iulia Balbilla und spürte ihn dabei, als sei der Dominus in ihrer eigenen Kehle.

Und dann kam er mit einem gepressten Aufstöhnen.

Nie zuvor hatte Walda einen Mann eine solche Menge abspritzen sehen. Und es schien gar nicht mehr aufzuhören.

W*enn er nur meinen Leib damit anfüllen würde,* ging es ihr durch den Kopf. Stattdessen überzog er das Gesicht und die Brüste der Iulia Balbilla mit seinem Samen – wobei diese beide Hände auf ihren Mund presste, als könnte sie so verhindern, ein Kind zu empfangen.

Der Dominus strich seine Toga wieder glatt und half seiner Gespielin auf die Füße. Ihr Gewand klebte nass an ihren Brüsten und gab ihr ein so erregendes Aussehen, dass Walda nur noch daran denken konnte, sie auf einen Tisch zu werfen und mit Zunge und Fingern in den Wahnsinn zu treiben.

Stattdessen verließ Iulia Balbilla mit einem formellen Gruß den Raum.

»Du!«, sagte der Dominus, als er mit Walda allein war. »Räum hier den Tisch auf!« Dann trat er an die neue Rüstung heran und dachte nach.

Walda aber sortierte zügig die Zeichnungen, bis sie plötzlich innehielt. Vor ihr lag eine Karte ihrer Heimat, dessen war sie sich absolut sicher. Allein die ein oder andere Einzelheit stimmte nicht. Und je genauer sie hinsah, desto mehr Fehler fielen ihr auf.

In ihrer Konzentration hatte sie die Hände auf den Tisch gestützt und sich nach vorn gebeugt.

Im nächsten Moment wurde sie von einem eisernen Griff am Oberarm gepackt und weggestoßen. »Was tust du da?«

Sie blickte auf und erkannte, dass der Dominus bereits die Hand zum Schlag erhoben hatte. »Was du da tust, Miststück!«

Walda riss die Arme hoch und hielt sie sich vor das Gesicht. Sie war so erschrocken, dass sie nicht wusste, was sie sagen sollte.

»Rede!«, rief er, packte sie bei den Oberarmen und schüttelte sie. »Ich schwöre dir … ich lasse dich auspeitschen! Willst du hier spionieren?«

»Nein, Dominus!«

Ihre Stimme bebte vor Todesangst. Doch genau die war es, die ihr die Kraft gab, sich nicht nur loszureißen und ein paar Schritte rückwärtszugehen, sondern auch klar und gefasst zu sagen: »Diese Karten sind verkehrt!«

Marcus Lucius ließ die Arme sinken und blickte Walda von oben herab an. »Das ist Kuhscheiße«, erklärte er.

»Und wieso?«, versetzte sie.

»Erstens bist du eine Sklavin ohne jede Bildung. Zweitens … woher solltest du Karten lesen können? Drittens: Wieso solltest du mir sagen wollen, was es mit den Karten auf sich hat? Schließlich bin ich nicht nur dein Feind. Ich bin dein Todfeind. Und es müsste dir ein Genuss sein, wenn du wüsstest, dass ich mich mit meinen Männern nach falschen Karten bewege.«

Walda richtete sich gerade auf und erwiderte den Blick ihres Gegenübers.

»Zum einen: Wieso denkst du, ich sei ungebildet? Und zum anderen: Du bist nicht mein Todfeind. Du bist mein Dominus. Du hast mich nicht einen Moment lang schlecht behandelt, wieso sollte ich also triumphieren ob deines Untergangs?«

Als sie über diese Worte nachdachte, errötete sie auf das Heftigste. Das konnte sie nicht gesagt haben.

Er erwiderte nichts. Seine schönen Lippen waren fest geschlossen. Als einzigen Ausdruck seiner inneren Bewegung sah Walda die zuckenden Muskeln an seinem Hals.

»Komm her!« Er machte eine knappe Bewegung mit seinem Kopf und Walda trat neben ihn. *Welch überwältigender Duft,* dachte sie. Eine Mischung aus den Ölen, mit denen man seinen Körper gesalbt hatte, und seinem Samen.

»Sieh dir die Karten an und zeig mir genau, wo die Fehler sind!«

Sie brauchte eine Weile, um sich zu orientieren, dann aber fand sie sich problemlos zurecht. »Sieh her …« Ihr Finger ruhte auf einem kleinen Punkt. »Hier haben wir gelebt. Und hier …« Ihr Finger wanderte ein Stück weiter. »Hier ist der Stamm, den ihr die Nemeter nennt.«

Die Bitterkeit in ihrer Stimme schien dem Dominus nicht zu entgehen, denn er sah sie lange eindringlich an. »Was hat es mit den Nemetern auf sich, dass …«

Walda ließ ihn nicht aussprechen, so kochte sie vor Hass. »Es sind Schweine. Dreckige Schweine. Sie kamen in unser Dorf und haben alles gestohlen, was sie über ihre dreckigen Schultern hängen konnten. Sie haben meine Schwester und meine Mutter entführt. Meine Schwester musste einen Nemeter heiraten und meine Mutter wurde als Sklavin verkauft. Ihr reitet nach Germanien, um diesem Pack den Garaus zu machen? Ich bete zu deinen und zu meinen Göttern, dass es ein Erfolg werden möge.«

Aus ihren Augen schossen solche Blitze auf die Landkarte, als könnte sie damit all jene töten, die dort unten lebten.

»Vielleicht sollte ich dich mitnehmen, wilde Walda. Dann könntest du mir den Weg zeigen.«

Ihr Kopf ruckte hoch und sie starrte ihren Herrn an. Für einen Moment überlegte sie, ob er sich über sie lustig machte oder ob es ein ernst gemeinter Vorschlag war. Immerhin kannte sie sich aus und sie war vertrauenswürdig.

»Ich weiß aber immer noch nicht, wo die Fehler der Karte sind …«

Walda riss sich zusammen und nahm einen der herumliegenden Griffel. Mit vorsichtigem Strich, um die Karte nicht zu beschädigen, zog sie die korrekten Grenzen nach. Dann fügte sie Gebäude und Mauern hinzu. Sie wies auf geografische Besonderheiten hin, besonders wenn sie sich unter dichtem Gestrüpp oder im Wald verbargen.

Bald war die Karte über und über beschriftet.

Der Dominus betrachtete sie sorgfältig. »Und du bist dir sicher, dass all das noch genauso aussieht?«

»Nein, Dominus. Es ist eine lange Zeit vergangen, seit ich

das alles zum letzten Mal gesehen habe. Aber es gibt Dinge, die ändern sich nicht.«

»Da magst du wohl recht haben.« Seine Stimme war noch tiefer geworden und eine seltsame Rauigkeit hatte sich über sie gelegt.

»Wann wirst du aufbrechen?«, wollte Walda wissen und dachte nicht für einen Moment daran, dass sich eine solche Frage nicht geziemte.

»Ich weiß es noch nicht. Der Cäsar muss entscheiden.«

Plötzlich wandte er sich Walda zu und sah sie mit zusammengepressten Lidern an. »Bist du eine germanische Spionin?«

Der Schreck fuhr derart durch sie hindurch, dass ein heftiges Zittern sie packte. W*ie schön und argwöhnisch sein Gesicht ist,* ging es ihr durch den Kopf. Sie wünschte sich, sie sähe so aus wie diese Iulia. Dann käme er nicht auf den Gedanken, sie könnte eine Spionin sein. Während der Orgie ... da hatte er sie angesehen. Lang und voller Interesse, aber da hatte man sie ja auch zurechtgemacht wie eine wahrhaftige Göttin. Jetzt aber trug sie ein gleichsam schlichtes Gewand, das seine Sinne kaum zu fesseln vermochte.

»Ich werde dich mitnehmen, Spionin.« Und seine Blicke wirkten beinahe böse.

III.

»Hat er dich genommen?«

Walda hörte das Schnauben eines Pferdes ganz in ihrer Nähe. Als sie um einen riesigen Jasminbusch blickte, erkannte sie Gaius, der auf einem vollkommen schwarzen Pferd saß. Das Tier tänzelte in der Mittagshitze und sein Fell glänzte dabei wie Lack.

»Komm her!«, sagte er und als Walda neben dem Pferd stehen geblieben war, packte er ihren Unterarm mit mehr Kraft, als sie ihm zugetraut hätte, und zog sie hinter sich.

Sie wollte protestieren, sich losreißen, doch sie hatte keine Chance. So gut sie konnte, schlang sie ihre Arme um seinen Oberkörper und presste ihre Wange gegen seinen Rücken. Gab es nicht eine Menschenfrau, die so von einem Gott entführt worden war? Walda erinnerte sich schwach. Aber sie wusste sicher, dass die Menschenfrau sich ebenso gefühlt haben musste. Ängstlich. Als habe sie Hel bereits erblickt.

Walda liebte die Villa Rustica mehr als jene, die sie in Rom bewohnten. In Rom war alles laut und wild. Wenn man in den Gassen ging, lief man ständig Gefahr, niedergeschlagen zu werden. An den Auslagen stieß man sie beiseite und wenn sie etwas sagte, schrie man sie an, sie sei nur eine Sklavin. »Und wenn ich dich jetzt hier gegen die Mauer stoßen würde, deine Pobacken auseinanderreißen und dich ficken … denkst du, das würde irgendwen scheren? Ich würde deinem verblödeten Herrn ein paar Sesterzen für dich bezahlen und damit wäre er gut bedient«, hatte ein Mann sie einmal angeherrscht.

Nein, sie konnte Rom nicht ausstehen.

Aber hier … hier war es schön. Die Villa lag in Feldern, die einem im Sommer das Gefühl gaben, sich in einem goldenen Meer zu bewegen. Und innerhalb der Mauern hatte der Dominus einen Garten anlegen lassen, der mit Sicherheit mit jenen des Cäsars mithalten konnte.

In diesem Moment aber galoppierte der Fremde mit ihr davon, ohne jede Rücksicht, ob sie sich hinter ihm halten konnte oder nicht.

Schweiß rann über ihr Gesicht und mischte sich mit dem Staub der Straße. Sie bekam Durst. Brennenden Durst. Wie lang es wohl noch so dahingehen mochte?

»Ich muss dir etwas zeigen!«, rief Gaius und drehte sich dazu für einen Augenblick zu Walda um.

Am Horizont erkannte sie einen Streifen aus Bäumen. Sie

konnte nur hoffen, dass dies sein Ziel war. Wenigstens einen Hauch von Schatten.

»Steig ab!«

Gaius hielt ihren Unterarm, bis sie auf den Füßen stand. Er führte das Pferd an den Zügeln voran, immer tiefer in den Wald hinein. Es wurde dunkler und kühler. Und dann hörte sie es: ein leises Plätschern!

»Hast du Durst?«

Sie brauchte nichts sagen. Ihre aufgesprungenen Lippen sprachen für sich. Gaius war ebenfalls mit Staub bedeckt, außer an den Stellen, wo der Schweiß Linien gezogen hatte.

»Da vorn … schau!«

Ein kleiner Wasserfall, der sich sprudelnd in einen Teich ergoss. Es erschien Walda wie ein Bild aus Lichtalfheim, was sie da sah. Blumen, Bäume, weiche Erde, die sich um die Tannen herum erstreckte. Und inmitten dieser Pracht das grün schimmernde Kleinod.

»Es sieht aus, als hätte sich der Wald einen Edelstein angesteckt«, sagte sie ungewohnt gefühlvoll. Und Gaius erwiderte diese Offenheit, indem er sie lange anblickte – mit einem Blick, den Walda nicht wirklich deuten konnte.

»Ich wünschte, er würde dich mir schenken … Ich würde dich Tag und Nacht mit meinem Samen anfüllen und nie wieder aus meinem Bett lassen.«

»Wieso sprichst du so zu mir, Dominus?«

»Nenn mich nicht Dominus«, herrschte er sie an und packte sie dabei derart heftig am Oberarm, dass Walda bereits spürte, wie sich die Flecke ausbreiteten.

»Ich bin Gaius. Und so wirst du mich auch nennen.«

Walda konnte nicht verstehen, wieso er mit einem Mal so aggressiv war. »Bringst du mich deswegen an diesen wunderbaren Ort, um mich dann anzuschreien und mir wehzutun?«

Gaius ließ sie los, doch nicht, ohne ihr noch einen leichten Stoß zu verpassen. »Er hat dich gehabt, nicht wahr?«

Sein hübsches Gesicht schien zu versteinern und dennoch kochte sein Blut.

»Der Dominus hat mich nicht gehabt, wie du es nennst.«

»Natürlich hast du die Beine für ihn breitgemacht.« Er hob einen Stein hoch und Walda war sich sicher, dass er sie damit bewerfen würde. Aber sie hatte nicht vor, die Furchtsame zu spielen. Im Gegenteil. Es machte sie rasend, dass er ihr so etwas vorwarf. Vor allem, weil es nicht zutraf. Und weil sie sich in jeder wachen Minute danach sehnte. So reckte sie sich, damit sie größer und imposanter wirkte, und stellte sich so dicht vor Gaius, dass er sie bequem hätte treffen können.

»Du willst nichts anderes, als mich verletzen. Dann bring es hinter dich. Los! Steinige mich. Peitsche mich mit deiner Gerte.« Ihr Gesicht rötete sich so heftig, dass es ihr peinlich war. »Du denkst, dein Bruder hat mich gefickt … Er hat es nicht. Aber er ist mein Dominus. Es ist sein Recht.«

»Alle lassen sich von ihm die Löcher stopfen. Ob Mann oder Frau. Wieso solltest du die Ausnahme sein? Es vergeht kein Tag, da sein Schwanz trocken bleibt, und ausgerechnet dich sollte er nicht besteigen?«

Er hatte in einer zornigen Bewegung den Stein in den Teich geworfen und stand nun so dicht vor Walda, dass sich ihre Nasen beinahe berührten.

Sie roch seinen Atem, der nach gewürzten Ölen, Oliven und feinem, weißen Brot duftete. Schweiß stand auf seiner Stirn und gab ihm einen Glanz, der belegte, wie ernst es Gaius mit seinen Vorwürfen war.

»Warum bist du so wütend? Warum schreist du mich an? Wenn du mich willst, kannst du mich jederzeit nehmen. Ich bin eine Sklavin und du bist der Herr. Du erregst dich, als hätte ich eine Wahl. Als könnte ich dich zurückweisen …«

Sie hatte den Satz noch nicht zu Ende gesprochen, da packte Gaius ihren Kopf mit beiden Händen und presste seine Lippen auf die ihren. Mit seinem Unterleib und einem Bein drängte er sich zwischen ihre Schenkel.

»Dominus …«, ächzte Walda.

Das war es. Danach hatte sie sich gesehnt. Jetzt endlich geschah es und zwar mit diesem Mann, dem die Mädchen und Frauen mit gierigen Blicken nachschauten.

Walda wollte nicht mehr warten. Sie löste seinen Gürtel und zog ihm dann die Toga über den Kopf. Dass er das Gleiche mit ihr tat, fiel ihr in ihrer steigenden Erregung gar nicht auf. Das Blut in ihren Adern schien sich mit jedem Atemzug zu vermehren. Es dehnte sich in ihr aus und brachte ihr Herz zum Rasen.

Was für ein wundervoller Körper sich da ihrer bemächtigte. Seine Muskeln waren perfekt ausgebildet, wenn sie auch nicht so massig waren wie die seines Bruders waren. Aber der Dominus war eben auch ein ausgebildeter Krieger.

Sie sah ihn in ihrer Fantasie, wie er sich von Iulia hatte befriedigen lassen, und spreizte ihre Beine so weit, dass ihre Knie den Boden berührten.

»Stellst du dir jetzt vor, er wäre hier?«, wisperte Gaius ihr ins Ohr, wobei sein Haar wie ein dichter Vorhang über ihr Gesicht rutschte. Er drang in sie ein, doch nur mit seinen Fingern. Es bescherte ihr ein Gefühl zwischen vollkommener Gier und tiefster Furcht, er könnte es dabei belassen.

»Steck ihn mir rein!«, knurrte Walda und ihre Stimme klang dabei fast wie die einer Wölfin.

»Du bist noch unberührt … dieses Blut solltest du deinem Herrn überlassen.«

Ihre vollen Brüste hoben und senkten sich hektisch. Sie wollte sich in ihrem Zorn aufsetzen, doch Gaius stieß sie zurück.

»Hast du mich hierhergebracht, um nur mit deinen Fingern in mir zu scharren wie ein Huhn im Stall?«

»Wie kannst du es wagen?«, herrschte er sie an, doch Walda erkannte an seinem Schwanz, dass er mehr als nur willig und bereit war. Dick und rot stand er hart vor seinem Bauch. Wenn er dieses Stück in sie hineindrückte, würde sie vor Geilheit sterben, dachte Walda. Aber das wäre ihr dann sicherlich egal.

»Dreh dich um!« Seine Stimme klang derart gepresst, dass sie kaum glauben konnte, dass Gaius gesprochen hatte.

Und dann kehrte für einen Moment die Vernunft zurück. »Wir dürfen das nicht … Dein Bruder wird mich töten, wenn er es erfährt.«

Gaius beugte sich tief über Walda, nahm ihr Kinn sanft in die Hand und küsste sie. »Mach dir keine Sorgen … Ich weiß Wege … niemand wird erkennen, was wir getan haben …«

Was er sagte, gefiel ihr nicht. Es klang … wissend. So, als hätte er schon zahllose andere Frauen gehabt.

Als er ihren Po auseinanderzog, ruckte Waldas Kopf hoch. »Was tust du?«

»Keine Spuren hinterlassen …«

Er spie in ihre Spalte und verrieb die Feuchtigkeit mit seinem Daumen. Dieses Ritual wiederholte er mehrmals, bis sein Daumen begann, langsam gegen ihre Rosette zu drücken.

»Gaius … bitte … Was …«

»Schschsch …«, gab er von sich. »Du musst ganz locker bleiben. Atme gleichmäßig. Achte auf deinen Atem … Gleich werde ich dir eine solche Lust bereiten, wie du sie dir nie vorzustellen gewagt hast …«

Bevor es zu dieser Lust kam, erlitt Walda aber überwältigende Schmerzen. Denn wo Gaius zuerst noch seinen Daumen genommen hatte, um ihre Rosette zu weiten, griff er nun nach seinem Stamm. Er befeuchtete auch ihn und setzt sodann seinen Helm an der zuckenden, rosa Öffnung an.

»Ich kenne … keinen Mann …«, ächzte er in einer Mischung aus überwältigender Geilheit und Anstrengung, ihren Ring zu überwinden, »…der den Arsch einer Frau nicht jeder anderen Öffnung vorziehen würde.«

Walda mochte noch immer nicht, was er sagte, aber sie konnte sich nicht auf seine Worte konzentrieren. Von seinem langsam immer tiefer eindringenden Schaft ging ein solches Feuer aus, dass bald ihr ganzer Unterleib zu verbrennen drohte. Doch da war noch etwas anderes … Walda konnte hinter den ungeheuren Schmerz blicken. Gaius hatte ihren Po vollkommen penetriert. Sie spürte seine Haut an ihrer. Die Wärme, das Pulsieren des Blutes, die Bewegung der Muskeln.

»Beweg dich in mir«, wisperte sie und konnte nicht glauben, dass sie das sagte.

Er tat, was sie wollte. Rieb ihre enge Röhre mit seinem Schwanz und stöhnte leise dabei. Wie sie es genoss, dass sie es war, an der er sich so ergötzte. Und dann packte sie die Gier, den Schmerz zu intensivieren. Walda presste ihren Atem gleichmäßig durch ihre Nase und dann bewegte sie ihre Rosette.

Gaius schrie auf. »Bei allen Göttern, Weib … Was tust du?«

»Ich massiere deinen Stamm, damit er mich nie vergisst!«

Gaius drückte seine Arme durch, mit denen er sich über Walda abstützte. Er keuchte wie ein Erstickender und nahm all seine Kraft zusammen, um sich schneller und schneller in ihrem Anus zu bewegen.

Der Schmerz war überwältigend, aber auch der Genuss. »Fick mich schneller«, stieß sie aus heiserer Kehle hervor und Gaius rammte seinen noch immer steinharten Schaft in ihren Po. Sein Atem drang durch ihr Haar und wärmte ihren Nacken.

Mit jedem Stoß seines Unterleibs bewegte sie sich eine Stufe höher auf der Leiter in die Unendlichkeit.

»Ich komme!«, rief er plötzlich und Walda ahnte durch einen dichten Nebel aus Gier, was das bedeutete.

»Nein. Du darfst noch nicht. Ich lasse es nicht zu.«

Seine Hübe begannen, unkontrolliert zu werden. Sein Ständer rutschte aus ihr heraus, spritzte ein paar Tropfen auf Waldas Rücken und wurde sodann wieder rücksichtslos von Gaius in ihren Anus gepresst.

Sie schrie, versuchte, auf alle viere zu kommen, und wurde doch wieder von ihrem Liebhaber zu Boden gepresst.

»Lass mich kommen … Ich flehe dich an … Ich kann mich nicht mehr kontrollieren.«

Walda wusste, dass ihre Kräfte sie langsam verließen. Sie musste Gaius abspritzen lassen.

»Gut. Entlade dich, wohin du willst …«

Mit einer Hand seinen dunkelroten Schaft reibend, drehte er sie mit der anderen Hand auf den Rücken.

Es glich dem Schrei eines Tieres, als er sich zu entladen begann. Er zielte offensichtlich auf ihre vollen, straffen Brüste, auf die hochgereckten Nippel, doch er spritzte in ihr Gesicht, auf ihre Lustgrotte, die sie mit beiden Händen für ihn spreizte, und ihren weichen, weißen Bauch.

Wie er zitterte, wie seine Stimme bebte. All das erregte Walda mindestens genauso wie sein Samen, der ihren Körper wie ein geiler Kokon überzog.

Sie war wie in Trance, als sie Gaius rufen hörte. »Komm rein … Das Wasser ist so kalt, dass ich zum Mädchen geworden bin.« Dabei warf er sein nasses Haar zurück, das wie lackiert glänzte.

Walda rollte sich trunken auf die Seite, stützte ihren Kopf auf und beobachtete ihn.

Mit den Zähnen klappernd hüpfte er auf und ab, sodass das Wasser bis zu ihr spritzte.

»Ich kann nicht schwimmen«, erklärte sie.

»Was? Eine Germanin, die nicht schwimmen kann?« Er lachte und kleine Fältchen breiteten sich unter seinen herrlichen Augen aus. »Du solltest dich wirklich erfrischen, bevor wir wieder zurückreiten«, mahnte Gaius.

Mit einem Mal wurde Waldas Herz schwer. Sie hatte eine so wundervolle Zeit gehabt dank dieses wilden Römers und nun sollte sie zurückkehren in ihren tristen Sklavenalltag.

»Ich will nicht zurück«, sagte sie leise, nachdem sie vorsichtig zu Gaius in den Teich gestiegen war.

Sanft legte er seine Arme um ihren Rücken und küsste ihre Stirn. »Gib doch zu … Du sagst das nur, weil du dich nach meinem Schwanz verzehrst!«

»Natürlich. Nach was denn sonst?«, erwiderte Walda lachend. Im gleichen Moment packte Gaius sie und tauchte sie unter.

Walda aber schlug und trat um sich, bis er sie wieder hochhob.

»Glaub mir … du hast meinen Stamm nicht zum letzten Mal in dir gehabt. Ich werde jede Nacht zu dir kommen und ich werde dich so lange ficken, bis wir Arm in Arm einschlafen.«

Was für ein wundervoller Traum, dachte Walda. Dann legte er sanft seine Lippen auf die ihren und küsste sie zärtlich.

***

Die Sonne ging bereits unter, als Gaius und Walda sich eng aneinandergeschmiegt von seinem Pferd zurücktragen ließen.

Sie atmete den Duft des Mannes, der sie unglaublich befriedigend bestiegen hatte, in tiefen Zügen ein. Es war der Geruch nach dem Wasser des Teichs und den Resten seines Samens, den sie mit ihren Brüsten auf seiner Haut verteilt hatte.

Walda hielt ihre Schenkel weit gespreizt und die Reibung ihrer geöffneten Möse auf dem harten Fell machte sie beinahe rasend. Sie wollte nichts so sehr, als Gaius zu bitten, anzuhalten, um ihm ihre gedehnte Rosette hinzuhalten. Niemand würde es merken …

Der Duft des Jasmins kündigte die Villa an, noch bevor man sie sehen konnte. Und da verschwand ihre Ruhe schlagartig. Vor dem breiten Tor des seitlich gelegenen Hofes bat Gaius sie, abzusteigen.

Diener und Sklaven eilten durcheinander und bereiteten das Nachtmahl des Dominus vor. Zudem, so hörte Walda, erwartete er auch wieder einen Gast. Vielleicht wieder diese Iulia? Ein Glühen erfasste sie, das sich mit heftigem Ärger mischte. Ärger, den sie nicht wirklich verstand. Möglicherweise empfing er die Hure ja täglich, wenn er sich auf dem Land aufhielt. Wie konnte sie es wissen? Es war das erste Mal, dass sie ihrem Baudiz hierher gefolgt war.

»Wer ist der Gast? Diese Iulia?«

Eine der älteren Sklavinnen, die ihr Haar nach römischer Mode elegant aufgesteckt hatte, begann zu lachen. »Das klingt nach sehr viel Eifersucht.«

»Ja … Seht nur, wie rot sie wird.«

»Natürlich Iulia. Keine hat sich so lange gehalten wie sie.«

»Kein Wunder, heißt es doch, dass keine mit dem Mund so geschickt ist wie sie.«

Und so warfen sich die Frauen gegenseitig die Bälle zu, während Walda nur noch nach einem Grund suchte, sich davonzumachen.

»Nein. Wir ärgern dich nur. Ein sehr bekannter Senator kommt zu Besuch. Und das vor allem, weil der Dominus nach seiner Karriere in der Legion in die Politik gehen will.«

»So ist es«, stimmte eine alte Sklavin bei. »Was soll so ein kräftiger junger Bursche auch anderes machen. Kommt aus einer der besten Familien Roms …«

Energisches Kopfnicken der Umstehenden.

»Denkt nur, was sein Vater damals einen Aufstand gemacht hat, als der Dominus zur Legion wollte.«

Jetzt lachten sie alle, als wäre er ihr Sohn oder Enkel.

Walda interessierte es nicht. Die Hitze in ihrem Gesicht klang langsam ab und das war alles, was zählte. Sie wollte ins Haus gehen und den Dominus weder hören noch sehen. Als sie aber den Weg nach drinnen einschlug, blickte sie zufällig hoch und sah ihn oben an der Balustrade stehen – zusammen mit seinem Sekretär, der sich eifrig Notizen machte, während sein Gebieter diktierte.

Dieser aber blickte zu ihr herab. Die Augen beinahe schwarz, die Miene versteinert. Er erinnerte sie an einen wütenden Hengst, der in der Lage war, einem mit einem Blitz aus seinen Augen Todesängste einzujagen.

Römer hatten zumeist ein heißes Temperament. Es genügte ein falscher Satz, ein falscher Blick und sie versuchten, sich gegenseitig den Schädel einzuschlagen. Der Baudiz aber war anders. Er war kalt wie norischer Stahl. Nur zu gut erinnerte sie sich daran, wie er mit seinen Gesprächspartnern so ruhig plaudernd durch die wilde Orgie schritt, als seien all diese nackten, röchelnden, schreienden und stöhnenden Körper für ihn unsichtbar.

Walda ging in den Stall, nahm sich einen Büschel Stroh und begann, Gaius' Pferd trocken zu reiben.

Jeder Moment, der verstrich, ohne dass der Dominus sie zu sich rief, war ein Sieg.

»Leg das Stroh weg. Tacitus macht das weiter«, sagte eine Sklavin, die wohl als Botin fungierte.

»Was soll ich tun?«

»Der Dominus verlangt nach dir. Also los … Mach schon! Leg das verdammte Stroh hin und renn. Oder willst du, dass die Alte dich schlägt?«

Walda raffte ihr Gewand und eilte los. Bald hatte sie den festgetrampelten Lehm der Gesinderäume verlassen und tappte mit schmutzigen Füßen über den kühlen Marmor, mit dem die Flure und Zimmer der Herrschaften ausgelegt waren. Die Wände waren mit Blumengirlanden bemalt und am Boden sah man Tiere, die so lebensecht gestaltet waren, dass sie so manches Mal eine Dienerin hatte schreien hören, weil sie plötzlich eine der Mäuse oder eine Schlange gesehen hatte.

Es gab sogar gemalte Tische und Stühle. Alles war ein einziges Wunderwerk. Walda war fasziniert, dass es Menschen gab, die so etwas Schönes zustande brachten, und Menschen, die so reich waren, dass sie solcherlei bezahlen konnten.

Man konnte nicht sagen, ob die Blumen im Inneren des Hauses schöner waren oder die im Garten.

Jetzt aber durfte sie nicht stehen bleiben und schauen. Sie musste zu ihrem Dominus und hören, was er wollte.

Ein Sklave stand in der frischen abendlichen Brise, die vom Meer herkam, und öffnete Walda die Türe, als sei sie eine vornehme Dame. Im gleichen Moment zuckte sie zusammen. Ob diese Iulia wieder bei ihm war? Oder irgendeine andere Hure? Die Vorstellung, ihm wieder zusehen zu müssen, wie er sich von diesen Frauen bedienen ließ, löste einen so schmerzhaften Druck in ihrem Magen aus, dass sie meinte, sich übergeben zu müssen.

Wieso aber fürchtete sie sich dermaßen vor solchem Anblick? War es nicht vollkommen egal? Sie durfte sich ihm gegenüber zu keinem Gefühl hinreißen lassen. Ihr gegenüber war er ein Gott, der sie jederzeit töten durfte, ohne den geringsten Tadel fürchten zu müssen.

Der Sklave schloss die Türe hinter ihr und ließ sie allein.

Für einen Moment hielt Walda den Atem an, als sie eine mächtige Gestalt am anderen Ende des Raumes sah. Ein Soldat oder ein Offizier – so genau vermochte sie das nicht zu sagen – stand mit dem Rücken zu ihr bewegungslos da.

Walda schwieg.

Der Offizier drehte sich um. Es war kein anderer als der Dominus. Wie heftig da ihr Herz zu schlagen begann. Er trug eine weiße Tunika, die mit Gold verziert war. Der Brustpanzer war ebenfalls weiß und bildete seinen entblößten Oberkörper nach, gerade so, als zöge er halb nackt in die Schlacht.

Als er Walda bemerkte, löste er den Kinnriemen und nahm den Helm ab, der sein Gesicht zum größten Teil bedeckte.

Was *für eine kluge Erfindung,* dachte sie. D*enn was wäre, wenn dieses wundervolle Antlitz in der Schlacht verletzt würde.* Dabei dachte sie an jene Narbe, die über seine linke Wange verlief. Diese eine war in Ordnung, denn sie nahm ihm die Perfektion. Und das war gut so. Jede einzelne Narbe, die nicht getötet hatte, sorgte dafür, dass ein Krieger sein Gegenüber heftiger einschüchterte. Das hatte man sie bereits als Kind gelehrt. Und nun stand sie vor dem größten Krieger, den Rom kannte, als wäre es das erste Mal.

Er kam auf sie zu. Langsam. Schritt für Schritt. Die letzten Sonnenstrahlen ließen seine eingeölte Haut dunkel schimmern.

Waldas Brüste hoben und senkten sich bei seinem Anblick. Ihre Kehle schien mit jedem Moment enger zu werden und ihr bald jegliches Schlucken unmöglich zu machen. Und da fiel es ihr ein … Er würde den Feldzug beginnen. Jetzt war es so weit. Der Dominus würde bis in ihre Heimat reiten und all die Schweine töten, die für ihr Unglück verantwortlich waren. Sie konnte kaum das freudige Strahlen unterdrücken, das von ihr Besitz ergriff. Dieser wunderbare Mann würde an ihrer Stelle Rache nehmen. Ihre Gedanken überschlugen sich.

Er nahm ein Ende seines Umhangs und wickelte es einmal um seinen Unterarm.

Dabei entdeckte sie noch mehr Narben. Was, wenn er getötet würde?

Der Dominus stand jetzt so dicht vor Walda, dass sie den Geruch von Leder und Wolle riechen konnte. Er war mehr als einen Kopf größer als sie und blickte wie ein Gott auf sie herab. »Du hast den Ausritt genossen?«

Walda begriff nicht, was diese Frage sollte. Wollte er nicht mehr über ihre Heimat wissen, damit er sich auskannte und nicht fürchten musste, in einen Hinterhalt gelockt zu werden? Stattdessen machte er sich Gedanken über den Ausritt.

»Ich denke nicht, dass ich meine Frage wiederholen möchte …«, sagte er so leise, dass seine Worte kaum mehr als ein Flüstern waren.

Walda schluckte hart. »Ja, Dominus. Es war schön.«

»Und wo wart ihr? Denn du bist ja wohl mit meinem Bruder ausgeritten.«

»Ich … ich …«, ihre Lider flatterten vor Anspannung. »Ich kenne mich in der Gegend nicht aus, Dominus.«

»Dann beschreibe sie mir …«

Er begann, langsam auf und ab zu gehen.

»Es war ein Wald aus Bäumen, die man hier – glaube ich – Pinien nennt. Und es gab einen kleinen Teich. Da konnte das Pferd trinken.«

Mit jedem Wort wurde sie vorsichtiger, denn der Zorn ihres Herrn wurde so intensiv, dass sie das Gefühl hatte, ihn mit Händen greifen zu können.

»Und ihr habt nicht zufällig in dem Teich gebadet?«

Seine Stimme sollte klingen, als sei die Frage so ganz nebenbei gestellt, aber Walda erkannte, was sich abspielte. »Wieso sollte ich lügen, Herr? Ja, wir haben dort gebadet. Und es war schön.«

Marcus Lucius drehte sich langsam zu ihr um. »Und als ihr im Wasser wart … hat Gaius dich da berührt?«

Noch einen Schritt. Der Dominus stand ihr Auge in Auge gegenüber.

»Nein. Das hat er nicht, Dominus.«

»Und was ist das da?« Mit einem groben Griff umklammerte er jene Stelle an ihrem Oberarm, die inzwischen angeschwollen war und eine tiefblaue Farbe angenommen hatte.

Walda presste die Zähne zusammen, um nicht laut aufzuschreien.

»Ich frage dich noch einmal: Hat er dich angefasst?« Er packte Waldas Kinn und schien es zwischen seinen stählernen Fingern zermalmen zu wollen.

»Ich bin ausgerutscht, als ich in den Teich steigen wollen. Da hat mich der junge Herr aufgefangen. Das war alles.«

Ganz stolze Germanin hob sie den Kopf und warf ihr Haar in den Nacken.

»Schwörst du, dass du die Wahrheit sagst?« Er hatte sich so hoch aufgerichtet, dass Walda ihm kaum noch ins Gesicht sehen konnte.

»Ich schwöre«, sagte sie mit fester Stimme. Ein Schwur gegenüber einem Römer galt nichts. Gar nichts. Heiße Luft und Bewegungen der Zunge.

»Schwöre bei einem deiner Götter!«, sagte Marcus Lucius, als hätte er ihre Gedanken gelesen.

Ihr Atem ging heftiger. Jetzt war es schlagartig ernst.

»Nun? Ich höre!«

Marcus Lucius packte ihren Nacken wie den eines Welpen und zog sie hoch, bis sie nur noch auf ihren Zehenspitzen stand.

»Dominus … Ich schwöre … Aber lass mich los …«

»Schwöre, Weib!«

»Ich schwöre bei Víðar, der zu Ragnarök den Fenriswolf

erschlug und so seinen Vater rächte und als einziger Ragnarök überlebte.«

Die Blicke ihres Herrn wanderten ruhig über ihr Gesicht, als könnte er so erkennen, ob sie einen Meineid geleistet hatte oder nicht. Mit langen Schritten trat er an die Balustrade und blickte nach unten in den Garten.

Walda betrachtete seine muskulösen Beine, denen man ansehen konnte, dass er seit Kindertagen ritt. Die Falten der Toga wurden leicht von seinem harten Hintern ausgebeult und sie konnte an nichts anderes denken, als daran, wie es sich wohl anfühlte, wenn seine Lenden seinen hoch aufgerichteten Stamm in ihre Löcher trieben.

»Du da … Hol mir die alte Valeria.«

Kurze Zeit später stand eine Frau im Raum, die ihren Kopf mit einem grauen Tuch bedeckt hatte, das über ihre Schultern floss und – gehalten von Lederriemen – bis zum Boden reichte. Ihr Gesicht hatte beinahe die gleiche Farbe wie dieses Gewand und selbst ihre Augen unterschieden sich nur dadurch, dass sie einen Hauch tiefen Blaus von den Göttern beigefügt bekommen hatten.

»Untersuche sie. Ich will wissen, ob sie sich hat besteigen lassen.«

Die alte Frau verbeugte sich derart tief, dass es selbst Walda beeindruckte.

»Leg dich dort hinten auf die Liege«, befahl er.

»Zieh dein Gewand aus«, sagte die Alte ruhig und Walda tat, wie ihr geheißen. Wobei sie tunlichst darauf achtete, nicht zum Dominus hinzusehen. Was, wenn die Götter seinen Ständer hätten wachsen lassen bei ihrem Anblick?

»Du hast schöne, große Brüste und ein weites Becken. Gut zum Gebären geeignet.« Sie beugte sich über Waldas Unterleib und schob ihre Finger in ihre Spalte.

»Wehe, du verletzt ihre Jungfräulichkeit.«

»Nein, Dominus. Ich bin vorsichtig.«

Im gleichen Moment wanderten die Finger der Alten nach unten und ertasteten ihre Rosette. Walda erschrak.

Valeria richtete sich ein wenig auf und zischte: »Deine Möse ist nass und deine Rosette gedehnt. Du lässt den jungen Herrn zum Hintereingang rein und denkst gleichzeitig daran, den Ständer des Dominus zu verwöhnen. Du musst irrsinnig sein. Beides führt in den sicheren Untergang.«

»Was hast du zu flüstern, altes Weib? Bist du fertig?«

Abermals verbeugte Valeria sich. »Virgo intacta!«, verkündete sie.

Doch wenn sie davon ausgegangen war, dass der Dominus damit zufrieden wäre, so hatte sie sich getäuscht.

»Weib ... Ich sage dir ... Wenn ich irgendeinen Betrug herausfinde, dann werde ich euch beide in Hölle schicken.«

Valeria war noch nicht wieder an der Türe, da fügte er hinzu: »Und jetzt will ich meinen Bruder sehen.«

»Sehr wohl, Dominus«, murmelte sie und buckelte rückwärts nach draußen.

Walda wollte gerade nach ihrem Gewand greifen, als Marcus Lucius eine abwehrende Handbewegung machte. Stattdessen trat er an die Liege und setzte sich neben die nackte Sklavin. Er streichelte kurz ihren Bauch und ließ sodann seine Finger durch ihre kleinen rotgoldenen Löckchen wandern, bis er sich der Quelle ihrer Feuchtigkeit näherte.

»Spreiz deine Schenkel. Ich will wissen, warum du so nass bist. Die schrumpeligen Finger der Alten werden es ja wohl nicht gewesen sein. Vielleicht meine Uniform? Ja?«

Walda schwieg.

»Nun?«

»Du weißt doch, dass du recht hast. Wieso soll ich also noch einmal zustimmen?«

»Und was ist mit dem Mann in *d*er Uniform?«, wollte er wissen, aber Walda kam nicht mehr dazu, zu antworten.

In dem Moment trat Gaius ein. Er erstarrte, als er seinen Bruder mit der Frau sah, mit der er vor Kurzem noch ihre beiderseitige Gier ausgelebt hatte. Walda aber fühlte sich, als zerreiße ihr sein Anblick das Herz. Die olivenfarbene Haut war zu einem hellen Grau geworden und seine Gliedmaßen verkrampften sich.

»Ah, gut, dass du so schnell herkommen konntest. Das Mädchen sagte mir, du hättest ihr diese Verletzung am Arm beigebracht. Stimmt das?«

Gaius nickte und starrte auf die Hand seines Bruders, der Waldas Spalte in gleichmäßigen Bewegungen rieb.

»Hör zu … Du kannst rüber zu Leonidas gehen und mit ihm wegen der Pferdeställe sprechen. Zur Reparatur der alten sollen auch noch drei neue hinzukommen. Wenn seine Preise stimmen, dann erteile ihm ruhig gleich den Auftrag. Ich will, dass es gemacht ist, bevor ich in den Feldzug reite. So. Und wenn du zurück bist, kannst du mir Bericht erstatten. Viel Glück. Ich bin derweil noch beschäftigt.«

Damit drückte er vier Finger in Waldas Auster und presste sie so zusammen, dass sie aufstöhnte. Dabei betete sie zu allen Göttern, dass Gaius nicht auf die Finte hereinfallen und seinem Bruder gegenüber die Beherrschung verlieren würde.

Aber mit einem letzten langen Blick, der Waldas Augen traf, zog er sich zurück.

»Dreh dich auf den Bauch«, sagte der Dominus ruhig und offensichtlich ohne jede Emotion.

Walda tat, was er verlangte, und achtete dabei auf ihren Atem. Nichts, aber auch gar nichts durfte ihm irgendetwas von dem verraten, was in ihr vor sich ging.

»Die Alte hat mich angelogen. Deine Möse mag noch jungfräulich sein, aber dein Hintern ist es garantiert nicht mehr. Und weißt du, woher ich das weiß?«

Noch eine Falle. Egal, was sie jetzt sagte – es würde sie unter Umständen in den Abgrund reißen.

»Weil Gaius jedes Mädchen und jede Frau auf diese Art besteigt. Er gewinnt in jeder Hinsicht, denn der Anus ist enger als jede Möse und er kann keine Jungfernschaft zerstören. Und wenn ich dich austaste …«, seine Finger bohrten sich so tief in ihr Loch, dass die Knöchel an ihre weichen Pobacken drückten.

Walda biss in das samtene Kissen unter ihrem Gesicht und klammerte sich gleichzeitig an die Lehne am Kopfende.

Abrupt zog er seine Finger aus ihrem Anus, ging zu einer Schale mit Wasser und wusch sich. Das seidene Trockentuch warf er zur Seite und stellte sich über die Karten.

Nachdem er sie vergessen zu haben schien, stand sie auf und bewegte sich in Richtung Türe.

»Hatte ich gesagt, dass du gehen darfst? Denkst du, du entgehst so meinem Zorn?« Er blickte sich nicht zu Walda um, sondern konzentrierte sich scheinbar auf seine Karten. »Jeder andere hätte dich in die Mienen geschickt. Ich aber habe dir eine Chance gegeben … Und wie hast du es mir vergolten?«

Sein Schweigen schien sich unendlich hinzuziehen. Doch sein Atem ging wieder gleichmäßiger und seine Hand glitt ruhiger über die Karten. Schließlich sagte er mit einem beinahe freundlich scheinenden Unterton: »Aber so gesehen ist ja nichts geschehen, außer dass du dich in meinen verwöhnten Bruder verliebt hast.«

Jetzt richtete er sich wieder auf und sah sie direkt an. Seine Augen waren wie glühende Kohlen, aus seinen Wangen war das Blut gewichen.

Noch immer zog Walda es vor, zu schweigen, denn auch hinter dieser Frage lauerte ein Wolf.

Die Tür wurde geöffnet. Gaius stand da und fixierte den Raum. »Leonidas ist nicht da. Er ist ins Dorf gegangen und kommt erst heute Abend zurück.«

»Du kannst gehen«, sagte er in Waldas Richtung und diese ging gefasst davon, ihr Gewand an sich gepresst, ohne Gaius auch nur für einen Moment anzublicken.

Der wollte ihr folgen, wurde aber von seinem Bruder zurückgehalten.

»Auf ein Wort, Gaius …«

Marcus Lucius legte eine Karte zurück und sah seinen Bruder lange schweigend an.

»Du hast sie gefickt«, sagte er ruhig und vollkommen beherrscht.

Gaius griff nach der Klinke, doch sein Bruder machte eine abwehrende Handbewegung.

»Du solltest es nicht leugnen. Sie ist noch Jungfrau, aber ihren Anus hast du gepflügt.« Er begann einen langsamen, besonnenen Weg kreuz und quer durch den Raum. Und doch hätte jeder, der ihn in diesem Moment gesehen hätte, geschworen, dass er es mit einem Tiger in Menschengestalt zu tun hatte.

»Ich habe für dieses Mädchen sehr viel Geld ausgegeben. Und sie hat eine Aufgabe. Deswegen war sie mir jede Sesterze wert. Ich werde sie nämlich verschenken. An den Senator Quintus Aurelius.«

Gaius' Augen weiteten sich und kleine Schweißtropfen bildeten sich auf seiner Oberlippe. »Das kannst du nicht machen. Jedes Kind in Rom wird mit seinem Namen zu Tode erschreckt. Es ist jedem bekannt, welche Vorlieben der Senator hat.«

Marcus Lucius blickte in die Ferne. »Mag er mit ihr anstellen, was er will. Sie ist eine Sklavin und wenn er mit ihr fertig ist, wird er unserer Familie den Weg in den Senat ebnen.« Marcus

Lucius goss sich Wein in einen hohen Kelch und trank ihn langsam aus.

»Du bist mein Bruder … Höre mich an … Verschone sie. Ich kaufe sie dir ab.« Gaius' Stimme klang dabei keineswegs bettelnd, sondern vielmehr entschlossen.

»Nein. Sie ist klug, sieht für eine Germanin nicht schlecht aus und sie ist willig.«

»Woher willst du das wissen?«

Der Dominus verzog seine Lippen zu einem arglistigen Grinsen. »Weil sie dich ohne zu zögern an ihren Hintern gelassen hat. Wobei ihr die Schmerzen offensichtlich egal waren. Welche besseren Voraussetzungen kann es für eine Verbindung mit dem Senator geben? Aber du kannst ja vor seiner Villa warten, bis er mit ihr fertig ist, und dann die Überreste in dein Bett holen …«

Gaius kam mit langen Schritten auf seinen Bruder zu. »Ich werde es nicht zulassen.«

»Weil du verliebt bist wie ein junges Mädchen. Ich sehe doch, wie du sie anschaust. Das ist widerlich. Du bist ein Patrizier und kein Stallbursche. Hörst du mich?«

Marcus Lucius hatte seine Stimme erhoben und schrie seinen Bruder förmlich an. »Niemals darf sich ein Patrizier mit einer Sklavin einlassen. Zumindest nicht für mehr als für einen Fick. Geht das in deinen dummen Schädel? Und weil dem so ist, gebe ich sie weg und bekomme dafür etwas, das länger hält als das Jucken an deinem Schwanz.«

Gaius war voller Empörung zur Türe marschiert. Er war sich sicher, dass das letzte Wort darüber nicht gesprochen war. Doch dann drehte er sich noch einmal um, sah seinem Bruder starr in die Augen und sagte: »Und das alles, nur weil du sie für dich haben willst!« Dann wandte er sich wieder ab. Und zwar so, dass er nicht mehr mitbekam, wie sein ansonsten so beherrschter Bruder seinen neuen Prunkhelm ergriff und weit ausholend hinter ihm herwarf.

Es krachte und schepperte, doch Gaius kümmerte es nicht.

IV.

Walda stand im Nebenhof und hängte frisch gewaschene Wäsche über Leinen, die kreuz und quer über den Hof verliefen. Die Sonne brannte derart vom wolkenlosen Himmel, dass sich die Sklaven und Diener fast vollkommen entkleidet hatten.

Wer es sich erlauben konnte, suchte seine Arbeit in einem halbwegs schattigen Eck zu erledigen.

Walda allerdings musste schwitzen. Dennoch weigerte sie sich, ihr Gewand auszuziehen. Sie hatte nicht bemerkt, dass der Schweiß den dünnen Stoff, der inzwischen an ihrem Körper klebte, durchsichtig gemacht hatte. Ihre großen, prallen Brüste zeichneten sich deutlich ab, ihre Nippel hatten sich – durch die Reibung gereizt – in harte Knöpfe verwandelt. Jeder, der sie erblickte, starrte die Sklavin an.

Im Gegensatz zu den römischen Frauen trug sie keine Unterwäsche. Nicht, weil sie selbst es abgelehnt hätte, sondern weil der Dominus es so wollte.

Sie war mehr als froh, dass sie sich langsam dem letzten Leinenstück näherte. Nach getaner Arbeit könnte sie ins Haus gehen und endlich etwas trinken.

»Was tust du?«

Walda zuckte leicht zusammen, als Gaius zwischen zwei großen Laken hindurchschlüpfte, seine Hand um ihren Nacken und sogleich seine Lippen auf die ihren legte. Der Magen der Sklavin zog sich krampfend zusammen, denn ihr war nicht erst seit der Szene mit dem Dominus klar, was ihr drohte, wenn man sie in einer Umarmung mit dem jungen Herrn fände.

Seine Zunge glitt in ihren Mund, während sich sein Körper gegen sie drängte.

»Ich habe dich die ganze Zeit beobachtet in deinem feuchten Gewand. Ich hatte augenblicklich einen Schwanz, der so hart war wie Marmor.«

Gaius tat nichts weiter mit seinem Unterleib, als ihn gegen den Waldas zu halten, und schon konnte sie sich kaum noch beherrschen. Eine so wilde Sehnsucht keimte in ihr auf, dass sie sich nicht für einen Augenblick gewehrt hätte, wenn er sie genau dort zwischen den nassen Laken genommen hätte.

»Wir dürfen das nicht. Du hast gehört, was der Dominus gesagt hat.«

»Ich scheiße auf den Dominus. Spürst du nicht, welche Gier ich habe? Warum läufst du auch so herum? Weißt du, wie viele Hände heute Nacht mit deinem Bild im Kopf ihre geilsten Stellen bearbeiten werden?« Seine Finger pressten sich gegen ihren Hügel und drückten den dünnen Stoff in ihren Schlitz. Gaius erreichte, was er geplant hatte: Walda wurde von ihrem eigenen Saft überschwemmt. Sie wusste nicht mehr, ob sie in ihrer Geilheit ihre Schenkel öffnen oder zusammenpressen sollte.

»Ich werde dieses verfluchte Gewand hier und jetzt aufreißen, deine Titten mit meinen Zähnen bearbeiten und dich dann nach vorn drücken, damit du mir deinen prallen Arsch weit öffnen kannst …«

Gaius umklammerte den Stoff und wollte gerade beginnen, das Gewand aufzureißen, als ein Klirren vom nebenan gelegenen Hof zu hören war.

»Ich lass dich jetzt … Aber heute Nacht kommst du in mein Zimmer. Es gibt noch so unendlich viel, was ich mit dir tun will …« Gaius küsste Walda stürmisch und knetete dabei ihre Brust, die ebenfalls vor Lust ganz fest geworden war.

»Nein … das kann ich nicht. Der Dominus beobachtet uns.« Sie hatte wirklich Angst. Wenn man den Körper des Herrn gesehen hatte, wusste man, dass er vor nichts zurückschreckte und nichts fürchtete.

»Also kommst du nicht?« Gaius' Stimme hatte einen offen drohenden Unterton.

»Bitte versteh doch …« Warum klang sie nur wie ein wimmerndes Mädchen, fragte sie sich. Sie war eine erwachsene Germanin und jederzeit bereit, dem Tod ins Auge zu sehen. Aber sie bettelte ja nicht, weil sie die Konsequenzen fürchtete, sondern weil sie sich nach seinem Körper sehnte. Jede Faser ihres Leibs wollte benutzt werden. Wenn sie in der Nacht nicht schlafen konnte, dachte sie sich Dinge aus, die sie mit einem Mann tun würde, sobald sie nicht mehr auf ihre Jungfernschaft achten musste. Es war ihr, als hätten die beiden Brüder jeder einen ihrer Arme gepackt und versuchten, sie auseinanderzureißen.

Gaius starrte sie zornbebend an und presste seine Lippen derart aufeinander, dass alles Blut aus ihnen wich. »Du bist hinter ihm her … hinter dem Dominus. Du denkst, er spielt dir nur etwas vor. Du redest dir ein, dass er dich will. Aber ich sage dir jetzt etwas …« Er trat so dicht an Walda heran, dass seine Brust die ihre berührte. »Du bist ihm gleichgültig. Er wird dich verschenken. Deswegen hat er dich gekauft und getestet. Dein Gebieter wird dich an einen alten, geilen Patrizier verschenken, weil er sich von diesem Unterstützung für seine Karriere erhofft.« Gaius' Fingerkuppen umschlossen schmerzhaft ihren Oberarm. »Und wofür dieser Mann berüchtigt ist, werde ich dir gegenüber noch nicht mal andeuten. Aber halte dich ruhig an meinen Bruder … Du wirst schon sehen, was du davon hast …«, zischte er, stieß Walda von sich und wandte sich ab.

Walda stand da und folgte mit den Augen seinem Schatten, der zwischen den Laken verschwand. Es kostete sie alle Kraft, sich vom Nachhall seiner Worte zu lösen und sich auf ihre Pflicht zu konzentrieren. Wenn sie sich nicht beeilte, würde die Wäsche im Korb anfangen zu trocknen und dann musste sie sie nochmals waschen. Sie hatte keine Zeit, sich den Gedanken hinzugeben, was Gaius jetzt oder heute Nacht wohl tun mochte oder warum Marcus Lucius sie gekauft hatte. Und so atmete Walda tief durch und bemühte sich zu vergessen.

Gerade als Walda eine Stola mit einer hölzernen Klammer fixiert hatte, hörte sie das Klirren von Schwertern. Doch anstatt um Hilfe zu laufen, folgte sie dem Geräusch, das aus der Richtung des benachbarten Pferdehofs kam. Vorsichtig näherte sie sich dem Durchgang und drückte sich dann so leise wie nur möglich gegen die warme, gekalkte Mauer.

Und dann erkannte sie einen der beiden Kämpfer: Es war kein anderer als der Dominus. Im gleichen Moment begann ihr Herz zu rasen. Das Blut wurde durch ihren Körper gepumpt, dass sie fürchtete, es müsste aus ihrer Haut spritzen. Er trug nichts weiter als einen knappen Lendenschurz, der von einem schlichten Ledergürtel gehalten wurde. Seine Haut glänzte wie poliertes Gold und betonte jeden einzelnen Muskelstrang noch mehr.

Sein Gegner machte einen langen Sprung nach vorn, den man dem wesentlich kleineren Mann überhaupt nicht zugetraut hätte. Er landete vor dem Herrn und schlug mit der Rückseite seiner Faust gegen dessen Kinn. Sofort floss Blut, denn der Gegner hatte den Endknauf seines Schwerts in der Hand.

Der Dominus wischte kurz sein Kinn ab und setzte zum Gegenangriff an. Er bewegte sich blitzschnell nach vorn und rammte seine Schulter in den Unterleib des anderen. Der rollte sich aber geschickt über den Rücken des Herrn ab und landete auf allen vieren. Noch bevor er aufstehen konnte, stieß ihm der Dominus den Ellenbogen in den Nacken, woraufhin er zusammensackte.

Zu offensichtlich war das darauffolgende Manöver, in dem der andere versuchte, sich auf den Rücken zu drehen und so wieder hochzukommen.

Du *bist tot,* dachte Walda ruhig und tatsächlich setzte der Dominus die Spitze seines Schwertes genau auf die Kehle seines Gegners, der kraftlos eine Hand hob.

Ihr Gebieter kniete neben dem Todgeweihten und hielt sein Schwert. »Gibst du auf?«, fragte er mit kaltem Ton in der Stimme.

Der Mann nickte, so gut er konnte, ohne die Spitze in seine Kehle zu bohren.

Ein Druck legte sich auf jene empfindsame Stelle zwischen Waldas Brüsten, wie sie ihn noch nie verspürt hatte. Aus irgendeinem Grund schien ihr ganzer Körper auf die Szene zu reagieren, die sich vor ihren Augen abspielte. Der Dominus hatte die Macht über Leben und Tod und er machte nicht den Eindruck, als hätte er sich bereits entschieden.

Seine Schenkel waren von einer kaum glaublichen Stärke, gemartert von zahllosen Schlachten. Ein Feuer breitete sich in Walda aus – so verheerend wie die Flammen der sommerlichen Brände. Den Dominus so zu sehen und ihn sofort berühren zu wollen, war eins. Sie stellte sich vor, wie sich diese Haut anfühlen mochte. Vor allem jene Stellen, wo die wulstigen, teils fürchterlich langgezogenen Narben lagen.

Plötzlich sprang Marcus Lucius auf die Füße, ergriff eine Hand des eben noch todgeweihten Gegners und zog diesen auf die Füße.

»Glaub bloß nicht, dass ich das auf mir sitzen lasse«, rief jener wütend, versetzte dem Dominus einen Stoß und beide fielen in den Sand.

»Tu das nie wieder!«, knurrte der Herr und schon fingen beide an zu lachen.

Sie saßen da und bewarfen sich mit Sand wie kleine Jungs.

Walda ahnte die Gefahr, bemerkt zu werden, nicht und betrachtete die beiden lachenden Männer noch immer. Aber gerade da schaute der Dominus sich um und sein lachendes Gesicht mit den munteren Fältchen um die Augen blieb an ihr haften. Hatte sie nun erwartet, sein Lächeln würde erstarren oder gar verschwinden, so hatte sie sich geirrt. Es schien der Sklavin, als hätte er vergessen, wer beziehungsweise was sie war. Nach einer gefühlten Ewigkeit erhob sich sein Gegner, streckte ihm die Hand entgegen und zog den Dominus hoch.

»Das nächste Mal müssen wir uns mehr Zeit nehmen.«

»Du bist ja jetzt schon tot. Eigentlich«, feixte der Mann, der aussah, als bestünde er nur aus Muskeln und Sehnen.

»Warte nur ab. Du wirst dich noch wundern.«

Sie lachten, doch mit einem Mal wurde der andere ernst.

»Wieso trainieren wir wieder, so wie früher? Brauchst du dein Schwert, um in den Senat zu kommen?«

»Dir kann ich es sagen … Es geht gegen Germanien.«

»Und du?«

Der Mann bewegte sich nicht und doch war sein Gesicht blass geworden.

»Ich soll Publius Quinctilius Varus unterstützen, denn der scheint in einer schwierigeren Lage zu sein, als man erwartet hatte.«

Der andere stellte sein Schwert mit der Spitze in den Sand und begann, es langsam hin und her zu drehen.

»Germanien ist ein schwieriges Territorium.«

»Du warst dort, ich weiß.«

Die Sonne sank und unwillkürlich blickten alle drei zum Horizont.

»Wir sollten mehr üben. Viel mehr. Wenn dich ein Germane anlächelt, dann nur, weil er sich gerade vorstellt, wie er dich umbringt.«

Waldas Brust wurde schmerzhaft zusammengepresst. Das konnte der Dominus nicht wirklich glauben. Andererseits … Sie konnte ihre Blicke nicht von ihm lassen. Konnte nicht zu ihrer Wäscheleine zurückkehren. Alles was sie konnte, war, ihn anzustarren und gegen das Gefühl abgrundtiefer Verzweiflung anzukämpfen, von dem sie nicht wusste, woher es kam.

Marcus Lucius sah sich noch einmal um und diesmal blickte er die Sklavin direkt an. Seine Miene war eiskalt und seine Faust umklammerte den Griff seines Schwerts.

Walda aber senkte ihren Kopf und zog sich zurück. Dies, da war sie sich sicher, war der Augenblick, da er angefangen hatte, sie zu hassen.

***

Der Tag hatte Walda ausgelaugt und über allem schwebte jetzt ein schwärzlicher Schleier der Düsternis, weil sie es kaum ertrug, von ihm gehasst zu werden. Aber er machte sich bereit, gegen die Germanen in den Krieg zu ziehen, zahllose von ihnen zu töten. Was lag da näher, als davon auszugehen, dass sie selbst auch eine Gefahr für ihn darstellte?

Sie war so unendlich müde und konnte sich all diese Gedanken und Gefühle nicht erklären. Ja, sie waren Feinde. Todfeinde. Er hatte sie nur aus einem Grund gekauft: damit er sie diesem Senator schenken konnte, damit dieser mit ihr die widerwärtigsten Dinge tun konnte und dem Dominus dann als Dank einen politischen Posten verschaffte. Und dazwischen tötete er noch ihre Landsleute, nur weil diese sich nicht ausbeuten lassen wollten, um Roms Kriege zu bezahlen.

Das diffuse Ziel, ein Gegengewicht zu diesen Gedanken zu schaffen, führte Walda an die Tür des Gaius. So vorsichtig sie konnte, öffnete sie und blickte hinein. Es dauerte einen Moment, bis sich ihre Augen an die blakenden Öllampen gewöhnt hatten, aber dann erkannte sie ihn. Schön wie Amor lag er da, den nackten Körper nur bis zu den Knien von einem leichten Tuch bedeckt und einen Arm hinter den Wellen seines langen, dunklen Haars abgewinkelt. Sein Schwanz war weich, doch sie wusste, wie schnell sich das ändern konnte. Und in eben diesem Moment vergaß sie ihre Müdigkeit und Erschöpfung und konnte nur noch daran denken, dass sie ihn jetzt gleich mit ihren Lippen verwöhnen würde.

Schritt um Schritt näherte sie sich seinem Bett und zog ihr Gewand so herab, dass eine Brust entblößt war.

Gaius hatte nur einen leichten Schlaf und so richtete er sich jetzt auf und stemmte sich auf seine Ellenbogen. Er blinzelte und schob sodann sein langes Haar in den Nacken.

»Weshalb stehst du da rum? Komm ins Bett!«

Er schlug das Tuch ein Stück weit zurück und Walda zuckte zusammen. Da lag ein junges Mädchen. Der vollkommene Gegensatz zu ihr. Eine fast knabenhafte Figur und die Haare so dunkel, dass sie in diesem Licht beinahe schwarz wirkten. Sie kräuselten sich in feinen Locken um ihre winzigen Brüste. Brüste, so klein, dass sie nicht einmal zusammen Waldas Hand füllten. Die Löckchen aus ihrer Scham waren zwar ebenfalls dunkel, aber doch noch so licht, dass man die Haut hindurchschimmern sah.

Álfhild wollte sie sie nennen, dieses Mädchen, das mit ihrer unberührten Schönheit bei dem Mann lag, den Walda allein für sich und ihre Lust beanspruchte.

»Es ist geil, wenn du dich aufregst, meine wilde Germanin. Ich wusste, du wärest eifersüchtig.« Er grinste sie frech an und sie konnte nicht anders, als die Hand gegen ihn zu erheben.

Gaius aber war schneller, packte ihr Handgelenk und bog ihren Arm nach hinten. Wenn man sich schon so bei Gaius verschätzte, was die Kraft anging – was wäre dann erst mit seinem Bruder?

»Du hast sie gefickt, nicht wahr?«, zischte sie mit brennenden Lippen.

»Natürlich. Wie lange hätte ich denn um dich herumkriechen sollen, bis du mir deinen Arsch wieder zur Verfügung stellst? Du musstest ja deine bescheuerte Wäsche aufhängen.«

Walda wurde immer wütender. »Du wusstest genau, dass ich die Wäsche machen muss. Das ist meine Pflicht als Sklavin.« Und dabei deutete sie auf den eisernen Ring um ihren Hals.

»Das ist doch nur eine verdammte Ausrede von dir.«

Mit errötendem Gesicht redete Walda sich immer mehr in Rage und wusste nicht einmal, warum. Sie war verletzt. Und wenn Walda verletzt war …

»Du wolltest diese Trulla ficken. Warum sagst du das nicht einfach?«

Da kam Leben in das Mädchen. Sie rekelte sich und als sie merkte, dass ihr Gesicht ganz dicht an Gaius' Schwanz ruhte, begann sie, mit ihrer Zunge nach ihm zu tasten.

»Du willst seine Rute lutschen?«, knurrte Walda, packte den Schopf ihrer Nebenbuhlerin und presste ihr Gesicht so heftig auf seinen Unterleib, dass Gaius hochfuhr und die Luft scharf durch die Zähne saugte.

»Bist du verrückt geworden?«, knurrte er.

»Ich bin nicht verrückt geworden. Ich will nur sehen, wie sie sich an deinem Schwanz verschluckt … Los – mach deinen Mund auf!«, herrschte sie das Mädchen an.

»Ist sie deine Sklavin?«

Gaius nickte. Seine Züge wirkten angespannt, erregt. Er strampelte das Tuch zur Gänze zu Boden, damit er sich nicht darin verhedderte.

»Hast du ihn vorhin geleckt?«, wollte Walda wissen und das Mädchen hörte auf, sich zu wehren.

»Ja.«

»Und wie war er?«

»Dick und hart.«

»Willst du ihn jetzt wieder?«

Das Mädchen dachte nach. »Wenn ich Ja sage, wirst du mich wieder schlagen.«

»Schlagen werde ich dich sowieso. Vor allem, wenn du dir jetzt keine Mühe gibst.« Sie ließ das Haar des Mädchens los und zog stattdessen ihre eigenen Schamlippen auseinander, bis die beiden ihren harten, rot verfärbten Lustkern sehen konnten. Entschlossen schob Walda ihr Becken nach vorn und presste die Pobacken zusammen.

In diesen Anblick versunken, griff Gaius selbst nach seinem Schwanz und begann, ihn zu reiben.

»Was ist los? Zeig mir, ob deine Zunge des Dominus würdig ist!« Doch da Walda diesen Begriff aussprach, zog sich ihr Magen schmerzhaft zusammen. Dominus … das war ER! Sie hasste ihre ganze Situation. Die Männer, die sie in diese Situation gebracht hatten und Gaius, der ihr Sympathie vorgegaukelt hatte, um sich bei der ersten Gelegenheit eine andere Sklavin ins Bett zu holen. Noch dazu eine, die dort schlafen durfte.

Es war noch nicht einmal der Umstand, dass dieses tittenlose Mädchen ihr in dieser Art vorgezogen worden war, es war vielmehr, dass Walda sich so unendlich danach sehnte, wieder einen Platz für sich zu finden. Einen, den die Römer ihr geraubt hatten.

Ein zaghaftes Kitzeln an ihrer Klitoris riss sie aus ihren Gedanken.

»Was soll das? Los! Gib dir Mühe!«

Sie packte den Kopf der Sklavin und rieb deren Gesicht hart über ihre Spalte.

»Das tut gut, kleine Schlampe«, sagte sie mit einer Stimme, die sanfter klang, als sie es beabsichtigt hatte.

Das Mädchen streckte ihre Zunge heraus und Walda befriedigte sich an ihr.

Jetzt wollte sie sich revanchieren. Also legte sie sich so unter ihre Gespielin, dass sie sowohl deren Titten erreichen konnte, als auch ihre Auster lecken. Dazu dirigierte sie Gaius in eine kauernde Position hinter die Sklavin.

Als Walda ihre Zunge herausstreckte und ihr nasses Fleisch damit zu reiben begann, heulte das überraschte Mädchen auf. Walda aber war noch nicht fertig. Nicht nur, dass sie mit ihrer Zunge tief in das Loch der Kleinen fuhr und dieses von innen stimulierte – sie kniff ihr gleichzeitig heftig in die Brustwarzen. Das Mädchen reagierte augenblicklich, indem ihr Loch rund um Waldas Zunge zu zucken begann. Dabei lief ihr Mösensaft direkt in den Mund der Germanin und erfüllt sie mit tiefer Gier. Aber sie kam gar nicht dazu, sich etwas anderes einfallen zu lassen, um ihre Geilheit zu stillen, denn eine andere Zunge stieß förmlich mit ihrer zusammen. Ihr junger Herr küsste sie mit einer solchen Gier, dass sie sich nur noch in diese Berührung ergeben konnte. Sie spürte die Hitze in ihrer Auster, die dafür sorgte, dass die Sklavin von ihrem Saft überzogen wurde.

Gaius streckte eine Hand aus, griff nach Waldas Brust und begann sie zu kneten.

»Komm her … Lass mich deine Titte bearbeiten«, stieß er atemlos keuchend hervor.

Walda drehte sich ohne zu zögern auf den Rücken. Der junge Herr öffnete seinen Mund so weit als möglich und nahm so viel von ihrer Titte auf, wie er nur konnte. Dabei kratzten seine Zähne schmerzhaft über ihr weiches Fleisch und als er ihre Brustwarze in der gleichen rücksichtlosen Art zu bearbeiten begann, jaulte Walda auf wie ein Tier.

Es brannte und fühlte sich an, als würde er sie herausreißen. Gleichzeitig aber bereitete ihr dieser Schmerz eine unfassbare Lust. Gaius kniete über Walda und die Kleine saß neben ihnen auf dem Bett.

»Ich werde dich jetzt ficken«, stieß er hervor. »Ich werde dein Häutchen zerfetzen. Soll mein Bruder uns doch totschlagen. Ich halte es nicht mehr aus.« Er klang ehrlich verzweifelt, aber Walda war sich nur allzu sicher, dass das eine schreckliche Idee war.

Seine Hände waren stärker als erwartet, als Gaius sie packte, ihre Arme über ihrem Kopf fixierte und mit seinen Beinen ihre Schenkel auseinanderdrängte.

»Nein!«, rief sie. »Nein. Nicht! Fick sie! Bei ihr ist es egal. Fick sie!«

Gaius' Züge aber veränderten sich plötzlich. Er starrte sie an. »Sie hatte ich schon. Jetzt will ich dich!«, versetzte er.

»Nein!«, gab Walda zurück, packte das Mädchen an den Haaren und schleuderte sie wieder aufs Bett.

»Siehst du, wie geil sie auf deinen Ständer ist?«, fragte sie, während sie die Schenkel des Mädchens auseinanderpresste. Dann kauerte sie sich vor Gaius, griff seinen Schwanz und schob ihn langsam gegen ihre geschlossenen Lippen in ihren Mund.

Er stöhnte so laut auf, dass Walda fürchtete, ein paar von den Wachleuten des Dominus würden hereingestürmt kommen, um zu sehen, was los sein mochte. Aber sie ließ sich nicht abhalten. Sie massierte seine Eier, trieb seinen Stamm so tief in ihre Kehle, dass sie zu würgen begann. Aber es fühlte sich fantastisch an.

Und da sie ihn so hingebungsvoll saugte, bemerkte sie gar nicht sofort, dass die kleine Sklavin ihrerseits begonnen hatte, sie nicht nur zu lecken, sondern mit ihren Fingern heftig ihre Auster zu wichsen.

Als es ihr aber klar wurde, schrie sie vor Geilheit auf. Sie hörte damit auf, Gaius' Schaft mit der Zunge zu verwöhnen, sondern hielt stattdessen seine Haut mit den Lippen fest und ließ ihn immer schneller hinaus- und hineinschnellen. Sie schaute auf und sah über sich Gaius' göttlichen Körper mit seiner weißen Haut, den zurückgelegten Kopf und die Schweißperlen, die sich über seiner Oberlippe sammelten. Welch herrlicher Anblick, wie seine glatt rasierte Brust sich hob und senkte, seine Lippen sich bewegten, als spräche es leise vor sich hin.

Sie ging in eine kniende Position, wobei sie ihre Beine so weit als möglich auseinandernahm, damit die Sklavin sie an jeder Stelle lecken konnte. Und das tat diese auch. Ihre Zunge war so geschickt, rieb sich in jede Spalte und reizte Stellen, von denen Walda noch nicht einmal gewusst hatte, dass es sie gab. Als sie kam, krallte sie ihre Nägel in das Fleisch ihres Herrn. Von pochender Lust überrannt, spritzte sie ihren Mösensaft wie eine Fontäne in das Gesicht der winselnden Sklavin.

Das Spritzen endete, doch die Gier blieb. Also zerrte sie die Kleine zu sich.

»Fick ihn, Schlampe!«, knurrte Walda.

»Ich mag nicht. Er will doch nur dich. Das sieht man doch.«

»Red nicht so einen Dreck. Er fickt alles, was er kriegen kann.« Entschlossen griff sie nach Gaius' Ständer und hielt ihn senkrecht in die Höhe. »Mach schon. Setz dich drauf!«

»Wenn ich aber doch nicht mag …«, meckerte die andere. »Ich kann dir was reinschieben …«

Jetzt wurde es ihr zu viel. Walda holte aus und schlug das Mädchen, wenn auch nicht so hart, wie sie gekonnt hätte.

»Wirst du mir jetzt gehorchen?« In ihrer Seele breitete sich eine solche Wunde aus, dass sie glaubte, jeden Moment in Tränen ausbrechen zu müssen. Sie verstand selbst nicht, wieso sie dieses Mädchen so behandelte. Sie war hübsch. Sie besorgte es ihr wunderbar. Und dass Gaius sie gefickt hatte … das machte ihr eigentlich nichts aus, denn ihr lag nichts an ihm. Doch gerade jetzt, in diesem Augenblick, wo sie seinen Schwanz hochhielt, konnte sie den Gedanken nicht ertragen, dass irgendjemand außer ihr selbst ihn in sich spüren sollte.

»Ich kann deine Möse überlaufen lassen, schöne Walda. Damit du dem jungen Dominus noch mehr Genuss bereiten kannst …«

Es war der absolut falsche Satz. Jetzt war sie wieder daran erinnert worden, dass ihre Möse nicht durchstoßen werden durfte, damit ein greiser Senator sie zu Tode foltern konnte. Sie begann am ganzen Körper zu zittern. Ihre Zähne klapperten so hart, dass sie zu zerbrechen drohten. »Los … Verschwinde. Lass uns allein. Und wehe, es kommt ein Wort über deine Lippen …«

Das Mädchen stieg vom Bett und ging zur Tür. Dort aber wartete sie.

Walda versuchte ebenfalls aufzustehen, doch ihr Körper versagte den Dienst. Angst lauerte in jeder Faser ihres Körpers. Sie wollte nicht sterben. Und schon gar nicht so.

Gaius bückte sich und griff nach dem Tuch, das er hinuntergeworfen hatte. Sanft legte er es um Waldas Schultern und küsste dabei ihre Wange.

»Ich lasse dir Conditum Paradoxum bringen, damit du dich wieder erholst«, sagte er leise, während er sie vorsichtig hinlegte und zudeckte.

Noch immer bebte ihr ganzer Körper und sie konnte die Tränen nicht zurückhalten.

»Ich wollte dich nicht verletzen. Glaub mir das bitte. Ich habe die Kleine nur gepflügt, weil du dich verweigert hast.«

Jetzt nahm sie ihre ganze Kraft zusammen, um selbst mit klappernden Zähnen verständlich zu sprechen. »Du weißt, dass ich nicht einfach meine Arbeit liegen lassen kann und dir folgen. Warum konntest du nicht die kurze Zeit warten?«

Sie wusste natürlich, warum er nicht gewartet hatte. Er war ein junger römischer Patrizier, und wenn die etwas wollten, dann warteten sie nicht.

»Ich mache das wieder gut …« Wie weich und tief seine Stimme war. Walda hatte das Gefühl, sie auf der Haut spüren zu können.

Gaius küsste jene empfindsame Stelle zwischen Hals und Schlüsselbein und bewegte sich dann immer weiter abwärts.

Gänsehaut überzog ihren Körper, als er an ihrer Brustwarze innehielt, seine Zahnreihen um sie schloss und leicht zu nagen und zu saugen begann.

»Nein …«, keuchte sie. Es ging nicht anders – Walda spreizte ihre Schenkel und begann, mit ihren Fingern tief in die eigene Nässe einzutauchen. Immer wieder kommen. Das war es, was sie in diesem Moment wollte. In ihre eigene Hand explodieren.

Er biss in ihre Titte und sie schrie auf in einer Mischung aus Lust und Qual. Der Schmerz raste in ihre Möse und ihr ganzer Körper krampfte in einer Heftigkeit, die Walda so noch nie erlebt hatte. Der Saft spritzte in ihre Hand und durchnässte das Bett unter ihr. Ohne nachzudenken hielt sie ihrem Liebhaber die vom süßen Saft überzogene Hand hin und Gaius leckte sie stöhnend ab. Er keuchte so laut, dass Walda Entdeckung fürchtete.

»Ich will dich zerreißen …«, presste er atemlos hervor, umfasste seinen Stab und drängte zwischen ihre Schenkel.

»Ich überlasse dich keinem perversen Senatoren-Schwein.«

Walda spürte in eisigem Entsetzen, wie er mit seiner glatten Eichel den Zugang zu ihrem Kostbarsten suchte.

»Tu das nicht … bitte … ich flehe dich an …«

»Spreiz deine Schenkel, Geliebte … Heute Nacht werde ich dich durchstoßen!«

Und gerade, als er ihr Loch getroffen hatte, drehte Walda sich flink auf den Bauch, überzog ihre Rosette mit ihrem Saft, von dem noch genügend vorhanden war, und ließ Gaius eindringen.

Der Schmerz war betäubend, denn er wusste offensichtlich nicht, dass er sich am engen Anus befand und nicht an ihrem wesentlich weiteren Mösenloch.

Wie von Sinnen packte er Waldas Haar im Nacken, riss ihren Kopf hoch und rammte seinen Ständer ohne Unterlass in ihren Hintern.

Die Germanin versuchte, von ihm wegzukriechen, die Stöße in ihrer Heftigkeit zu mindern. Doch es gelang ihr nicht. Im Gegenteil – Gaius schien es zu genießen, sie derart ranzunehmen. Und dann begriff sie auch, warum: Mit jeder Bewegung weg von ihm, presste sie ihren Anus zusammen, und das war die geilste Massage, die sein Hammer bekommen konnte.

»Warte …« Er zog sich langsam aus ihr zurück und Walda empfand eine merkwürdige Traurigkeit. Er war noch nicht einmal gekommen …

»Was ist?«, fragte sie und sah im gleichen Moment, dass er der anderen Sklavin ein Zeichen gab. Jetzt würde er sie ficken. Die Erkenntnis brannte in ihrer Brust wie Säure. Sie wollte ihn nicht teilen.

Gaius legte sich auf das Bett und Walda konnte nicht anders, als seinen beinahe übergroßen Ständer anzustarren. Doch sie hatte nicht viel Zeit dazu, dann dirigierte er sie über seinen Unterleib und bedeutete Walda, sie solle über ihm in die Hocke gehen.

Es dauerte einen Moment, dann wusste sie, wonach ihm der Sinn stand: Sie stützte sich ab, wodurch ihre Rosette genau über seinem Steifen ruhte, während ihre Möse nach vorn zeigte, sodass das Mädchen sie bequem bearbeiten konnte.

Ihre Titten rutschten zur Seite und auch wenn ihr Hintern bereits gedehnt war, war es abermals schmerzhaft, als ihr junger Liebhaber ihre Backen auseinanderzog und in sie eindrang.

Als er aber tief in ihr steckte, kannte die Geilheit keine Grenzen mehr. Sie trieb Walda über jede Pein hinweg und sie bewegte sich mit jedem Atemzug schneller. Das Mädchen kauerte vor ihr, hielt sich an Waldas Schenkeln fest und leckte sie mit einer Geschicklichkeit, die ihresgleichen suchte. Welche Sehnsucht empfand sie bei dem Gedanken, zwei Schwänze in sich zu fühlen, und nicht nur einen und diese Zunge.

Stöhnend und keuchend versuchte sie, Gaius' Riemen standzuhalten, und steigerte den eigenen Genuss dadurch, dass sie sich vorstellte, wie es wäre, es mit beiden Brüdern gleichzeitig zu treiben. Ihre Muskeln verkrampften sich und Schweiß begann ihren Körper zu überziehen.

Der Dominus dürfte sich als Erster das Loch aussuchen, das er benutzen wollte, und dann würde Gaius nachziehen. Ihr Unterleib verkrampfte sich rhythmisch und in ihren Ohren pochte das Blut. Sie sah den Gebieter vor sich, wie sich sein Schwanz unter der Toga erhob … Vielleicht würde er zuerst ihren Mund ficken …

In diesem Moment explodierte sie. Ihr Saft ergoss sich über das Gesicht des Mädchens, das nicht damit gerechnet hatte.

»Kniet euch nebeneinander«, rief Gaius. »Schnell!«

Sie taten, was er wünschte. Der junge Herr stand über ihnen und rieb seinen Schaft. Wie wundervoll er aussah mit den dick angeschwollenen Adern, und wie Walda noch so zu ihm hinsah, begann er mit einem langgezogenen Schrei abzuspritzen.

Sie riss den Mund auf, streckte die Zunge heraus und hob ihm ihre Brüste entgegen. Sie wollte so viel von seinem Sucus abbekommen wie nur möglich.

Die andere Sklavin war da wesentlich schlechter dran, denn dadurch, dass sie praktisch keine Titten hatte, konnte sie dem Herrn auch nichts entgegenhalten. Zumal sie so wirkte, als wäre sie nicht wirklich wild auf seinen Erguss.

Immer neue Salven ergossen sich über Walda und selbst von ihren Wimpern tropfte bald Gaius' Samen.

Als er fertig war, ließ er sich erschöpft zurückfallen und befahl der anderen Sklavin, zu verschwinden. Das Mädchen senkte den Kopf und huschte hinaus.

Walda aber nahm er in den Arm und küsste sie voller Leidenschaft. Seine Fingerkuppen bohrten sich in ihre feuchten Titten und wanderten dann abwärts zu ihrem Lustkern.

»Ich werde es dir noch einmal besorgen. Du sollst mich nicht vergessen, wenn du bei dem Senator bist.«

Ihr Magen zog sich derart heftig zusammen, dass Walda glaubte, sich übergeben zu müssen. Wieso hatte er diesen Mistkerl erwähnen müssen?

V.

Der Dominus arbeitete seit den frühen Morgenstunden. Zuerst hatte er seine Unterlagen in den Garten bringen lassen und dann, als es zu heiß wurde, in sein Arbeitszimmer.

Walda wusste nicht, warum, aber sie hatte aus einem Impuls heraus Rosen geschnitten und sie in sein Schlafzimmer gestellt, als sie es in Ordnung bringen sollte.

Nachdenklich hob sie das Leintuch hoch, mit dem er sich zudeckte, und warf es in den Korb für Schmutzwäsche. Sie musste noch jenes Tuch abziehen, auf dem er lag. Walda betrachtete es eingehend auf der Suche nach irgendwelchen verräterischen Flecken, nahm es hoch, barg ihr Gesicht in seinem Duft. Nichts erschien ihr schöner als seine Nähe. Die Nähe des Todfeindes.

In seinem Arbeitszimmer schien alles noch mehr an seine Anwesenheit zu erinnern als in seinem Schlafzimmer. Er hatte alles gern ordentlich und so gab Walda sich alle Mühe, auch die unzugänglichste Fläche sorgsam mit dem Tuch zu reinigen.

»Was machst du da?«, hörte sie plötzlich die Stimme ihres Herrn.

Augenblicklich verbeugte sie sich und wollte gerade hinauseilen, als er sie zurückhielt.

»Wenn du am Putzen bist, so mach weiter. Ich will es an meinen letzten Tagen hier noch angenehm haben.«

Ihre Augen weiteten sich und ihre Hände begannen aus unerklärlichem Grund zu zittern. Es klang, als spräche er von seinem Tod, und wenn er auch ihr Sklavenhalter war, der ihr gegenüber noch nicht die kleinste Sympathie gezeigt hatte, so trafen sie diese Worte doch bitter.

»Was ist los? Du siehst aus, als hättest du einen Geist gesehen …« Neugierig geworden, legte er einen Papyrus zur Seite und sah sie an. »Du wusstest doch, dass ich nach Germanien ziehe. Ich werde deinen Landsleuten dort oben die Flausen austreiben. Ein für alle Mal. Verstehst du das?«

»Ja, Dominus«, sagte sie leise, denn sie rang mit dem Beben in ihrer Stimme, für das sie sich schämte.

»Was ist los mit dir? Was fürchtest du denn, wenn ich fort bin? Du bekommst es ja gar nicht mehr mit. Du wirst damit beschäftigt sein, den Senator zu ficken.«

Walda senkte den Kopf und sagte leise: »Ja, mein Gebieter.«

»Warum spielst du die unterwürfige Sklavin?«, herrschte er sie plötzlich an. Sie hob ihren Blick und schaute in ein paar Augen, die schwarz vor Zorn waren.

»Das ist nicht das erste Mal, dass ich dich bei solch einem Schmierentheater erwische.«

Er gab Walda einen heftigen Stoß gegen die Brust. Sie schnappte nach Luft.

»Ihr Germanen taugt keine Sesterze. So viel steht fest. Zieht gegen eure Nachbarn, um sie auszurauben, und jammert, wenn wir kommen, um euch zur Vernunft zu bringen.«

Walda blickte ihn fassungslos an. Was war nur mit ihm los? Warum hackte er auf einmal derart auf sie ein?

»Und weißt du, was ich als Erstes tun werde?«, sagte er so leise, dass sie ihn kaum verstehen konnte. Plötzlich fuhr seine Hand nach vorn, packte ihre Kehle und schob sie vor sich her, bis die Sklavin gegen die Wand stieß.

»Als Erstes werde ich mir so eine germanische Schlampe schnappen und ihr zeigen, was ein römischer Mann mit ihren Löchern tun kann ...« Seltsamerweise grinste er nicht, machte auch keine bösartige Miene. Stattdessen sah er sie nur starr an, beinahe forschend. Als wollte er ihre Gedanken lesen bei dieser Drohung gegen eine der ihren.

Walda aber rang um Atem. Ihr Rücken schmerzte vom Druck gegen die Mauer. Sie versuchte, sein Handgelenk zu greifen und seine Finger von ihrer Haut zu lösen. Doch wie sie es auch versuchte – es war unmöglich. Seine Fingerkuppen bohrten sich immer tiefer und sie fürchtete mit jedem Atemzug, dass er sie töten würde. Tränen traten ihr in die Augen, während sie immer verzweifelter versuchte, sich zu wehren.

Da ergriff er ihren Arm, bog ihn hinunter und drängte sich heftig gegen sie. Waldas ganzer Körper schien von seinem bedeckt. Ihr wurde heiß. Momente später war sie sich sicher, dass er hart wurde und diese Härte gegen ihren Schoß presste.

Würde er sie gehen lassen, wenn sie sich ihm ergab?

Er war derjenige, der ihre Jungfernschaft so vehement verteidigte. Ob es die Gedanken an seinen nackten Körper waren und was er mit ihr tun würde oder seine Härte, die sich schmerzhaft gegen ihren Hügel presste – Walda wusste es nicht. Aber sie wusste, dass sie gerade nass wurde. Dass ihr Unterleib zu spritzen schien, auch ohne dass sie zuvor gekommen war. Atmete sie absichtlich so heftig, damit ihre Brüste sich an ihm rieben, oder bekam sie einfach wirklich keine Luft mehr? Alles um sie herum verschwamm.

»Du wirst mir sagen, was ich mit ihr tun soll. Und wenn ich dann dort bin, wirst du die ganze Zeit überlegen, was ich gerade mache. Ist es so?«

Sein Atem schlug heiß an ihr Ohr. Walda kämpfte gegen die Tränen des Irrsinns an, denn sie war sich nicht einmal mehr sicher, ob der Dominus diese Worte wirklich sprach oder ob ihre Körper sie formten. *Aber Körper können doch gar nicht sprechen,* schoss es ihr durch den Kopf.

»Ich werde mich zwischen ihre Schenkel drängen und wenn sie sich widersetzt, dann mögen die Götter ihr beistehen. Und es wird mich so unsagbar geil machen, zu wissen, dass du daran denkst und wie es dich quält.«

»Das wird es nicht«, presste Walda zwischen den Zähnen hervor. »Ich werde mit dem Senator zu schaffen haben.«

Er bewegt seine Lippen nicht, dachte sie. *Aber seine Finger an meiner Kehle … die sind doch real? Sein steifer Schwanz an meinem Hügel. Und überall diese glühenden schwarzen Augen. Es* fühlte sich an wie eine Ausgeburt des Wahnsinns, doch sie konnte sich nicht davon lösen. Es war real. Musste real sein. Seine Haut, seine Muskeln, sein Atem.

»Du bist so nass …«, murmelte er und Walda antwortete:

»Schieb ihn mir rein. Wo immer du willst. So tief und so hart, dass ich nur noch schreien will.«

»Wieso tust du das? Es bringt dir keinen Vorteil.«

Walda blickte auf. Sie stand noch immer gegen die Wand gepresst, doch der Dominus saß an seinem Arbeitstisch und hielt einen Federkiel in der Hand. Konnte es sein, dass sie sich alles nur eingebildet hatte? Dass ihre Gier nach ihm so groß war, dass ihre Fantasie ihr wildeste Streiche spielte?

»Nein, Dominus. Vergib mir.« Nachdenklich wischte sie eine Figur des Mars ab, die auf einem kleinen Dreibein stand. »Dann muss ich also heute schon meine Sachen richten?«

»Nein, ich werde dich dem Senator bei einer Einladung zu seinen Ehren übergeben.«

»Das bedeutet, dass ich dich nicht mehr sehen werde?«

Noch immer saß Marcus Lucius über seine Karten gebeugt. »Richtig«, versetzte er knapp.

Was für ihn nur ein Wort sein mochte, traf Walda unerwartet wie ein Pfeil aus dem Himmelsblau.

»Du wirst von Senator Quintus Aurelius erotisch auf das Angenehmste verwöhnt werden.«

»Das sollte mich wundern«, sagte sie so beiläufig wie nur irgend möglich. »Habe ich doch hier in diesem Haus von seinen kranken Gelüsten reden hören. Ja sogar davon, dass er mich womöglich töten wird.«

»Dummes Geschwätz«, knurrte der Dominus.

Scheinbar ungerührt wischte Walda weiter. »Wenn du zurückkehrst, wird euch im Zweifel meine Leiche über den Wahrheitsgehalt des Geschwätzes Auskunft geben.«

Sie wusste, dass sie zu weit ging. Er war ihr Herr. Ihr Gebieter. Nie und nimmer durfte eine Sklavin derart offen mit ihrem Dominus sprechen.

»Versuchst du, mich umzustimmen?«

Er verglich zwei Karten und schaute dabei immer wieder hin und her, da es Stellen zu geben schien, die übereinstimmen sollten, aber … »Sie stimmen einfach nicht … Sieh dir die Karten an!«

Walda stellte sich so dicht neben ihren Herrn, dass nicht mal ein Blatt zwischen sie gepasst hätte.

Sogar ihre Arme berührten sich, als sie sich nach vorn beugte und konzentriert die Linien studierte.

»Das ist nicht die gleiche Gegend, mein Gebieter«, erklärte sie.

In diesem Moment – das war ihr klar – würde sie alles tun, um bei ihm bleiben zu können und nicht zu dem Senator zu müssen. Er war derjenige, der über ihr Schicksal entschieden hatte, und er konnte derjenige sein, der das Blatt wendete.

Der Dominus stellte sein Bein auf den Stuhl und streckte seinen Arm an ihr vorbei nach vorn, sodass Walda sich einbilden konnte, er habe sie berühren wollen. Und selbst wenn nicht, dann konnte sie doch jenen wundervollen Armreif betrachten. Er stellte eine Schlange dar, die sich seinen Arm entlang nach oben schlängelte, und wurde durch einen geheimen Mechanismus verschlossen.

»Ist etwas mit meinem Armreif?«, fragte er plötzlich und ein Lächeln spielte um seine Lippen.

Walda zuckte ein wenig zusammen. »Nein, mein Gebieter. Er ist einfach wunderschön. Er passt zu dir.«

Jetzt wanderte das Lächeln bis zu seinen Augen hoch. »Bin ich also auch schön?«

Ihre Kehle wurde staubtrocken und sie musste sich räuspern. Walda spürte die Hitze von ihrem Gesicht an ihrem Hals abwärtsrollen und sich über ihren Oberkörper verteilen.

»Vergib mir, Dominus. Ich hatte nicht vor, dummes Zeug zu reden.«

Schlagartig wurde er wieder ernst. »Sieh dir die Karten an und sage mir, wo die Fehler liegen.«

Jetzt galt es ... Walda richtete sich auf und sah ihm direkt in die Augen. Ein Schauer rann dort über ihre Haut, wo vorher noch das Blut gekocht hatte.

»Ich nenne dir die Fehler, Gebieter. Aber du weißt auch, dass ich damit Verrat an den Meinen begehe.«

»Blödsinn«, knurrte er. »Du begehst keinen Verrat, denn wir kommen, um eure Stämme vor sich selbst zu schützen.«

Ihre Brust hob und senkte sich hektisch. Sie begehrte ihn so sehr, dass Tränen in ihren Augen zu brennen begannen. Er sollte ihre Jungfräulichkeit bekommen und kein anderer. Wenn er sie aber dem irren Senator auslieferte und selbst nach Germanien zog – dann war ihr Schicksal besiegelt.

»Versprich mir im Gegenzug, dass ich nicht bei dem Senator bleiben muss. Dass ich wieder hierher zurückkommen darf.«

»Und wie soll das gehen?« Eine steile Falte bildete sich über seiner Nasenwurzel und selbst der Dümmste hätte begriffen, dass der Dominus gerade sehr wütend wurde.

»Ich werde ihm meine Jungfernschaft opfern und dann kann ich zurückkehren und als deine Sklavin bleiben. Der Senator kann sich ja längere Zeit an mir gütlich tun, aber nicht für immer.«

Marcus Lucius stand auf und ging zu einem Regal mit zahllosen Papyri. Er nahm eine Rolle heraus und studierte sie, als hätte er von Waldas Vorschlag nichts mitbekommen.

»Ich weiß, was du planst …«

Seine Stimme war klar und nüchtern. Aber dahinter – soweit kannte sie die Römer inzwischen – lauerte eine Schlange. »Du denkst dir, dass du hierher zurückkommst, während ich noch auf dem Feldzug bin, und du die Schenkel ungestört für meinen Bruder spreizen kannst. Ist es nicht so?«

»Nein, mein Gebieter.«

»Er besteigt dich doch jetzt schon. Gaius mit seinen samtenen Blicken, dem seidenen Haar und dem langen Schwanz.«

»Glaube mir, Dominus … So ist es nicht.«

»Und noch besser … Dank deiner Informationen könnten die Deinen eine fabelhafte Gelegenheit bekommen, mich in den Hades zu schicken. Dann wäre mein Brüderchen der Erbe des Ganzen hier und du wärest seine Hure.«

Pfeilschnell drehte er sich um und packte Walda am Arm. »Das ist es, was du willst. Nicht wahr? Meinst du, ich hätte nicht an deiner Fotze gespürt, was in dir vorging, als ich ihn hereingerufen habe, während ich dich gestreichelt habe? Wie die Angst in dir getobt hat, dass du ihn verlieren könntest, weil er mich für deinen Liebhaber hielt?«

Der Dominus versetzte ihr einen heftigen Stoß und ging zum Regal zurück. »Setz dich hin und sage mir, was an den Karten nicht stimmt! Los!«

Sie hatte es versucht und sie hatte verloren. Also holte sie tief Luft, tippte mit dem Finger auf einen Fluss und beschrieb mit Worten seinen Lauf.

Als der Dominus zur Glocke ging, hielt sie inne.

»Mach weiter. Ich höre zu.« Doch er konnte gar nicht mehr weiter zuhören. Sein Leibsklave erschien und Marcus Lucius gab ihm einen Auftrag.

»Hier lebt zum Beispiel mein Stamm … die Sueben … Und hier gleich daneben … die Nemeter.«

»Ah«, sagte der Dominus, doch es lag etwas in seiner Stimme, das sie innehalten und sich umwenden ließ.

Eine der neuen Sklavinnen war eingetreten und stand jetzt im Raum.

»Zieh dich aus und blas meinen Schwanz!«, erklärte der Herr ruhig.

Walda aber wurde schwindelig vor Zorn und Schmerz.

Das Mädchen blickte ihn verwundert an. Ihre Haut war ein gutes Stück dunkler als die der hiesigen Frauen und ihr Haar rabenschwarz. Als sie jetzt ihr Gewand auf Geheiß des Herrn fallen ließ, erkannte Walda die entzückende Figur einer jungen Frau mit schmaler Taille und ausladenden Hüften. Die Brüste des Mädchens konnte man mit einer Hand gut umfangen. Fest waren sie und ließen ihre Knospen nach oben stehen.

Überraschenderweise hatte das Mädchen keine Haare auf ihrem Hügel, was sie aber in Waldas Augen umso attraktiver machte.

Wie überrascht war sie, als sie die Lust aufkeimen spürte, die warme Spalte der Sklavin zu erkunden und sie dann in die Ekstase zu treiben. Stattdessen durfte sie nur dasitzen, die Karten studieren und auf das lauschen, was hinter ihr vor sich ging.

»Weißt du, was du tun sollst?«, fragte er mit der Geduld eines Lehrers für seine neuen Schüler. »Dann pass auf … Du nimmst meinen Schwanz in den Mund … ach was … Walda!«

Mit wild pochendem Herzen stand sie auf. Es war so weit. Er würde ihr seinen Stamm überlassen und sei es auch nur, um der anderen vorzuführen, was sie mit ihm tun sollte.

»Zeig ihr, wie es geht. Dann weiß sie von jetzt an Bescheid.«

Das war es also. Sie hatte es erwartet … Sie würde zu dem alten Senator geschickt, während er hier die Möse der Sklavin polierte.

»Nein. Ich hab's mir anders überlegt«, stieß er plötzlich hervor, gerade, als Walda ihre

Hand um seinen Schaft schließen wollte. »Du leckst ihn einfach, bis er hart ist. Komm mit nach da vorn …«

Der Dominus stellte sich mit der Sklavin genau gegenüber dem Arbeitstisch hin, hob seine Toga an und hielt den Stoff gegen seine Seite gepresst. Die neue Sklavin kniete sich auf den Boden, griff seinen noch weichen Schwanz und hielt inne.

»Was ist?«, fragte er ungehalten. »Mach! Ich will spritzen.«

Zögernd öffnete sie ihre Lippen und führte ihn beinahe ängstlich in ihren Mund.

Walda wurde ebenfalls ärgerlich. Wie sehr sehnte sie sich nach seinem Stamm und durfte ihn nicht haben, während diese dumme Göre sich derart zierte. Was hätte sie nicht dafür gegeben, seinen nackten Körper auf dem ihren zu spüren!

Da aber zuckte sie ob einer ruckartigen Bewegung des Dominus zusammen. Er hatte entnervt den Kopf der Sklavin gepackt und stieß seinen Schwanz wieder und wieder in ihre würgende Kehle.

»Verflucht … Was soll das?«, knurrte er wütend und entzog sich dem Mädchen.

Walda sah seinen pumpenden Schwanz. Die Geilheit, die Unmengen Blutes in seinen Schaft pumpen ließ. Die Starre seiner Lenden, die Verkrampfung seiner Muskeln – all das zeigte Walda, dass er kommen musste. Dass sein Samen nicht mehr zu halten war.

Ohne auf seinen Befehl zu warten, kniete sie sich vor ihren Dominus, entwand ihm seinen Ständer und schloss ihre Lippen so fest sie nur konnte um seine zum Zerreißen gespannte Haut. Um dem Druck ihrer Bewegungen etwas entgegenzustellen, krallte sie ihre Nägel in seinen steinharten Hintern und rammte seinen Harten so tief es nur ging in ihre Kehle.

»Oh … bei allen Göttern …«, stieß er zwischen zusammengepressten Zähnen hervor.

Er stützte sich so schwer auf Walda, dass sie kaum noch das Gleichgewicht halten konnte. Um sprechen zu können, musste sie ihn aus ihrem Mund entlassen. Er war in Speichel gebadet, der jetzt auf den Boden und ihre Brüste tropfte.

»Verdammt. Was tust du jetzt?«

»Willst du ihn mir reinstecken, Dominus?«, fragte sie so leise, als habe sie selbst Angst vor dieser Frage.

»Das geht nicht«, stieß er atemlos hervor. »Deine Möse ist für den Senator.«

»Ich meine nicht meine Möse, Gebieter. Nimm meine Rosette. Er wird nicht merken, dass du in mir warst …«

»So wenig, wie ich merken werde, dass mein Bruder in dir war?«

Seine Stimme war eiskalt. Mit einer knappen Geste winkte er die Sklavin heran, die seinen noch immer harten Ständer umfasste und tief in ihren Schlund presste. Ihre Position war so geschickt, dass sie ihn ohne jedes Problem in gleichmäßigem Rhythmus tief in ihren Hals nehmen konnte und ihn gleichzeitig mit Zunge und Lippen wichsen.

Marcus Lucius bewegte seinen Unterleib vor und zurück, bis er mit einem tiefen Grollen seiner Stimme in den Schlund des Mädchens explodierte. Jetzt erst entließ sie ihn aus ihrem Mund, aber nur, um ihm ihren nackten Oberkörper und ihr Gesicht für seinen Samen darzubieten.

Walda kochte vor Zorn. Er hatte sie reingelegt. Das Mädchen war keine ahnungslose Jungfrau, sondern eine geübte Hure.

»So. Geh und wasch dich und danach packst du.«

Walda stand fassungslos vor Zorn da und funkelte den Dominus an. Sie sollte also packen, weil er sie mitnehmen würde. Wenn sie auch eine Fremde war, so wusste sie doch, dass die Römer es für absolut natürlich hielten, ihren sexuellen Drang zu jeder Zeit und an jedem Ort auszuleben. Was wohl bedeutete, dass er die kleine Sklavin sogar vor Kämpfen in Anwesenheit seiner Offizierskameraden rannehmen würde.

Walda aber fand das unsagbar abstoßend. Und es tat weh. Die Vorstellung, dass er in die glatte, geschwollene Möse eindrang … sein dicker Schwanz in das enge Loch einer anderen pumpen würde …

Er *muss es doch mit mir tun,* dachte sie trotzig wie ein kleines Kind. Voller Schmerz schloss sie die Augen und senkte den Kopf. Es war kaum zu ertragen und sie verstand das Gefühl nicht, das er in ihr auslöste und das sie zu einem willenlosen Wesen machte. Und schlimmer noch – zu einer Verräterin! Nein, sie konnte sich nicht vormachen, dass sie nichts weiter tat, als ein paar Siedlungsgebiete zu benennen. Es war so viel mehr und wie sie auch darüber nachdachte – sie konnte nicht zu den Wurzeln dieses Gefühlschaos durchdringen.

»Kann ich jetzt gehen, Dominus? Ich habe noch viel zu tun, bevor ich das Haus verlasse.«

»Du bist hier noch nicht fertig. Wir haben unser Gespräch nur unterbrochen.« Marcus Lucius tippte energisch auf die Papyri.

Scheinbar widerstrebend trat Walda neben ihn. Der Geruch nach Schweiß und Sperma ließ sie schwindeln. Für einen Moment trat ein Bild vor ihr inneres Auge – sie und er in einem Becken voll warmen Wassers, auf dem unzählige duftende Blüten schwammen.

»Welche Stämme wo leben, weiß ich schon lange. Ich will von dir Informationen, die ich bis jetzt nicht hatte. Wenn du einer von euren Rebellen wärst … wo würdest du uns angreifen?«

Noch nie hatte Walda strategisch gedacht. Jetzt musste sie offensichtlich damit anfangen.

»Ich bin mir nicht sicher, Gebieter. Aber hier …« – sie deutete auf eine scheinbar leere Fläche – »… befindet sich ein Fluss.«

»Ja, und?« Seine Stirn legte sich in Falten und er war mit dem Hinweis sichtlich unzufrieden.

»Ihr müsst durch den Fluss, wenn ihr auf das Gebiet der Sueben gelangen wollt. Hier weiter unten, in Germania Superior, gibt es fast nur Rom zugeneigte Stämme. Also werdet ihr euch so lange es geht auf deren Territorium aufhalten.«

Der Dominus presste seinen Zeigefinger auf seine Lippen. »Ich beginne zu verstehen, worauf du hinauswillst.«

»Gut. Ihr werdet also bis auf Höhe von Aquae oder Noviomagus links von diesem Fluss bleiben und dann planen, in diesem Bereich …« – ihr von Schwielen überzogener Finger wanderte langsam nordwärts – »... den Fluss zu überqueren. Denn dort lockt der Wald mit seiner scheinbaren Sicherheit.«

Walda überlegte, was er womöglich als Offizier planen mochte. Ließ sich von ihrem gesunden Menschenverstand leiten.

»Das wäre so. Du hast recht.«

»Aber dieser Wald ist euer Verderben. Unsere Stämme kennen diese Wälder wie ihre Finger. Ihr wäret allesamt dem Tod geweiht, denn sie würden sich dort verstecken und über euch herfallen, in dem Moment, da ihr von Bäumen und Unterholz umgeben wärt.«

Seine Züge waren wie erstarrt, seine Konzentration vollkommen. »Versuchst du, mir das Leben zu retten oder mich umzubringen?«, fragte er ruhig.

Als Walda darauf erwiderte: »Ich könnte dir niemals bewusst schaden«, konnte sie ihn nicht einmal ansehen, so sehr bebte sie. Und dennoch hatte sie es geschafft, ihre Stimme gänzlich unter Kontrolle zu halten – er durfte nicht sehen, wie es ihr erging bei diesem Geständnis. Walda hielt ihren Kopf so gesenkt, dass sie gerade noch seine Brust sah und wie diese sich hob und senkte.

Das Schweigen zwischen ihnen wirkte auf die Sklavin wie ein zum Zerreißen straff gespanntes Seil. Er musste doch etwas sagen, nachdem sie sich derart geöffnet hatte. Aber er schwieg. Langsam hob sie ihren Blick, um erkennen zu können, was sich in ihm abspielte.

Der Dominus blickte auf sie herab. Ausdruckslos. Es konnte doch nicht sein, dass er gar nichts empfand! Doch auch wenn er ihre Gefühle nicht erwiderte, wenn er sie tausend Mal verletzte – ihre Liebe zu ihm würde bleiben. Denn dass dieses Gefühl Liebe war, erkannte sie jetzt.

Sein breiter, entschlossen wirkender Mund aber hielt nur Schweigen für Walda bereit. Sie schmeckte noch seinen Samen, hatte ihm verraten, wie er dem Tod entgehen konnte – und wie dankte er es ihr? Mit Schweigen.

»Nimm den Stift und zeichne den Wald ein, soweit du ihn kennst«, sagte er ruhig und hielt der Sklavin den Griffel entgegen.

Walda zeichnete ihn sorgfältig ein, auch wenn es ihr widerstrebte.

»Gut. Gibt es Besonderheiten in diesem Wald?«

Abermals beugte sie sich über den Plan und zeichnete. Höhlen. Teiche. Brunnen. Sogar einen Schweinekoben.

Als sie geendet hatte, erklärte er nur beherrscht:

»Du kannst gehen.«

»Gern, Dominus.«

Damit zog sie sich zurück.

»Sag den anderen Weibern Bescheid, sie sollen die Sachen für die Feier richten. Du musst überwältigend aussehen für den Senator. Und streng dich gefälligst an.«

Walda verbeugte sich nochmals.

Er hatte sie reingelegt, hatte sie ignoriert, ihr nicht gedankt und sie jetzt auch noch daran erinnert, dass er vorhatte, sie wie einen Gegenstand zu verschenken. Aber nichts anderes war sie ja – ein Gegenstand. Und ihr Gebieter ließ wahrhaftig nichts aus, um ihr klarzumachen, wie wenig sie ihm bedeutete.

Sollte sie nicht froh sein, von ihm fortzukommen? Doch ihre Gefühle blieben die gleichen. Unauslöschlich.

Und so hoffte Walda in jenem Moment, da sie das Arbeitszimmer ihres Dominus verließ, dass er ihr nachschauen möge, und sein Handeln bedauern.

VI.

Der Markt war für Walda keineswegs anziehend. Die Hitze hatte sich seit den frühen Morgenstunden aufgetürmt und sie bekam zwischen all den plaudernden, feilschenden und schreienden Leuten fast keine Luft. Der Schweiß lief ihr den Rücken herab und ihr Gewand klebte so an ihr fest, dass sich ihre Titten deutlich abzeichneten.

Sie blickte über sauber zu einer Pyramide getürmte Orangen hinweg und wollte gerade nach der obersten greifen, als eine Hand vorschnellte und sie mitten in der Bewegung bremste.

»Was soll das?«, fragte Walda voller Empörung, denn sie dachte, der Mann wollte sich vordrängen.

»Ich wollte dich nur vor einem Fehlkauf bewahren.«

Walda drehte sich zu dem Störenfried um und blickte in ein paar lachende, eisblaue Augen.

Er trug eine römische Uniform, doch unter dem Helm entdeckte sie hellblonde Strähnen.

»Danke. Aber ich bin schon ein großes Mädchen und kann allein einkaufen.«

»Wie du meinst … Aber der Kerl betrügt. Er wirft die Orangen in deinen Beutel und wenn du zu Hause ankommst, stellst du fest, dass sie alle faule Stellen haben.«

Walda mochte es nicht, wie überheblich er mit ihr redete. Als wäre sie ein kleines Mädchen, das zum ersten Mal von der Mutter zum Einkaufen geschickt wird.

»Fein. Dann danke ich dir. Und im Übrigen braucht ein Offizier eine Sklavin nicht so vornehm behandeln.« Jetzt war ihre Stimme eindeutig schnippisch.

Der Offizier trug einen aus stählernen Streifen zusammengesetzten Brustpanzer, der die Überbleibsel vieler Schlachten trug. Seine rote Tunika war stellenweise vom Schweiß dunkel verfärbt. Doch das störte sie nicht.

»Eko westi Arminius …«, sagte er leise und sein Blick hatte etwas Suchendes bekommen. Dann nahm er ihren Ellenbogen und führte sie zwischen den Ständen hindurch zu einem leeren Bereich zwischen zwei Häusern. Dort ließ er seine Hand an ihrem Rücken abwärtsgleiten und dann ihre Pobacken kneten. Walda war so überrascht, dass sie nicht reagieren konnte.

Zwischen zwei Häusern angekommen, drückte er sie entschlossen gegen eine Wand. Er griff unter sein Kinn und löste den Gurt seines Helms, um gleich darauf seine Lippen auf die ihren zu pressen, ohne sie wirklich zu küssen. Seine Hand betatschte ihren Körper.

Jetzt sah sie es. Er war Germane.

»So tragen nur Germanen ihr Haar«, sagte sie leise zischend, denn sie wusste nicht, wie sie ihn einschätzen sollte. Die Uniform eines römischen Offiziers und die Frisur eines freien Germanen, mit dem Knoten an der Seite?

»Was soll das alles?«

»Meine Geschichte tut nichts zur Sache. Ich wollte nur, dass du weißt, dass du hier nicht allein bist.«

Seine Lippen berührten die Seite ihres Halses. Ging eine Bedrohung von ihm aus? Oder versuchte er nur, sie zu verunsichern? Aber warum sollte er?

»Ich muss jetzt gehen. Aber wir werden uns wiedersehen, wenn die Götter es wollen.«

Walda blieb stehen und sah ihm nach, während er im Laufen seinen Helm wieder zurechtrückte und den Riemen schloss.

Sie konnte einfach nicht verstehen, was sich da soeben zugetragen hatte. Was hatte dieser Mann von ihr gewollt? Ein Germane in einer römischen Offiziersuniform, die offensichtlich schon zahlreiche Schlachten miterlebt hatte. Ein solcher Mann sprach sie doch nicht an, nur um zu verhindern, dass sie verfaulte Orangen kaufte. Hätte er ihr unzüchtige Angebote gemacht … aber das hatte er ja nicht einmal versucht. All diese Berührungen waren nichts weiter gewesen als Ablenkungsmanöver, damit niemand Verdacht schöpfte. Doch warum? Nachdenklich ging sie zurück.

VII.

Walda hörte die Instrumente, die den Einzug der Gäste begleiteten. Aulos, die merkwürdige Doppelflöte, Kitharen und Flöten. Sie waren laut und klangen in ihren germanischen Ohren, als würden sie von verrückten Kindern gespielt. Wie sehr wünschte sie sich in diesem Moment, sie müsste nicht hinaustreten. Hinaustreten und sich anstarren lassen, wo sie aussah wie ein lebender Goldklumpen.

Von einem seltsamen Gürtel abgesehen, war Walda nackt. Wobei an dem Gürtel zahllose Bänder mit Münzen hingen. Insgesamt war der Gürtel heillos schwer und klirrte und klimperte bei jedem Schritt vor sich hin. Ihre nackten Brüste hatte man mit goldenen Fetzen beklebt, die aber hauchdünn waren. So dünn, dass man die Haut hindurchsehen konnte.

Das Gold wiederholte sich in ihrem Haar, das durch lange, künstliche Strähnen bis zu ihren Kniekehlen verlängert wurde. Dazu kam noch ein üppiger, mit Blättern bestückter Haarreif.

Als von draußen das Klopfzeichen ertönte, legte die Dienerin ein golddurchwirktes Tuch über Waldas Kopf. Es floss an ihrem entblößten Körper herab und lief in einer langen Schleppe aus. Walda hielt es über ihren Lippen zusammen, als sei sie eine Braut, die sich zaghaft zu ihrem Gatten begibt.

Der Dominus stand mit den Gästen am anderen Ende des Saals und beendete gerade eine kleine Rede. Es waren bei Weitem nicht so viele Gäste wie beim letzten Mal, aber dafür hatte sie sowieso keine Augen. Sie sah nur den Dominus, wie er mit ernster Miene zu ihr hinsah.

Walda wusste nicht, was es war, aber über irgendetwas ärgerte er sich. Dennoch machte er gute Miene zum bösen Spiel und plauderte mit seinen Gästen.

Die Musiker und Tänzer, die soeben noch die Gäste hereinbegleitet hatten, nahmen jetzt sie in Empfang. Allerdings nur, damit der Herr des Hauses ihr die Hand reichen konnte.

Walda war eiskalt. Ihr Körper fühlte sich an, als hätte man sie mitten im Winter in einen See geworfen, wobei sich das Fieber bereits ausbreitete.

Sie erkannte den Senator sofort am roten Streifen auf der weißen Toga. Er musste um die sechzig sein und hatte silbergraues, kurzes Haar, das in fast konzentrischen Kreisen um einen Punkt auf dem Hinterkopf lag. Von seinem Körper konnte man unter der äußerst üppigen Toga nichts erkennen. Sie wollte nicht hinsehen und konnte doch nichts anderes tun. Er sah nicht schlecht aus und je näher sie ihm kam, desto besser wurde ihr Eindruck. Auf jeden Fall sah er nicht wie ein Irrer aus, der Frauen zu Tode folterte und sich an ihren Leichen verging.

Atmete sie ein, war sie sich sicher, dass der Dominus sie nur hatte einschüchtern wollen. Atmete sie aus, dachte sie, dass ihr Zimmer im Haus des Senators bereits auf sie wartete. Sie konnte es drehen und wenden, wie sie wollte – sie war eine Sklavin und hatte jeglichen Hauch von Macht über ihr eigenes Leben verloren.

Die Münzen klimperten bei jedem Schritt und schwangen dabei hin und her.

»Wenn ich vorstellen darf …« Der Dominus wartete einen Moment, bis die Musiker eine Art Fanfare gespielt hatten.

»Danaë! …«

Er drückte Waldas Hand und sie blieb stehen. Starr blickte sie geradeaus und spielte eine Statue.

»… die ich jetzt dem Zeus übergebe. Zu deiner ausschließlichen Belustigung, Senator. Möge sie dich immer an den heutigen Abend in meinem bescheidenen Heim erinnern.« Er klang, als habe er soeben nichts anderes als eine Vase mit dem Abbild der mythologischen Heldin überreicht.

Applaus brandete auf.

Der Senator kam auf die Germanin zu und ließ seine Hände an ihren Seiten herabgleiten. »Sie ist eine wirkliche Schönheit und ich danke dir von Herzen.«

»Dann würde ich sagen, solltest du deinen ersten Wunsch an die Göttliche richten.«

»Ich wünsche mir, dass sie für mich tanzt.«

Walda wollte nicht tanzen. Sie wollte davonlaufen. Zu jenem geheimnisvollen Germanen in römischer Uniform. Der würde sie in ihre Heimat zurückbringen. Doch statt zu fliehen, begann sie, langsam mit den Hüften zu schwingen. Die Schnüre mit den Münzen zuckten in gleichmäßigem Rhythmus zur Musik. Ihre Brüste bewegten sich und das Gold blitzte im Licht der Öllampen. Wenn der Dominus sie schon wegwarf, dann sollte er wenigstens sehen, was er da weiterreichte.

Waghalsig umtanzte sie den Senator, dem dies ganz außerordentlich gefiel. Ab und zu streckte er die Arme aus und streichelte ihre weiche Haut.

Walda erinnerte sich an die Tänze aus ihrer Heimat und mischte sie mit Elementen, die sie den Römerinnen abgeschaut hatte. Das tat sie so geschickt und verführerisch, dass niemandem auffiel, dass sie in Wahrheit keine allzu begabte Tänzerin war. Mit jeder Bewegung spürte sie, wie die Erregung des Senators wuchs, und an seiner Toga erkannte sie, dass sein Alter keinerlei Auswirkung auf seine Männlichkeit hatte.

Und dann – mit einem Mal – ergriff Quintus Aurelius ihre Hand und zog sie mit sich fort.

»Wo können wir hin?«, fragte er energisch an den Dominus gewandt.

Und da sah sie es. Im Gesicht ihres Gebieters las sie Überraschung, Schreck, Erkenntnis, Schmerz. Und es mischte sich wie Laub im Herbst, durch das der Wind fährt. Doch dies dauerte nur einen Wimpernschlag. Im nächsten Augenblick hatte Marcus Lucius sich wieder gefasst und deutete auf eine Türe, die eilig von Sklaven geöffnet wurde.

Waldas Triumph dauerte ebenfalls nur einen Augenblick, dann begriff sie, dass jetzt die Tändelei vorüber war. Jetzt würde sie durch das Tor zur Unterwelt schreiten. Und einmal mehr fragte sie sich, ob auch Frauen nach Walhalla kamen …

Es war ein ausgesprochen schöner Ort zum Sterben, dachte Walda. Überall fand sich weißer Marmor mit feinen grauen und schwarzen Zeichnungen. In gewaltigen Amphoren dufteten die verführerischsten Blüten, umgeben von Pflanzen mit riesenhaften Blättern.

Im Raum gab es Liegen, Sessel und am Ende des Raumes ein großes Bett, über das ein Baldachin gespannt war. An den Wänden standen gleichmäßig verteilt Sklaven, so starr wie Figuren.

Der Senator wählte eine Liege aus und machte es sich darauf bequem.

»Setz dich vor mich!«, erklärte er knapp und ohne jede Tändelei in der Stimme. Offensichtlich gedachte er nicht, mit Sklavinnen anders zu reden. Ob er sich an ihnen gütlich tun wollte oder ihnen auftrug, sauber zu machen.

Walda widersetzte sich ihm nicht, denn innerlich hatte sie sich ja längst auf das Schlimmste vorbereitet.

»So ist es gut.«

Sie zuckte zusammen, als sich plötzlich ein Mann in einem fremdländischen Gewand und mit bräunlicher Haut aus dem Schatten einer Säule löste und so dicht an sie herantrat, dass die Bewegung seiner Lippen an ihrem Ohr zu spüren war, als er nun sprach. Er trug eine Perücke aus zahllosen Zöpfchen, an deren Ende jeweils Perlen eingeflochten waren.

Walda starrte sie fasziniert an und bemühte sich gleichzeitig, zuzuhören.

»Der Gebieter wünscht nicht, dass du sprichst. Du darfst jede andere Art Laut von dir geben. Du darfst ihn nur berühren, wenn er es dir gestattet. Entweder durch ein Zeichen oder ein Wort. Solltest du das Bedürfnis verspüren, mitzutun, dann wiederum nur, wenn der Gebieter es in Zeichen oder Worten gestattet. Wobei deine Frage an ihn nur mittels Blicken gestattet ist. Der Gebieter erträgt euer germanisches Kauderwelsch nämlich nicht. Im Übrigen: keinerlei Eigeninitiative. Du tust nur – und ich betone! – NUR, was der Gebieter dir sagt! Hast du das alles verstanden? Wenn du diesen Vorgaben zuwiderhandelst, zieht das ernste Konsequenzen nach sich. Ja?«

Walda nickte stumm. Der seltsame dürre Mann nickte ebenfalls und nahm seinen Platz an der Säule wieder ein, von wo aus er alles überblicken konnte und mit Sicherheit eingreifen würde, wenn etwas nicht im Sinne seines Herrn lief.

Mit einem Blick bemerkte sie, dass die Münzenschnüre auseinandergerutscht waren und den Blick auf ihren Venushügel freigaben. Instinktiv wollte sie ihr Dreieck bedecken, doch der Senator fing ihre Hand ab. Offensichtlich genoss er den Anblick schon längere Zeit.

Und nun, da seine Hand der Wärme ihrer Muschel so nahegekommen war, schob er seinen Zeigefinger ruhig in Richtung ihrer Perle. Walda verschlug es den Atem. Augenblicklich schaffte er es, ihr Innerstes zum Kochen zu bringen, wie er sie so beiläufig zu reiben begann.

Das Einzige, was sie ablenkte und davon abhielt, ihre Schenkel zu spreizen, damit der Senator sich Zugang zu ihrem Loch verschaffen konnte, war die einsetzende, fremdländische Musik. Sie schwebte einem Nebel gleich überall um sie herum und Walda konnte einfach nicht feststellen, wo die Musiker sich befanden.

Stattdessen tauchte eine junge Frau auf. Sie hatte lackschwarzes, glattes Haar, das bis über ihre Hüften reichte, einen flachen und dabei weichen Bauch und ausladende, weibliche Hüften. Diese wurden durch einen breiten Gürtel betont, der über und über mit Edelsteinen und ziselierten goldenen Plättchen besetzt war. Ihre Brüste konnte Walda nicht sehen, denn sie trug ein Band davor, das wie der kleine Bruder ihres Gürtels aussah. Alles an ihr glitzerte, sogar die Unmengen Stoffes, die vom Gürtel bis zum Boden reichten. An ihren Hand- und Fußgelenken hingen winzige Glöckchen, die im Rhythmus ihrer Bewegungen klingelten.

Schritt für Schritt näherte sie sich der Liege des Senators, wobei sie jedes Mal stehen blieb, die Zehen aufsetzte und mit einer Hüftseite eine ruckhafte Bewegung machte.

Wenige Schritte vor der Liege hielt sie inne, bewegte ihre Arme wie Schlangen hoch über ihren Kopf und ließ sodann ihren Unterleib in wahnwitzigem Tempo vibrieren. Der Gürtel verschoss Lichtfunken in allen Farben und Walda erkannte atemlos, dass die fremdländische Tänzerin offensichtlich ihr Dreieck rasiert hatte. Der Anblick – auch wenn sie ihn nur für einen Moment genießen konnte – erregte sie über alle Maßen.

Die Tänzerin beugte sich vor, sodass ihre Brüste sich genau vor dem Senator befanden, und rüttelte mit den Schultern.

Ohne zu zögern packte der Senator das Band und riss es so energisch ab, dass sich eine Rötung auf der Haut der Tänzerin abzeichnete und ihre Nippel sich senkrecht aufstellten.

Walda verspürte unbändige Lust auf diese Frau. Am liebsten wäre sie aufgesprungen, hätte eine Titte der Tänzerin gepackt und ihren Nippel so hart gesaugt, dass diese nur noch vor Geilheit geschrien hätte. Aber sie durfte sich ja nicht bewegen …

Sie erschrak, als der Senator plötzlich von hinten unter ihren Armen durchgriff und ihre Brüste packte. Er knetete sie vollkommen rücksichtslos, presste sie zusammen und rollte ihre Spitzen zwischen Daumen und Zeigefinger.

»Sie sind nicht hart genug«, stellte er fest und im nächsten Moment kam ein Sklave mit einem Behälter Eis herbeigeeilt, in das Waldas Brüste getaucht wurden. Zu ihrer Überraschung zogen sich ihre Brustwarzen tatsächlich zusammen und bildeten zwei harte Stöpsel, die in die Höhe standen.

»So mag ich sie lieber.«

Der Senator drehte Walda ein wenig zu sich, während das Mädchen weitertanzte. Er umfasste eine Brust und saugte sie in seinen Mund.

Verwundert stellte Walda fest, dass seine Handlungen sie keineswegs abstießen, sondern dass sie sie im Gegenteil extrem erregend fand. Sein Griff war entschlossen und was er tat, geschah mit Überlegung. Nicht wie bei einem jungen, unerfahrenen Mann, der mehr suchte denn fand.

»Tanz weiter! Aber so, dass ich dich sehen kann«, sagte er mit emotionsloser Stimme und die Tänzerin wiegte sich weiter in den Hüften, drehte sich und zeigte ihren bebenden Hintern.

»Den wirst du nachher ficken«, murmelte er und Walda erstarrte. Es einer anderen Frau in den Hintern besorgen? Wie sollte das gehen, fragte sie sich.

Die langen schwarzen Haare flogen nach hinten, während sich die Tänzerin mit vibrierenden Schultern so weit nach hinten beugte, dass ihr Kopf den Boden berührte.

Walda starrte sie mit offenem Mund an. Wie sich ihr Venushügel hochwölbte und ihre Brüste hin und her ruckten …

»Du wirst gerade nass, meine Liebe«, sagte der Senator und grinste Walda dabei lüstern an. »Du willst ihr was reinstecken, nicht wahr?«

Die Germanin wurde aus ihren Gedanken gerissen und sah den Senator irritiert an. Sein Finger rieb sie immer schneller und sie fürchtete, jeden Moment zu explodieren. Vor allem, da die Tänzerin sich jetzt so drehte, dass sie ihre geöffnete Möse sehen konnten.

»Zeig uns dein Loch!«, rief Quintus Aurelius und sie tat, wie ihr befohlen. Die Tänzerin richtete sich auf, doch nur um sich im nächsten Moment nach vorn zu beugen, die Beine weit auseinanderzustellen und dann mit beiden Hände ihre Löcher zu öffnen.

»Stell dich neben sie! Ich will eure Löcher vergleichen!«

Der Senator erhob sich und trat hinter die beiden Sklavinnen.

Dann befeuchtete er seine Finger und drückte sie gegen die geschwollenen Kissen ihrer Austern.

»Ja«, bemerkte er ungerührt. »So gefällt mir das. Hier … Koste ihren Saft!« Mit diesen Worten schob er seine Finger in den Mund der Tänzerin.

Sie stützte sich mit beiden Händen auf ihren Knien ab und genoss, wie der Senator ihr Innerstes rieb. Sie konnte und wollte das Stöhnen nicht zurückhalten, das sich in ihrer Kehle bildete.

»Sie will deine Möse kosten, hörst du das?«

Er winkte einen muskulösen Sklaven heran, der sie alle um zwei Köpfe überragte.

Als hätte er es schon häufig geprobt, hob er die Tänzerin so hoch, dass er ihre Oberschenkel umklammerte, während ihr Rücken gegen seine Brust drückte.

»Jetzt leck sie!«

Walda trat vor die so präsentierte Auster. Sie nahm ihren Duft wahr und bildete sich ein, sogar die Feuchtigkeit riechen zu können.

»Hier nimm das«, ordnete der Senator an und drückte Walda einen ungeheuer dicken und langen, aus edlem Holz geschnitzten Schwanz in die Hand. »Fick sie damit. Aber erst, wenn du ihn nass geleckt hast.«

Sie tat, was er sagte, und mehr noch – sie drückte ihn vorsichtig in ihr Loch, aber nur ein oder zwei Fingerbreit.

»Was tust du, verrücktes Weib?«

»Ich will, dass sie meinen Sucus in ihrem Fötzchen hat.«

Der Senator starrte sie perplex an. Sie hatte gesprochen … »Wie kannst du es wagen!«, schrie er.

Walda warf sich auf die Knie. Wie zufällig erhaschte sie dabei seinen Schwanz und begann, ihn mit Lippen und Zunge zu massieren.

Der Senator gab einen kehligen Laut von sich und sein flacher Bauch bewegte sich hektisch auf und ab. Walda aber ließ sich nicht irritieren. Sie umklammerte seinen Schaft und ließ ihren Mund hin und her wechseln zwischen seinem Ständer und der Möse der Tänzerin.

Es war der reine Genuss. Mit jedem Atemzug lernte sie dazu. Zuerst hatte sie ihre Zungenspitze vorsichtig unter die Vorhaut des Senators geschoben, nur um sie sogleich immer schneller und tiefer um seine Eichel kreisen zu lassen.

Fast das Gleiche tat sie mit der Tänzerin. Nur entdeckte sie dort, dass es gleich oberhalb der Kirsche ein tiefes Versteck gab, in das man die Zunge schieben konnte, um die andere zur Raserei zu bringen.

Walda tat ihr Bestes, um ihre Zunge so schnell als nur irgend möglich vibrieren zu lassen. Die Tänzerin wand sich in den starken Armen des Sklaven. Welcher Genuss, ihre hoch aufgeschwollene Spalte in den Mund zu nehmen und sie dabei zu saugen, dass sie schrie. Kein Härchen war ihr im Wege. Nur glatte, üppige Geilheit.

Und dann hatte sie eine Idee … Während ihre Zunge gleich einem Schwanz in das Loch der fremdartigen Schönheit fuhr, presste sie ihren Daumen durch deren Rosette.

»Oh, bei allen Göttern … Was tust du?« Der Senator, dessen Ständer sie in der Hand hielt und rieb, begann zu murren. »Nimm ihn in den Mund …«

Walda war widerspenstig. Sie spürte instinktiv, dass ihre Gespielin in nur wenigen Augenblicken spritzen würde. Und da sie nicht sprechen durfte, hielt sie nur mahnend einen Finger in die Höhe. Und tatsächlich – der vornehme Patrizier schwieg.

Konzentriert ließ Walda den ersten Erguss über ihre Zunge fließen. Sie war erfüllt von den konvulsivischen Zuckungen der Tänzerin, der die Beweglichkeit ihres Beckens jetzt zugutekam. Das Mädchen warf schreiend die Arme in die Höhe und bohrte ihre Nägel in die kugelartig ausgeformten Schultern des Sklaven, der sie noch immer hielt. Die kleinen, harten Brüste hüpften und ihre Vorhöfe waren so fest zusammengezogen, dass man sie kaum von den Nippeln unterscheiden konnte. Unter Protest entzog Walda ihre Zunge und begann stattdessen, an diesen beinahe länglichen Nippeln zu nagen. Ohne darüber nachzudenken, bedeutete sie dem Senator, er solle sich neben den Sklaven stellen und seine Toga ausziehen.

Jetzt sah sie den älteren Mann zum ersten Mal ohne jede schmeichelnde Bekleidung. Er war sehnig. Nicht muskulös. Die Beine kräftiger als die Arme, was auf einen geübten Reiter hindeutete. Und sein Schwanz … Hatte sie ihn auch die ganze Zeit gehalten und gerieben, so hatte sie sich doch eigentlich nur auf ihre Gespielin konzentriert. Erst jetzt erkannte sie, welches Prachtstück dieser vornehme Römer sein Eigen nannte. Es war lang, aber nicht zu dick. Unwillkürlich fragte sie sich, wie tief er damit wohl in sie eindringen konnte.

Im gleichen Moment erinnerte sie sich daran, dass ihm

in seinem Alter vielleicht nur ein Schuss gelingen mochte und sie gerade dabei war, ihn gleichzeitig mit der Tänzerin abspritzen zu lassen.

Maßlose Enttäuschung kam wie eine bleigraue Wolke über sie. Hatte sie sich nicht darauf eingestellt, in dieser Nacht entjungfert zu werden? Nein, darauf würde sie um nichts verzichten. Vor allem, da sie jetzt gesehen hatte, dass er vielleicht herrisch war, aber keinesfalls eine kranke Figur, die Frauen zu Tode folterte.

Aber sie durfte ja nicht sprechen. Und sie würde auch nicht sprechen. Sie musste schnell sein. Im Zweifel sehr schnell.

Also wies sie den Sklaven an, sich neben die Liege zu stellen. Auf einem kleinen Tisch lagen mehrere der Natur exakt nachgeformte Schwänze. Es gab sie in verschiedenen Formen und aus den unterschiedlichsten Materialien. Für die Tänzerin wählte sie einen besonders dicken, der aber nicht so lang war. Der Sklave hob sie auf Waldas Zeichen hin an und schon hatte sie ihr dunkelrosa geschwollenes Loch vor sich.

Mit der ganzen Breite ihrer Zunge leckte Walda über die Spalte und setzte dann die hochglänzend polierte Eichel zwischen ihren Kissen an.

Als sie begann, den dicken Stamm in sie hineinzudrücken, schrie die Tänzerin.

»Du tötest mich! Bei allen Göttern … Ich zerreiße … Es tut weh …«, wobei sie Walda allerdings lüstern anlächelte.

Diese zog das Gerät noch ein-, zweimal aus der Möse ihrer Gespielin heraus und dann zum Schluss so tief wie nur irgend möglich in sie hinein.

»Besorg es dir selbst, meine geile Geliebte. Aber ohne deine Hände!«, mahnte Walda und züngelte noch einmal kurz jene empfindsame Stelle oberhalb des Gerätes. Dann packte sie ihren Gürtel und zerriss ihn so energisch, dass die Münzen in alle möglichen Richtungen sprangen. Den Gürtel selbst behielt sie in den Händen.

Sie sah zufrieden, dass der Stamm des Senators nicht mehr voll erregt war. Also zog sie den Gürtel zwischen ihren Schenkeln hindurch, hielt ihn vorn und hinten fest und begann, sich mit ihrer Spalte an dem rauen Leder zu reiben.

Die Augen des Patriziers weiteten sich, als er die dunkler werdende Oberfläche sah.

»Du geiles Miststück«, raunte er, packte eine ihrer Brüste und saugte, als käme der süßeste Wein aus ihrer Zitze.

Walda ließ den Gürtel fallen und schob Quintus Aurelius zu der Liege.

Entschlossen barg sie seinen Schaft zwischen ihren Brüsten, spie auf seine Eichel und begann, ihn mit ihren Titten zu reiben.

Der Senator legte den Kopf in den Nacken und röchelte vor Gier. »Ich muss abspritzen«, presste er zwischen seinen Zähnen hervor.

»Noch nicht, Dominus. Noch nicht ...«, murmelte Walda und sah zu ihrer Gespielin hin, die mit gerötetem Gesicht versuchte, sich selbst zum Höhepunkt zu treiben, indem sie allein mit den Muskeln ihres Unterleibs den Stab in sich rieb.

»Was hast du vor?« Sein ganzer Körper war angespannt. Auf seiner Oberlippe sah Walda winzige Schweißtröpfchen und sie wusste, dass er wirklich nicht mehr lange warten konnte.

Also kletterte sie auf die Liege und ging über seinem Unterleib in die Hocke, während sie gleichzeitig seinen Schwanz aufrecht hielt, sodass seine Eichel genau an ihrem Loch ansetzte.

»Mach schnell ... Ich kann es nicht mehr abwarten. Ich will dich durchbohren.«

Aber Walda tat nichts dergleichen.

»Ich rufe Aeternitas an, sie möge mir beistehen ...«

Walda aber fixierte sein Gesicht, während sie mit aufreizender Langsamkeit ihre Möse über ihn senkte. Und dann war sein Helm an ihrem Loch.

Walda atmete schneller. Es kostete sie alles, jetzt die Kontrolle zu behalten wie eine erfahrene Hetäre. Ihr Mund war trocken geworden und ihre Knie zitterten ob der Anstrengung. Dann ließ sie den Senator ein. Ein kurzer scharfer Schmerz, der ihr die Tränen in die Augen trieb, und dann war es geschehen. Sie blickte zwischen ihre Beine und betrachtete seinen Ständer, der sich wieder und wieder in ihren Unterleib schob.

»Leg dich hin, Schlampe. Jetzt werde ich dir zeigen, wie ein richtiger Mann dich durchfickt!«

Walda tat, was er wollte, denn jetzt war der Moment sowieso vorüber.

»Ich habe sie als Erster genommen! Hast du das gesehen?«, rief er dem Sklaven in Ermangelung eines anderen Beistehenden zu. »Sie war noch Jungfrau. Sie war wirklich noch Jungfrau. Aber jetzt machen wir eine Sau aus ihr!« Es lag so viel Triumph in seiner Stimme, dass es für zehn Imperatoren gereicht hätte.

Walda aber lag da und sehnte sich danach zu explodieren. In einem impulsiven Gedanken hatte sie die Vorstellung, sich nach dem Akt hier zu Marcus Lucius zu schleichen, damit er ihre Möse ausfüllte, so wie sie es sich immer erträumt hatte. Aber dann kam die Einsicht. Marcus Lucius war ein Gesicht, das bald in den Nebel der Vergessenheit entschwinden würde.

In dem Moment schien eine eiserne Faust sie zu würgen. Sie wollte den alten Senator von sich herunterstoßen und wegrennen. Aber sie wäre nicht weit gekommen. Und man hätte sie einen fürchterlichen Tod erleiden lassen. Und schlimmer noch – sie würde ihren Dominus nie mehr wiedersehen. Die Schenkel weit gespreizt, lag Walda mit geschlossenen Augen da und stellte sich vor, es wäre nicht Senator Quintus Aurelius, der seinen Stamm ohne Unterlass in sie hineintrieb, sondern ihr Dominus.

»Ich werde dich wieder und wieder mit meinem Samen anfüllen«, zischte der Senator in ihr Ohr. »Ich nehme dich mit in den Senat und dort wirst du dich jederzeit für mich zur Verfügung halten, dich bücken und mir deine Löcher öffnen. Ich werde dich vollspritzen und so wirst du hinter mir durch Rom gehen, überzogen mit meinem Saft.«

Im gleichen Moment begann er zu kreischen, hämmerte in Walda hinein und schrie: »Jetzt … jetzt!«

Mit einem schnellen Griff zog sie den Pfropfen aus der Möse der Tänzerin, worauf sich ein Schwall ihres Liebessaftes über den Senator und sie ergoss. Walda wusste nicht zu sagen, wer von den beiden in diesem Augenblick ekstatischer schrie, denn so benässt entzog der Patrizier Waldas Spalte seinen Schaft, rieb ihn weiter und spritzte dann auf ihre Brüste und in ihr Gesicht.

Die Tänzerin aber befreite sich aus dem Griff des Sklaven und kroch unsicher auf die Liege, wo sie mit beiden Händen den Samen des Senators von Waldas Körper wischte und sodann ihre Finger ableckte.

»Ihr kleinen Ferkel«, feixte der vornehme Mann und steckte gleich mehrere Finger in die Löcher der Sklavinnen.

Doch dann verlor er urplötzlich das Interesse, erhob sich und ließ sich seine Toga anlegen.

»Ich wünsche ein Bad zu nehmen. Und du …« – er nickte in Richtung des bulligen Sklaven – »… kommst mit baden.«

»Jawohl, Dominus«, sagte er und verbeugte sich.

»Es wird Zeit, dass ich mal wieder einen richtigen Schwanz reinbekomme«, erklärte der Senator vergnügt.

Da bemerkte er, dass die beiden Mädchen begonnen hatten, sich heftig zu küssen und dass ihre Finger ihre Mösen auf das Angenehmste stimulierten. Walda bewegte ihren Körper so schnell als möglich auf und ab, denn sie wollte kommen, mit den Fingern ihrer Gespielin in sich. Ihre Zunge schmeckte so angenehm wie ihr ganzer Mund und es war ein Genuss, mit der Zungenspitze ihre Zahnreihe entlangzustreichen. Und dazu die Berührung der erregten Titten, die sich aneinander rieben, als seien sie lebende Wesen.

»Fertig, ihr beiden! Schafft die Tänzerin weg. Es gefällt mir nicht, wenn zwei Huren sich miteinander vergnügen. Das ist widernatürlich.«

Dass er dummes Zeug redete, wusste Walda, denn sie hatte oft genug in der Wirklichkeit und auf Kunstwerken gesehen, wie sich Frauen mit Frauen und Männer mit Männern verlustierten. Niemand in Rom fand das widernatürlich.

Als die Tür zum großen Saal geöffnet wurde, sah Walda, dass sich die Zahl der Gäste vervielfacht hatte. Der Senator blieb hier und da stehen und plauderte mit jemandem, doch nur, um kurz darauf seinen Weg zu den Bädern fortzusetzen.

Und da stand der Dominus in einer eleganten Toga, vor der Brust gekreuzten Armen, seinen nachtschwarzen Blick auf Walda geheftet. Er schien blasser als sonst und seine Augen wirkten düster. Er sprach. Er antwortete. Und doch sah er nur sie an. Sie verlor ihn erst aus dem Blick, als der Senator den Raum verlassen hatte und sie ihm immer noch nachlief.

»Was tust du hier, Weib?«, herrschte er sie plötzlich an. »Willst du dem Sklaven helfen, seinen Schwanz in meinen Arsch zu schieben?«

Erschrocken blieb sie stehen.

»Aber ich gehöre dir doch jetzt …«, sagte sie unsicher.

»Du gehörst mir? Und wenn ich dich gar nicht will? Wenn ich keinen Wert auf eine dreckige Germanin in meinem Haus lege? Einer Hure, die in der Nacht kommt und allen die Kehle aufschlitzt.«

Er riss den dünnen Stoff, den Walda um sich gewickelt hatte, herab und knurrte den Sklaven an: »Fick sie! Dann ist sie unbrauchbar für ihren Herrn. Denn kein Patrizier, der etwas auf sich hält, steckt seinen Schwanz in ein Loch, in dem schon ein Sklave war.«

Wie befohlen ergriff der bullige Kerl seinen dicken Stamm und begann, ihn heftig zu reiben. Immerhin musste er ja nicht nur in ihr kommen, sondern gleich darauf auch noch in seinem Herrn.

»Dreh dich um und heb deinen Hintern an ...«, befahl der Senator. »Jaaaa ... Wenn ich ihr Fötzchen sehe, werde ich schon wieder geil. Vielleicht sollte ich sie doch mitnehmen.«

Er steckte Walda drei Finger in die Möse und begann sie zu reiben.

»Ja. Genau so muss es sein. Jetzt steck ihr dein Ding rein!« Ein unterdrücktes Lachen war zu hören und Walda blickte über ihre Schulter.

»Ich will sehen, wie du diesen Prügel in das enge Loch reinbekommst«, feixte er.

»Wollt ihr uns schon ...«

Walda senkte den Kopf. Sie hatte die Stimme ihres Dominus sofort erkannt.

»Nun? Wie war sie? Ich hoffe, mein Geschenk hat sich deiner als wert erwiesen ...«

»Oh ja. Sie war ein wenig bemüht und noch nicht wirklich ausgebildet. Aber es kann noch eine sehr gute Hure aus ihr werden. Das heißt, dass ich sie mitnehmen und in unser hiesiges Bordell geben werde.«

»Du willst sie also ausbilden lassen?«

»Ja. Allein schon, damit sie die Hemmungen verliert.«

Waldas Kopf hing noch immer herab, aber sie nahm die Veränderung an der Stimme ihres Herrn wahr. War es Wut? Ungeduld? Noch konnte sie es nicht einordnen.

»Nun ... nimm es mir nicht übel, Senator. Aber ich hatte sie nicht als Hure, sondern als persönliche Möse nur für dich gedacht … Oder war sie etwa widerspenstig?«

»Auf keinen Fall«, widersprach Quintus Aurelius heftig. »Sie hat sich sogar von meiner Tänzerin ficken lassen. Und jetzt – du siehst es – hält sie sogar meinem Sklaven ihre Auster hin. Es wird ihr also nicht schwerfallen. Und so wird mir dein Geschenk noch lange gutes Geld verdienen.«

»Ich muss dir ehrlich sagen …«, hob ihr Dominus an und sie sah aus dem Augenwinkel, dass er sich dabei nachdenklich an der Wange kratzte. »Dafür hatte ich sie dir nicht geschenkt. Dafür, dass du sie an andere zum Ficken vermietest.«

Der Senator wurde argwöhnisch. »Ich bin ein alter Mann, aber wenn ich mich richtig erinnere, war es früher so, dass man mit einem Geschenk machen konnte, was man wollte. Alles. Wenn du verstehst. Aber wenn du dein Geschenk zurückfordern willst … dann bitte … nichts wie zu. Ich begebe mich so lange in die Bäder und lasse mich stoßen.«

Er schlug dem Sklaven auf den harten Hintern. »Los komm, mein Lustknabe. Dann sind wir jetzt eben nur noch zu zweit.« Damit marschierte er würdevoll davon.

Langsam richtete Walda sich auf.

»Du warst keine Jungfrau mehr, nicht wahr?« Seine Stimme klang so düster wie seine Augen aussahen. »Deswegen will er dich in ein Bordell schicken.«

»Du kannst ihn fragen, Dominus. Ich war unberührt. Der Senator war mein erster Mann.«

»Und wie war er?«

»Er war gut, Herr.«

»Ich schätze, er hat dich gleich mehrmals kommen lassen …«

»Nein, Dominus. Er …« Sie konnte nicht weiterreden, denn im nächsten Moment sauste seine flachte Hand in ihre Richtung. Sie konnte sich gerade noch auf die Knie fallen lassen und ihr Gesicht an ihren Herrn pressen.

So traf er nur noch ihren Hinterkopf und das, ohne irgendwelchen Schmerz zu verursachen. Allein der Schrecken blieb und die Furcht, ihn auf Dauer verärgert zu haben.

»Steh auf! Von einer germanischen Hure will ich nicht umklammert werden«, zürnte er, wobei Walda das Beben spürte, das durch seine Beine lief und sich in ihrem Körper fortsetzte.

»Lass mich los, Hure!« Mit Macht packte er ihre Finger, die sich noch immer in die Muskeln seiner Oberschenkel krallten, bog sie mit geübten Griffen auf und stieß Walda zu Boden.

»Geh zu ihm, Lupa! Scheinbar war er ja so von dir begeistert, dass er gleich noch alle anderen an dir teilhaben lassen will.«

Nun war ihre Verwirrung perfekt. Walda verstand nicht, wieso er derart von Zorn kochte. Hatte er sie nicht extra für den Senator gekauft?

»Ich verstehe dich nicht, mein Gebieter.«

Augenblicklich erstarrte Marcus Lucius, war er solche Widerworte doch nur von seinem Bruder gewöhnt. Seine finsteren Blicke streiften über Walda, als versuchte er zu begreifen, welcher Bewohner der Unterwelt von Walda Besitz ergriffen haben mochte.

»Ich erfülle meine Aufgabe und du wirst wütend. Ich kam als Jungfrau zum Senator und verlor meine Jungfernschaft durch seinen Schwanz. Und nur durch seinen Schwanz.«

Scheinbar hatte der Dominus sich gleich nach diesem Satz wieder gefangen, denn er setzte sich ruhig an einen Tisch und nahm von den Trauben, die dort präsentiert wurden.

Walda aber kniete noch immer an der gleichen Stelle, während er seine schwarzen Augen nicht von ihr nahm. Dabei war sein Zorn ersetzt worden durch eine eisige Kälte. Walda wollte davonlaufen, aber sie konnte sich nicht bewegen. Diese kalten Augen hatten einen Fluch über sie gelegt, weil sie ungehorsam gewesen war. Widerspenstig. Irgendetwas hatte sie falsch verstanden und irgendetwas hatte sie deswegen falsch gemacht.

»Ich will wissen, was ihr getan habt. Punkt für Punkt. Du darfst nichts auslassen.«

Aus seiner Stimme klang der Zorn, der sich aus seinem Gesicht verzogen hatte.

Sie hatte noch nicht Luft für den ersten Satz geholt, da wusste sie schon, dass das eine ganz schlechte Idee war. Aber sie war machtlos. Und so begann sie mit dem Moment, da sie das Zimmer betreten hatte, in welchem sie endgültig zum Besitz des Senators werden sollte.

Der Dominus aß eine Traube nach der anderen. Vollkommen ruhig. Er hörte Walda zu. Stellte keine Fragen. Und dann … vollkommen unvermittelt … im Mund noch die letzte Traube … sprang er auf, war in wenigen Schritten bei Walda und riss sie an den Armen hoch auf die Füße. Er spie die Reste der Trauben in die Pflanzen und presste sodann seine süß schmeckenden Lippen auf die ihren.

Walda konnte nicht glauben, was mit ihr geschah. Noch nie hatte sie einen solchen Mund geküsst. Wie fest und gleichzeitig weich er war. Gewärmt von seinem Atem, der in ihren Mund floss. Ihre Zungen berührten einander und glitten hin und her wie Schlangen.

Sie wollte die Augen schließen, aber das hätte bedeutet, dass sie sein wunderbares Gesicht nicht mehr hätte sehen können. Die Brauen, die etwas heller waren als sein Kopfhaar, die kräftige, gerade Nase über dem etwas zu breiten, energischen Mund.

Erschrocken schrie sie auf, als er seine Hand plötzlich zwischen ihre Schenkel und in ihre Möse stecke. Seinen anderen Arm schob er unter den ihren hindurch, hob Walda hoch und trug sie zu einer Liege, die in dem Raum stand.

Die gewaltigen Pflanzen beugten ihre Blätter und auch ihre Blütenkelche nach unten, als wollten sie sich vor dem Dominus verbeugen. Er aber drückte sie mit der freien Hand nieder, während er sie mit der anderen rieb. Seine Finger dehnten ihr Loch und so gerieten sie tiefer und tiefer.

»Nur ich darf dich ficken. Hörst du? Ich ertrage den Gedanken nicht, dass ein anderer dich zum Schreien bringt und dich in Ekstase versetzt …«

Er zerriss ihr Gewand in zahllose Fetzen, die sacht zu Boden segelten.

Der Dominus bearbeitete sie, er schenkte ihr keine Gefühle. Und doch erregte er sie. Vielleicht gerade weil er so grob mit ihr umging. Er nahm ihre Zitze in den Mund und saugte an ihr, dass Walda fürchtete, bald schon würde Blut aus seinem Mund fließen.

Welcher Unterschied zu seinem Bruder … Der Dominus war ein Tier, das sich eine vornehme Toga angezogen hatte, seinen Körper pflegen ließ und Kriegszüge organisierte. Aber unter der vornehmen Toga blieb er ein Tier.

Und mit einem gewissen Grauen dachte sie an die Männer und Frauen, die ihm bei seinen Schlachten gegenübertreten mussten.

»Woran denkst du?«, herrschte er sie an.

»Nichts Bestimmtes. Vergib mir, Dominus!«

Er zog seine Hand so abrupt aus ihrer Möse, dass ein kalter Schmerz ihre Wirbelsäule hinaufschoss. Schweigend ging er einige Schritte durch den Raum.

»Ich habe dich nicht für den Senator gekauft. Sondern für mich. Ich habe dich auf dem Sklavenmarkt gesehen … du warst dreckig … ausgehungert … mit filzigem Haar und aufgeplatzten Lippen. Dazu Wunden und Blutergüsse, die man sogar durch den Dreck erkennen konnte. Und dein Gesicht … hässlich wie das eines Straßenköters.«

Mit ruhiger Hand schenkte er sich Wein in einen hohen

gläsernen Kelch ein und sprach weiter, während er trank.

»Abstoßend ist noch ein freundliches Wort für dein Aussehen. Aber da waren deine Titten und dein Dreieck … Sie waren einfach wunderbar. Ich musste dich haben. Von diesem Augenblick an konnte ich nur noch daran denken, wie ich dich ficken würde.«

Den Kelch in der Hand trat er vor Walda und sprach weiter, während seine Blicke zwischen ihr und der Landschaft draußen vor den Fenstern wechselten.

»Sie haben dich gebadet, deine Haare in Ordnung gebracht und dir genau jene Sachen angezogen, die ich ausgewählt hatte.«

Ein heißes Prickeln breitete sich in Walda aus. Sie erinnerte sich an jeden Moment, den er schilderte. Manches hatte sie vergessen, anderes verdrängt. Aber jetzt war es wieder da und mit einem Mal wusste sie, dass er etwas für sie empfand. Etwas, das weit über Gier hinausging.

»Und als sie dich mir brachten, habe ich meinen Augen nicht getraut. Du warst genauso, wie ich es mir vorgestellt hatte. Ich schwor mir, dass ich nie mehr mit einer anderen das Bett teilen würde. Nur in diese Augen wollte ich schauen.«

Das Klirren, als er den Kelch zu Boden fallen ließ, war ohrenbetäubend. Doch Walda bemerkte es kaum, denn er beugte sich über sie, schloss sie in seine Arme und küsste sie mit einer so zärtlichen Leidenschaft, dass sie mit den Tränen kämpfen musste. Sein Körper war verglichen mit ihrem so groß und kräftig, dass er über sie kam wie ein Berg.

Soweit sie konnte, spreizte sie ihre Schenkel. »Füll mich mit deinem Samen an … Bitte …«, flehte sie leise mit heiserer Stimme.

Marcus Lucius zog sein Gewand über den Kopf und warf es weg.

Sein Schwanz stand senkrecht vor seinem Bauch, die Eichel scheinbar bis zum Platzen gespannt und so erregt, dass Walda die dick gefüllten Adern pulsieren sehen konnte.

»Ich habe dich dem Senator versprochen, weil …« Er stützte sich über ihr ab, während seine Zunge jene Hautstellen liebkoste, die so dünn waren, dass sie beinahe durchsichtig wirkten.

Rede nicht mehr, wollte sie ihn beschwören. *Dring in mich ein und nimm dir, wonach wir uns schon so lange sehnen!*

Seine Lippen wanderten abwärts von ihren Ohren über ihren Hals bis zu ihren großen, beinahe perfekt halbrunden Brüsten.

Walda stieß kleine jammernde Laute aus, die sich noch mehr intensivierten, als sie sah, dass erste Tropfen seines Saftes aus seinem Helm gequollen kamen.

»… weil ich dich nicht haben kann. Ich darf es nicht. Ficken – ja. Aber keine Gefühle. Also – und dessen war ich mir ganz klar – musste ich dich loswerden.«

Walda spreizte mit einer Hand ihre geschwollene Auster und griff mit der anderen nach seinem Stamm. Als seine Spitze gegen ihr Loch drückte, keuchte sie laut auf.

»Und … womit ich überhaupt nicht gerechnet hatte … du selbst liefertest mir einen Grund.« Der Dominus kniete sich über sie und sah sie mit starrem Blick und einem leichten Lächeln um die Lippen an. »Es war nicht der Senator. Es war Gaius. Mein eigener Bruder. Wie die letzte Hure hast du die Beine für ihn breitgemacht. Er war es, der das bekommen hat, was du hättest schützen und achten sollen.«

Seine Finger schlossen sich um eine ihrer Halbkugeln und der Dominus begann, sie heftig zu kneten. Walda spürte, wie langsam das Tier aus ihm hervorkam. Atemzug um Atemzug.

»Du siehst das falsch, Gebieter. Ich habe mich ihm nicht hingegeben. Es war …« Weiter kam sie nicht. Augenblicklich hob er seine Hand.

»Soll ich dich schlagen wegen deiner frechen Lügen? Du wolltest Gaius und du hast ihn bekommen.«

Walda schwieg. Nicht weil er recht gehabt hätte, sondern weil sie wusste, dass sie nicht gewinnen konnte. Wahrscheinlich, so dachte sie, wusste sie nicht viel von Männern. Aber sie wusste, dass ihr Dominus kämpfte. Und es war ein schwerer Kampf.

Seine Hand fiel herab und Walda war sicher, dass sie jetzt der Schlag treffen würde. Stattdessen schoben sich seine Finger in ihr Haar und seine Lippen suchten nach den ihren. Mit wachsender Leidenschaft tauchte seine Zunge in ihren Mund ein, umspielte die ihre und strich über ihre Zahnreihen.

Sie wollte jeden Teil seines Körpers betrachten und war doch von seinen Augen gefesselt. Blind spürte sie, wie er nach seinem Stamm griff und ihre Möse zu treffen suchte.

»Nimm sie hoch«, murmelte er, aber Walda verstand nicht, was er meinte.

Also griff er ihre Fesseln und drückte ihre Beine so nach oben, dass ihre Auster fest verschlossen vor ihm lag.

Der Atem der Sklavin ging immer schneller und völlig unkontrolliert.

»Ich sollte einen Maler engagieren, nur um deine geschwollene Möse zu malen.« Sein Zeigefinger machte sich in ihr zu schaffen, wobei er darauf zu achten schien, dass er ihre Lustperle permanent stimulierte.

»Du bist so nass … Ich werde Tag und Nacht an deine Nässe denken …«

Walda wusste nur zu gut, was er meinte, und es schnitt ihr ins Herz. Seine Worte bedeuteten, dass er in Germanien jedes Mädchen besteigen würde, das ihm begegnete. Und vielleicht würde er ja eine mitbringen …

Der Dominus dirigierte seinen Ständer an ihrem eng zusammengepressten Schlitz auf und ab und mit jedem Mal schob er ihn tiefer in sie, bis er ihren Zugang gefunden hatte und seinen Stamm hineindrücken konnte.

Welch unfassbares Gefühl, schoss es Walda durch den Kopf. Schmerz gemischt mit Geilheit. Sie wollte in diesem Gefühl zerfließen, sich darin auflösen. Aber welche Brutalität – er ließ es nicht zu, dass sie sich öffnete, ihre Schenkel für ihn spreizte. Mit festem Griff hielt er ihre Beine zusammen, während er seinen Schwanz ohne Unterlass in ihr Innerstes trieb.

Sie sah, dass er ebenso schwitzte wie sie. Walda wollte schreien. So laut, dass man ihre Geilheit selbst in Rom hören konnte. Und plötzlich stellte sie sich vor, wie es wäre, wenn Gaius jetzt bei ihnen wäre. Wenn er seinen Stamm in ihren Hintern stieße, während sein Bruder ihr anderes Loch bearbeitete.

Die Vorstellung genügte, um ihren Unterleib krampfen zu lassen, kochende Fieberschübe durch ihren Körper zu jagen. Und dann kam sie. Eruptiv. Hart. Ihr Saft spritzte über den Schwanz ihres Herrn hinweg und traf seinen Körper.

Ohne es zu steuern, strampelte Walda mit aller Kraft, stieß Marcus Lucius von sich und nahm sich so selbst die Chance, zu spüren, wie er sich in ihr verströmte. Stattdessen lauschte sie seinem tiefen, animalischen Schrei, welcher das unkontrollierte Spritzen seines Samens begleitete. Sein wunderbarer Mund stand offen, während er seinen Schaft rieb und die immer neuen Fontänen abwechselnd auf Waldas Körper und ihr Gesicht lenkte.

Sie wusste nicht warum, aber sie konnte von seinem Saft nicht genug bekommen. Sein Geschmack war herrlich. Er schmeckte nach Erde und Körper, nach Schweiß und nach Geilheit. Und vielleicht … ganz zum Schluss … nach Liebe.

VIII.

»Ich wusste, dass die germanische Hure nur Ärger bedeutet.«

»Jetzt ist der junge Herr weg. Aber was, wenn er wiederkommt? Könnt ihr euch vorstellen, was mit unserem Haushalt passiert, wenn die beiden Brüder sich wegen dieser läufigen Hündin in die Haare bekommen?«

Walda hatte gerade noch erfasst, dass die Frauen in der Küche von ihr sprachen, und so konnte sie, hinter jenem dichten Vorhang verborgen, der die Treppe vom Küchenbereich trennte, den Worten der Dienerinnen und Sklavinnen lauschen, die sich hier laut zu sagen wagten, was sie an keinem anderen Ort auch nur zu denken gewagt hätten – aus Furcht, der Dominus könnte es in ihren Mienen lesen.

»Man sollte einen der Gladiatoren bezahlen, damit er sie totschlägt wie eine räudige Wölfin.«

Beifälliges Gemurmel. Walda lief es kalt den Rücken herunter.

»Wieso denn totschlagen? Er kann sie ja totficken. Dann hat er wenigstens was davon.«

Was als verhaltenes Kichern begann, wuchs sich bald zu heftigem Lachen aus. Waldas Faust aber verkrampfte sich im hauchdünnen Stoff ihres Gewandes, das augenblicklich zu zerreißen drohte.

»Das wird aber dauern … Nach dem zu urteilen, was ich gehört habe, hält sie ganz schön was aus …«

Sie hörte ein lautes Klatschen, als schlüge jemand auf Teig oder eine Speckseite ein.

»Ich sage: Schlagt die Hure tot und werft sie in den Tiber!«

»Nein! In die Kloaken Roms. Der Tiber ist viel zu gut für das verdammte Dreckstück!«

Die Stimme war sehr jung und Walda ahnte, zu wem sie gehörte.

»Hier gibt es keinen Tiber, ihr dummen Weibsleute«, knurrte eine Männerstimme. Es war Marnius, der Weinlieferant, der die großen Weinkrüge in die Küche brachte.

»Wenn ihr die Fotze loswerden wollt, müsst ihr sie ins Meer werfen. Aber ihr quatscht ja sowieso nur und schaut der Hure dabei zu, wie sie sich nach oben fickt. Und ehe ihr es euch verseht, nehmt ihr Befehle von einer Sklavin entgegen, nur weil sie sich ihre Löcher von den beiden Gebietern stopfen lässt.«

Erneut beifälliges Gemurmel.

»Er hat recht …«

»Ja. Genau. So ist es.«

»Also ich lasse mir von keiner germanischen Lupa Befehle geben. Soll der Dominus mich lieber umbringen.«

»Ich auch nicht. Niemals!«

Walda stand da und konnte die Gefahr beinahe mit Händen greifen. Wieso hassten diese Frauen sie so sehr? Sie hatte keiner etwas getan, keiner etwas genommen. Und doch badeten sie in ihren Rachefantasien.

»Wenn ich euch raten darf …« Marnius' Stimme senkte sich zu einem tiefen Grollen. »Wartet damit auf jeden Fall, bis der Dominus nach Germanien aufgebrochen ist. Vom jungen Herrn habt ihr so gut wie nichts zu fürchten. Er hat keine Macht, keine Verbindungen. Er wird seinem Bruder eine Nachricht zukommen lassen, sie werden ein wenig hin und her schreiben und dann fickt der eine wieder, was er vor den Schwanz bekommt, und der andere schlägt Germanen tot. Und von dem Dreckstück redet keiner mehr.«

Mit einem Mal herrschte Totenstille. Walda hörte nicht mal mehr das Rascheln von Stoff oder das Fließen von Atem.

»Ich werde alles einfädeln. Aber dafür verlange ich eine Sache …«

Es dauerte eine Zeit lang, bis sich die älteste Dienerin gefangen hatte und wisperte: »Und die wäre?«

»Ich will sie vorher haben. Ich will sehen, wie sie sich an meinem Schwanz verschluckt. Ich werde ihn ihr so tief in den Schlund treiben, dass er ihren Magen kitzelt, und dann halte ich ihr so lange die Nase zu, bis sie verreckt.«

Walda stand starr, der Körper pendelnd zwischen eisiger Kälte und kochender Glut. In keinem Moment, seit man sie ihrer Heimat entrissen hatte, hatte sie eine solche Todesangst empfunden wie in diesem Moment, da sie hinter dem Vorhang kauerte und alle Götter anflehte, man möge sie nicht bemerken, denn dann hätten sie sicherlich nicht gezögert, sie auf der Stelle zu ermorden, und sei es auch nur, um dem Weinlieferanten zu beweisen, dass sie sich nicht fürchteten. Und was Marnius zuvor mit ihr gemacht hätte, wagte sie sich nicht einmal ansatzweise vorzustellen.

»Ich komme gleich wieder, meine Mitverschwörerinnen. Habe noch mehr im Gepäck.« Seine Stimme hatte einen so heiteren Klang, als freute er sich wie ein Kind auf eine Feier.

Die Frauen aber blieben zunächst schweigend zurück.

»War das sein Ernst?«

Stille.

»Er hat uns hochgenommen …«

»Sicher. Das hat doch niemand ernst genommen. Stellt euch vor, es liefe nicht so, wie er sich das denkt, und der Dominus käme zurück. Oder der junge Herr hielte ein Strafgericht ab …«

»Man darf nicht dran denken …«, murmelte eine Mädchenstimme.

»Ich kann euch sagen, was mit uns passieren würde … Kreuzigen würden sie uns. Jede einzelne. Kreuzigen!«

»Ja. Und niemand würde nach einem Geständnis oder nach der Schuld fragen.«

Das Wort hing schwer nach Eisen schmeckend über ihnen in der Luft.

»Wir müssen Marnius sagen, dass das alles Irrsinn war. Spinnerei. Niemand fasst die Germanin an.«

Wieder wurde auf den Teig geklatscht.

»Die beiden Gebieter sind verrückt nach ihr. Und wir wären verrückt, wenn wir Hand an sie legen würden.«

Allgemeine Zustimmung.

Doch dann kam Marnius mit seinen Amphoren zurück.

»Also, hör mal zu … Wir haben eben noch mal darüber geredet. Und wir denken, dass du uns missverstanden hast. Wir wollten ihr natürlich nicht wirklich etwas antun …«, sagte die Köchin und dehnte dabei das Wort w*irklich* wie eine tote Schlange.

»Ach so? Ihr habt mich also zum Besten gehalten. Nein, meine Damen. So geht es nicht. Wir haben es ausgemacht und ich habe mich innerlich auf alles eingestellt. Entweder, ich kann mich auf euch verlassen, oder ich hänge euch hin. Das ist eure Entscheidung.«

Walda fürchtete, in Ohnmacht zu fallen.

Damit ließ er die Sesterzen für die Weinlieferung in seinen Beutel fallen und stapfte hinaus.

»Wir sind verloren«, murmelte eine. Dann herrschte wieder Schweigen.

Nachdem die Gruppe sich aufgelöst hatte, verließ Walda ihr Versteck, legte die Tischwäsche auf eines der Regale und ging dann wieder hinauf in Richtung der Wohnräume.

»Du sollst für den Dominus in den Ort gehen und Tinte einkaufen. Du weißt ja, welche er will.«

Die alte Dienerin Vibia gab ihr etwas Geld und schaute sie dabei mit wässrigen Augen an, deren Farbe identisch mit der ihrer Haare war.

»Ich bete zu den Göttern für den Tag, an dem ich dich nicht mehr sehen muss.« Mit dürren Fingern, die Ästen im Winter glichen, hielt sie Waldas Hand fest. »Kannst du nicht einfach verschwinden? Wenigstens zu dem geilen alten Senator?«

Walda entzog ihr mit einem Ruck die Hand und eilte schweigend davon.

Sie musste ein gutes Stück laufen, bis ihr Herz endlich aufhörte zu rasen. Doch dann kam ihre Angst. Der Weinlieferant konnte hinter jeder Biegung auf sie warten. Vielleicht war dieser Auftrag nur eine Falle? Die Angst erfasste Walda mit solcher Macht, dass sie sich übergeben musste. Ihr Innerstes geriet vollkommen durcheinander. Einem wilden inneren Drang folgend, wollte sie nur noch davonlaufen. Immer geradeaus und nicht mehr zurückschauen. Vielleicht würde sie den merkwürdigen Cherusker wiedersehen. Vielleicht konnte der ihr helfen. Immerhin schien er ein Offizier zu sein. Wenn er die Uniform nicht gestohlen hatte. Aber selbst wenn, dann zeigte es bloß, dass er jede Menge Mut hatte. Und genau das brauchte sie jetzt.

Andererseits – der Dominus würde ohne jeden Zweifel nach ihr suchen lassen. Und wenn sie im Leben eines gelernt hatte, dann dass man sich niemals auf einen Mann verlassen sollte.

Wenn sie weglief, hatte sie nichts zu erwarten als einen furchtbaren Tod. Wenn sie zurückkehrte und abwartete, würde es ihr ebenso ergehen.

Sie blinzelte in den strahlend hellblauen Himmel, an dem sich kein einziges Wölkchen zeigte. Matt und staubig suchte sie sich ein Plätzchen im Schatten eines Olivenhains.

Sie brauchte Ruhe zum Nachdenken. Jetzt galt es, vollkommen ehrlich zu sich selbst zu sein. Wie oft hatte sie gesehen, wie Menschen einander umbrachten. In ihrem Denken war dies nicht die Ausnahme, sondern die Regel. Und das nicht erst seit die Römer gekommen waren. Man tötete sich wegen eines Stückes Land, wegen einer Ziege. Oder weil die Frau die Beine für den Nachbarn breitgemacht hatte. Es gab tausend Gründe. Und Überleben war einer der besten.

Sie würde keinen anderen um Hilfe fragen. Sie würde es allein tun. Mochte sie auch Sklavin sein – sie würde sich doch nicht zur Schlachtbank führen lassen.

Ihr Herz war viel leichter, da sie nunmehr beschlossen hatte, ihre Haut zu retten. Also erhob sie sich, verließ den Olivenhain und ging weiter Richtung Ort. Nicht für einen Moment kam ihr der Gedanke, dass sie scheitern könnte. Dass der Weinlieferant ihr körperlich überlegen war und sie erst foltern und dann ermorden würde.

***

Walda hatte den Tag in einer merkwürdig fiebrigen Anspannung verbracht und erst als einer der Sklaven kam und ihr sagte, dass der Dominus sie zu sehen wünsche, war ihr aufgefallen, dass sie die ganze Zeit über nicht an ihn gedacht hatte.

»Der Dominus wünscht, dass du bei Tisch aufwartest, Mädchen.«

Mädchen klang aus dem Mund des grauen Alten wie ein Schimpfwort.

Sie blickte noch einmal an sich herab, prüfte, ob auch alles mit ihrem Gewand in Ordnung war, und übernahm dann eine der Platten, die gefüllt war mit verschiedenen Fleischsorten. Jede einzelne Scheibe elegant drapiert und mit Soßen und Früchten garniert.

Walda betrat das Speisezimmer und fand es leer. Nur ein paar wenige Öllampen brannten. Der Tisch war ungedeckt und es war kein Mensch zu sehen.

»Wo läufst du denn rum?«, rief plötzlich eine Stimme hinter ihr.

»Ich suche, wo ich die Platte hinbringen soll.«

»Ins Bad. Der Dominus geruht dort zu speisen.«

Jetzt musste sie sich beeilen, denn bald würde das Fleisch kalt sein und dann konnte sie es ihm nicht mehr anbieten.

»Und wieso bringst du Fleisch? Der Dominus will im Bad nur Leichtes. Früchte.«

Eine Sklavin aus Lutetia trat hinzu. Ein Mädchen von exquisiter Schönheit, mit langem, erdbeerblondem Haar und der Figur einer Gerte, so biegsam und zierlich, dazu zwei kleine Brüste, bei der nicht mal eine Frau Nein sagen konnte. Sie durfte ihr Haar offen tragen, weil der Dominus es gern sah, und das nutzte sie jetzt aus, indem sie die Mähne demonstrativ schüttelte und so noch mehr aufplusterte.

»Er mag Feigen … Trauben … Frag am besten die Köchin, da du seinen Geschmack ja offensichtlich nicht kennst«, sagte sie hochmütig. Sie mochte kleiner sein als Walda, aber ihre ganze Haltung schien zu sagen: Du bist vielleicht größer – aber mich hat er schon gefickt. Und wie er mich gefickt hat.

»Du solltest dich wirklich beeilen jetzt. Er wartet und wenn er Hunger hat, ist er sehr schwer zu ertragen.« Sie gab ein theatralisches Seufzen von sich, als litte sie schon Ewigkeiten unter den Launen des Patriziers.

Walda eilte mit ihrer Platte hinunter in die Küche, schubste das Fleisch in eine Ecke und griff nach der Schale mit dem Obst.

Jetzt hieß es, schnell zu sein. Erst am Eingang zu den Baderäumen stoppte sie sich selbst und ging dann so elegant wie nur möglich durch die ersten Vorräume. Es gab einen Raum, in dem der Dominus sich auszog und je nachdem auch die Gäste, die er eingeladen hatte. Dann folgte das Frigidarium. Erst wenn man sich hier von der Hitze des Sommers befreit hatte, betrat man das eigentliche Bad mit dem warmen Wasser.

Der Marmor am Boden war teilweise nass, sodass sie vorsichtig auftrat. Undenkbar, wenn sie jetzt ausrutschte.

Sie verbot sich selbst, aufzublicken. Es schmerzte zu erkennen, wie groß die Distanz zwischen ihnen war, auch wenn er sie bestiegen hatte.

Aber er hatte sie ohne Liebe genommen, vielmehr hatte er sie wie einen Acker gepflügt.

Und nun war sie in seiner Gegenwart wieder das, was sie immer gewesen war: eine Sklavin.

Gerade, als sie um das üppige Becken herumgehen wollte, erhob er seine Stimme.

»Wo gehst du hin?«

»Ich stelle die Früchte hier auf den kleinen Tisch, Gebieter.«

»Nein. Ich will sie hier haben. Ich will, dass du die Schale hältst.«

Walda ahnte zwar, auf was er hinauswollte, doch sie wusste nicht, ob er es ernst meinte, denn aus irgendeinem Grund schien jeder in diesem Haus darauf aus zu sein, sie lächerlich und ihr das Leben schwer zu machen.

»Komm rein. Los.«

Sie musste gehorchen. Also stieg sie, die Schale fest in beiden Händen, die Stufen ins Wasser hinab.

Augenblicklich saugte sich ihr durchsichtiges Gewand mit Wasser voll und legte sich wie eine zweite Haut an ihren Körper. Je weiter sie in das angenehme Nass stieg, desto weiter hob sich ihr Rock, bis er wie eine Blüte um sie herumschwamm.

»Stell dich hier in die Ecke und halte die Schale.«

Er war nackt und durch das klare Wasser erkannte sie seine Männlichkeit, die sich sacht mit dem Wasser bewegte.

»Bring die Lilien näher heran!«, befahl er einer Dienerin. Der Dominus sah zu ihr hin und lächelte. »Ich liebe Blüten mit schweren Düften. Wenn man es bei solchen Düften treibt, ist das Erlebnis so viel intensiver«, schwärmte er und Walda wusste nicht, ob sie es hören wollte.

»Was denkst du ... Sollte man jemanden lieben, wenn man ihn fickt?«

Walda mochte das Gespräch nicht und auch nicht die Richtung, die es nahm.

Die Hand des Dominus glitt über das Wasser, bis sie so dicht an ihr war, dass sie die leichten Wellen spürte.

Er nahm eine Traube und warf sie wieder zurück. »Nein. Ich will keine. Gar nichts will ich von diesem Zeug.«

Er riss seine Hand, die im Wasser schwebte, mit einem Mal hoch und schlug Walda die Schale aus den Händen. Klirrend flog sie durch das Bad und die Früchte verteilten sich überall.

Walda drehte sich um. Sie wollte das Becken verlassen und das Obst einsammeln.

»Was bei allen Göttern tust du?«, herrschte er sie plötzlich an. »Du bleibst hier. Sollen die anderen räumen gehen.«

Etwas stimmt nicht mit ihm, doch Walda begriff nicht, was es war. Merkwürdig angriffslustig wirkte er. Wie ein Krieger, der auf Kampf aus ist. Aber das war er ja auch. Denn, dass sein Marsch in ihre Heimat nicht ohne Kämpfe gelingen würde, war ihr mehr als klar.

»Wer bist du?«

Der Dominus hatte seine Arme angewinkelt und auf dem Beckenrand abgelegt. Dadurch trieb sein Körper gemächlich knapp unter der Wasseroberfläche.

Walda betrachtete ihn und spürte ein warmes Prickeln, ein Sehnen danach, ihn zu berühren. Welch süßer Traum, wenn sie sich vorstellte, einfach bei ihm zu liegen, ihre Hand auf seine Brust zu legen und den warmen Duft seiner Haut einzuatmen. Sie verstand nicht, was er wollte.

»Was ist los mit dir? Bist du taub?«, setzte er nach.

Seine Worte waren aggressiv. Seine Stimme war es nicht.

»Mein Name ist Walda und ich bin Suebin. Man hat mich aus meinem Heim entführt und hierhergebracht. Dann hast du mich gekauft und seitdem bin ich deine Sklavin.«

»Es ist merkwürdig, weißt du?« Er nahm seinen Arm vom Beckenrand und beugte sich zu Waldas Hals. Er küsste sie so sacht, als könnte sie zerreißen unter seiner Berührung.

»Ich sollte dich dem Magistrat ausliefern. Aber ich tue es nicht. Du weißt, dass ich mich dadurch schuldig mache, nicht wahr?«

Sie wusste nicht, worauf er hinauswollte, also schwieg sie.

»Ihr geht alle raus und kommt erst wieder, wenn ich euch rufe!«, sagte er zu den Sklaven und Dienern, die herumstanden und so taten, als bekämen sie nichts mit. Eilig machten sie sich daran, den Raum zu verlassen.

Seine Hand wanderte langsam zu Waldas Brust, fasste ihren Nippel mit zwei Fingern und rollte ihn, bis sie das Brennen in ihrem ganzen Körper spürte. Scharf zog sie die Luft durch die Zähne. Dieser Mann war ihr fremd und doch empfand sie ein überwältigendes Gefühl für ihn. Sie genoss seine Berührung ungemein, auch wenn sie gleichzeitig eine Bedrohung bedeutete. Er war ein Krieger und – das wusste sie aus ihrer Heimat – ein Krieger war unberechenbar.

»Ich frage dich jetzt noch einmal …« – sein Finger schob sich langsam in ihre Spalte – »… Wer bist du?«

»Ich bin Walda, Dominus.«

Sein Finger krümmte sich und rieb dabei heftig an ihrer Perle. Die Sklavin zuckte zusammen. Die in ihrem Unterleib gebildete Wärme sammelte sich Augenblicke später in ihrer Möse, die anschwoll wie eine Gewitterwolke.

Er drehte seine Hand ein wenig und alle Finger gruben sich in ihr Innerstes. Sie stieg auf ihre Zehenspitzen, um so dem

Schmerz zumindest ein Stück weit zu entgehen.

»Du wunderst dich sicher nicht, warum ich das frage …«

Einer seiner Finger löste sich und bohrte sich tief in ihr Loch. Er konnte mit ihr spielen wie mit einer Puppe. Und sie genoss es.

Wie oft lag sie des Nachts wach in ihrem Bett und überlegte sich, was er wohl über diese oder jene Sache denken mochte. Wie gern hätte sie sich mit ihm unterhalten. Aber das einzige Mal, dass er wirklich mit ihr gesprochen hatte, war gewesen, als sie die Fehlerhaftigkeit seiner Karten entdeckt hatte.

»Doch. Aber ich bin abgelenkt, mein Gebieter.«

»Dadurch?« Er begann, sie noch intensiver zu reiben.

»Ja, mein Gebieter.«

»Aber es macht mir Freude zu spüren, wie sich dein Körper unter meinen Händen zu verändern beginnt.«

Er zog sie zu sich heran und presste seine Lippen auf die ihren. Ohne nachzudenken sprang sie hoch und schlang ihre Beine um seine Lenden. Im gleichen Moment stieg seine Männlichkeit und suchte sich einen Weg in ihr Loch.

»Spieß mich auf!«, wisperte sie in sein Ohr. »Steck ihn mir so tief rein, dass er meine Eingeweide verdrängt.«

»Steck ihn selbst rein. Dich aufspießen – das werden andere machen.«

Jetzt war sie alarmiert. Ob er etwas von der Sache mit dem Weinlieferanten wusste? Was sollte sie nur tun? Ihn in Gänze einweihen? Aber die anderen würden die Vorwürfe von sich weisen. Und sie hatte keinerlei Beweise. Also beschloss sie, erst einmal zu schweigen. Abzuwarten.

Zu Waldas Überraschung schlang der Dominus seine Arme um sie und hielt sie fest, damit sie seinen Stamm in sich platzieren konnte. Und genau so hielt er sie auch noch, als sie begann, ihn zu reiten.

»Wer bist du, die du dich *Walda* nennst?«

»Ich habe es bereits gesagt. Das ist mein echter Name und alles andere stimmt auch.«

»Dann will ich dir jetzt etwas sagen …« Mit entschlossener Hand griff er nach ihrer Brust, hielt sie fest in seiner Hand und saugte dann an ihrem dick geschwollenen Nippel. Er zog ihn mit den Lippen schmerzhaft lang.

»Du magst so heißen oder nicht. Am Ende bist du doch eine Lügnerin. Du kommst hierher, angeblich als Tochter eines Bauern, aber du hast keinerlei Schwierigkeiten, Lateinisch zu sprechen – anders als die anderen germanischen Mädchen …« Er gab ein langgezogenes Stöhnen von sich, das Waldas Körper beinahe sofort in Ekstase geraten ließ. Sie schlag ihre Arme um seinen Nacken und zog sich an ihn heran, dass sein Gesicht zwischen ihren Brüsten verschwand.

Kraftvoll zog er seinen Kopf zurück.

»Du siehst die Karten bei mir liegen und erkennst sofort ihre Fehler. Etwas, das nicht einmal den anderen Offizieren aufgefallen ist.« Er ließ für einen Moment seine Zunge zurück in ihren Mund gleiten, um gleich darauf weiterzusprechen: »Und am meisten wundert mich deine Selbstsicherheit. Du hattest zu keinem Zeitpunkt diese Servilität normaler Sklaven, geboren aus der Todesangst, der sie tagtäglich ausgesetzt sind. So. Das erkläre mir.«

Wieder stöhnte er heftig, denn Walda hatte ihn bis zum Ansatz in sich aufgenommen.

Sie bewegte ihren Dominus so, dass sie mit dem Rücken zum Beckenrand stand, während er ihren alten Platz eingenommen hatte. Dann ließ sie seinen Nacken los, sodass ihr Oberkörper sich nach hinten bog, bis ihr Kopf auf dem Marmor ruhte und ihre Brüste nach oben zeigten.

Der Dominus hielt sie fest und drang immer heftiger in sie

ein. Zog teilweise seinen Stamm ganz aus ihr zurück, nur um Schwung zu holen und sofort wieder mit Wucht zuzustoßen. Walda schrie, versuchte, sich Halt zu verschaffen, doch es gelang ihr nicht. Das Wasser schwappte über den Rand des Beckens hinweg und ihr Rücken begann zu schmerzen. So gut sie konnte, holte sie aus und stieß sich so ab, dass sie ihre Arme um den Hals ihres Gebieters schlingen konnte.

Der hatte zu keuchen begonnen und Walda wusste, dass es nicht mehr lange dauern würde, bis er sie mit seinem Samen anfüllte. Der hauchdünne Stoff ihres Gewandes hatte sich gelöst und ihre Brüste klatschten mit jedem Stoß auf die Wasseroberfläche.

Sie presste sich dicht an ihn, wollte jeden Fingerbreit ihrer Haut mit der seinen verschmelzen.

Aus der Mitte ihres Körpers schien plötzlich ein Gefühl zu erstehen, das so gewaltig war, dass sie es nicht in Worte hätte fassen können. Walda konzentrierte sich auf den pochenden Stamm in ihrem Unterleib, auf das wilde Rauschen, das er in ihr auslöste. Jene Mischung aus Schmerzen und Wahnsinn.

Sie erschrak, als er sich plötzlich aus ihr herauszog. Mit beiden Händen schob er sie über den Beckenrand und kam dann nach. Der Boden war beheizt und so empfand Walda keinerlei Kühle. Als der Dominus aber ihre Hüften packte und sie auf die Knie zog, überwallte sie glühende Hitze. Entschlossen teilte er ihre Pobacken, setzte seinen dick geschwollenen Helm an ihrer Rosette an und presste sich in sie hinein.

Der brennende Schmerz überwältigte Walda beinahe. Sie zwang sich, gleichmäßig zu atmen, sich zu entspannen. Doch die Gewalt, mit der er ihr engstes Loch nahm, war beinahe unerträglich. Sie begann zu schreien und als er eine Hand unter ihr Kinn zu legen versuchte, biss sie so fest sie nur konnte in seine Finger. Der Dominus aber war vollkommen ruhig, von den wilden Stößen in ihren Hintern abgesehen. Er bog sie nach hinten, sodass Waldas Brüste weit nach vorn standen und ihre erregten Nippel in die Höhe.

Sie spürte dem Zug der schweren Halbkugeln nach, die mit jedem Rammen aneinanderstießen. Die Sklavin konnte an nichts anderes mehr denken, als daran, mit ihrem Gebieter gemeinsam den Orgasmus zu erleben. Also schob sie eine Hand an ihren kleinen harten Löckchen vorbei und massierte ihr feuchtes, geschwollenes Fleisch. Alles in ihr zog sich zu einer glühenden Kugel zusammen. Die Muskeln verspannten sich und es würde jeden Moment soweit sein. Also beugte sie sich noch weiter herab, schob ihre Hand bis zu jener Stelle, wo er ihre Rosette penetrierte, und griff nach seinem Ständer.

Der Dominus schrie auf.

»Fick mich tiefer, mein Gebieter! Schieb mir deinen Stamm so tief in den Arsch, wie du willst. Ich werde alles ertragen!«

Walda ließ seinen Ständer los und begann stattdessen, sein Gehänge zu kneten. Augenblicklich reagierte er mit wilden Stößen. Sie wusste nicht, wie sie es ertragen sollte, wenn er derart geil in ihren Hintern käme. Denn sie hatte gemerkt, welch unsagbare Lust ihr diese Form des Verkehrs bescherte. An der Festigkeit in ihrer Hand erkannte sie, dass es gleich so weit wäre. Seine Stöße wurden unkoordiniert und manchmal rutschte er sogar aus ihr heraus. Dann nahm er keine Hand zu Hilfe, sondern suchte seinen Weg nur mit seinem Stamm.

Jetzt ließ sie seinen Sack los und rieb sich stattdessen selbst. Walda bekam kaum noch Luft, so verkrampfte sich ihr ganzer Körper. Das Blut rauschte in ihren Ohren, dass sie beinahe taub wurde. Und dann explodierte sie. Ein gewaltiger Schwall ihres Saftes ergoss sich überallhin und das Verkrampfen ihres Unterleibs gab dem Ständer ihres Dominus den Rest. Mit einem langgezogenen Stöhnen schoss er in Waldas Hintern, füllte ihn an, bis sein Samen aus ihrer Rosette zu laufen begann, und badete dann auch noch in einer zweiten Fontäne ihres Mösensaftes.

Als der Dominus sich aus ihr herausgezogen hatte, schob er seinen Arm hinter Waldas Schultern hindurch und zog sie an sich. Ohne seine Erlaubnis zu haben, legte sie ein Bein über seine Hüfte und barg ihr Gesicht an seinem Hals.

»Kann ich dir vertrauen?«, sagte er unvermittelt in die erschöpfte Ruhe hinein.

»Natürlich kannst du das, mein Gebieter«, versetzte Walda mit kühlem Ernst.

»Kannst du mir erklären, was ich dir vorhin vorgehalten habe?« Er küsste sanft ihre Stirn.

»Ich weiß es nicht. Vielleicht habe ich ein Ohr für Sprachen. Vielleicht lernt man schneller, wenn das eigene Leben davon abhängt.«

Der Dominus nickte leicht. »Das könnte sein.«

»Und das mit den Karten … Ich habe mich als Kind in diesem Gebiet von Sonnenaufgang bis Sonnenuntergang herumgetrieben. Nenn es Zufall, dass ich mich an meine Heimat erinnert gefühlt habe und damit richtig lag.«

»Auch das könnte ich akzeptieren. Aber wie hast du es in dieser ganzen Zeit geschafft, deine Jungfräulichkeit zu wahren?«

Seine Hand wanderte zwischen ihre Schenkel, als wollte er die Sklavin noch einmal untersuchen.

»Ich weiß es nicht. Es war wohl nur Glück. Der Sklavenhändler, der mich übernommen hat, wollte mich teurer verkaufen. Also hat er darauf geachtet.«

»Ja, das klingt einleuchtend. Aber beantworte mir eine letzte Frage: Warum sollte ich ausgerechnet einer Sklavin trauen?«

Er zog seine Hand zurück und schob seinen Finger, der von ihrem Saft überzogen war, zwischen Waldas Lippen. Genüsslich saugte sie daran und genoss es, wie ihr Mund sich mit dem nussigen Geschmack von Sex und Gier zu füllen begann.

»Warum? Weil du für mich bezahlt hast.«

Ein Lächeln wanderte über sein Gesicht bis zu seinen Augen.

»Das ist also ein Grund, dir zu vertrauen?«

»Ja. Dadurch wurde ich dein Besitz. Also sind zwischen uns die Verhältnisse geklärt, die du unter normalen Umständen erst mühselig aufbauen müsstest.«

Sie hatte den Satz noch nicht beendet, da erkannte sie an seinen Augen, dass sie einen furchtbaren Fehler gemacht hatte. Sie war zu weit gegangen. Sie hatte die Grenze überschritten. Die Grenze zwischen Dominus und Sklavin.

Plötzlich starrte sie in zwei pechschwarze Kohlen.

»Lepida«, rief er mit donnernder Stimme.

Walda setzte sich geschockt auf. »Du hast mich falsch verstanden, mein Gebieter.«

»Oh nein, das habe ich sicherlich nicht. Und jetzt verschwinde. Reinige dich und ziehe dich an. Ich dulde solchen Aufzug nicht in meinem Haus.«

Die Sklavin Lepida kam herbeigeeilt und trug einen Korb bei sich, in dem sie all die Werkzeuge hatte, die sie brauchte, um den Dominus zu reinigen.

»Tauscht das Wasser aus«, befahl er. »Es wird heute Abend noch gebraucht.«

Kerzengerade stand er neben dem Becken, die Arme seitlich ausgestreckt, und ließ sich von der Sklavin mit sanften Bewegungen einölen.

Walda aber blieb in der Tür stehen und beobachtete die beiden mit einem solch brennenden Schmerz, dass sie kaum die Tränen zurückhalten konnte.

Mochte dies auch ein alltäglicher Vorgang sein, erkannte sie doch an der Sanftheit der Berührungen, welche Gedanken der Sklavin durch den Kopf gingen, und sie wusste genug über Männer, um zu wissen, was im Kopf des Dominus vor sich ging.

Er hatte sie gehabt. Gerade eben. Aber das war vorüber. Es gab keinen Nachhall.

Wenn es einen gegeben hatte, so hatte sie ihn mit ihrer unüberlegten Äußerung zerstört.

Der Dominus drehte sich seitlich zur Tür, sodass Walda genau sehen konnte, wie Lepida den Schwanz des Dominus einölte und wie dieser hart wurde. Jetzt war der Moment gekommen, da ihr Gebieter die Sklavin einfach nehmen konnte. Walda ertrug es nicht mehr. Wenn er sie fickte, wollte sie nicht dabeistehen und zusehen.

Also zog sie so schnell es ging ihr Kleid über und begab sich in ihr Zimmer.

Woher kam nur sein plötzliches Misstrauen? Warum jagte er sie zwischen eiskalt und glühend heiß hin und her? Für einen Augenblick verharrte sie vor ihrer Türe und ein seltsam trauriger Gedanke erfasste sie: Was auch immer kommen mochte – jener Moment, wo er sie in seinem Arm gehalten hatte, jener Moment würde ihr bleiben.

***

Sie schloss die Türe hinter sich und wollte gerade im Dunklen zu ihrem Bett gehen, als sie ein Geräusch hörte. Jemand atmete.

Ihr Herz setzte einen Schlag lang aus. Der Weinlieferant? Unmöglich. Der schnaufte viel lauter.

»Wer ist da?«, sagte Walda leise, denn sie wollte sich nicht blamieren, indem sie wild herumschrie.

»Ich bin es … Antonia, die Ornatrix.«

Waldas Augen gewöhnten sich langsam an die Düsternis und sie erkannte die zierliche, ältere Frau, die sehr gerade auf der Kante des schlichten Stuhles saß, den der Dominus seiner Sklavin zugebilligt hatte.

»Ja, ich erkenne dich wieder. Ave, Antonia!«

Der Gruß wurde erwidert.

»Wenn du erlaubst, werde ich Licht machen …«

»Nein. Man kann im Dunklen besser sprechen und deswegen bin ich hergekommen. Wobei ich hoffe, dass mein Anliegen entschuldigt, dass ich in deinen Raum eingedrungen bin.«

»Natürlich«, sagte Walda und spürte, wie Nervosität in ihr aufstieg. Sie setzte sich auf ihr Bett und sah die Ornatrix ruhig und gefasst an.

»Du hast den Gebieter verlassen, als die andere Sklavin gerufen wurde, um ihn zu reinigen.«

Darauf brauchte sie nichts sagen, denn offensichtlich wusste ihr Gegenüber auf das Beste Bescheid.

»Wieso bist du gegangen?«

»Er benötigte meine Hilfe nicht mehr.«

»Hast du in Betracht gezogen, dass er vielleicht euch beide besteigen wollte?«

Allein der Gedanke an diese Möglichkeit presste ihren Magen zusammen und das Bild, welches dabei vor ihrem inneren Auge entstand, löste heftigsten Brechreiz aus.

»Er hatte mich bereits gehabt und sich entleert.«

»Der Dominus ist ein sehr viriler Mann. Ein Mann, der die Frauen anzieht.«

»Gewiss ist er das, Matrona.«

Walda beugte sich ein wenig nach vorn. Wie anders die Ornatrix aussah. Ihr Haar war in zahlreichen Flechten kunstvoll um den Kopf gelegt, zwischen ihnen flossen gleichmäßig gerollte Locken hervor. Ihr weiblicher Körper, der bei ihrem letzten Treffen noch in eine gewöhnliche schmucklose Toga gekleidet gewesen war, wurde in dieser Nacht von einem kunstvoll drapierten Gewand umschmeichelt. Mochte es am Nachtlicht liegen, aber sie wirkte um so vieles jünger als damals und ihre Stimme weit weniger herrisch.

»Was denkst du über meinen Patronus?«, wollte die Ornatrix mit ruhiger Stimme wissen.

»Es steht mir nicht zu, mir eine Meinung über den Dominus zu bilden«, erwiderte Walda.

Sofort begann die Frau ihr gegenüber breit zu lächeln.

»Du läufst davon wie ein verärgertes Kind, sobald eine Frau auch nur in seine Nähe kommt, deine Stimme beginnt zu beben, wenn du von ihm sprichst … Und du willst mir sagen, dass du keine Meinung über ihn hast?«

Die germanische Sklavin setzte sich sehr gerade hin und erklärte: »Ich sagte nicht, dass ich keine Meinung h*abe.* Ich sagte, dass es mir nicht *zustehe,* mir eine zu bilden.«

»Du hast eine scharfe Zunge, meine Kleine. Und wie ich es sehe, mag der Dominus nicht mehr auf sie verzichten. Jede andere Frau hätte durch ihn die schwersten Strafen zu erdulden gehabt, wenn sie sich das Gleiche herausgenommen hätte wie du.«

Walda schwieg. Sie wusste nicht, was hinter diesem Besuch steckte, und so lange sie das nicht wusste, hütete sie sich davor, Position zu beziehen.

»Aber ich komme nicht, um eure Gefühle füreinander zu sezieren. Ich bin gekommen, dich zu warnen. Man will dich aus dem Weg räumen. Es gibt einige hier im Haus, die du verärgert hast. Die dich loswerden wollen. Aus den unterschiedlichsten Gründen. Du musst extrem vorsichtig sein.«

»Was meinst du, Matrona?«, erwiderte Walda scheinbar ahnungslos.

»Du hast mich atmen gehört und trotzdem hast du unbewaffnet und in Dunkelheit den Raum betreten.« Ihre Stimme hatte einen merkwürdig angespannten Ton angenommen. Und dennoch klang sie nach weichem Samt.

»Wer sagt, dass ich unbewaffnet bin?« Walda griff nach dem ebenso schmalen wie tödlichen Messer, das sie unter ihrem Kissen versteckt hielt, machte einen Satz nach vorn und packte die Ornatrix so geschickt, dass die Klinge in ihren Hals schnitt, ohne dass sie sich wehren konnte.

»Was tust du?«, fragte diese vorsichtig, denn die Haut bewegte sich mit jedem Wort über die Klinge.

Mit ihrem freien Arm hielt Walda die Oberarme ihrer Besucherin fest und zischte ihr ins Ohr. »Ich töte, bevor ich getötet werde.«

»Ich hatte nie vor, dich zu töten. Ich komme, dich zu warnen. Also kannst du das Messer wegnehmen.«

Das Ganze schien ihr nicht einmal den Hauch von Furcht eingejagt zu haben.

Walda senkte ihren Arm, wobei sie Antonias Brüste streifte. Sie waren größer, als sie gedacht hatte, und ähnelten ihren eigenen. »Wovor willst du mich warnen?«

»Davor, dass du einige Leute im Haus extrem in Unruhe versetzt hast. Nicht nur der Dominus steckt dir sein Schwert hinein, auch der junge Herr verzehrt sich nach dir. Du stellst die Ordnung infrage.«

Walda war wütend und verwirrt.

»Ich stelle gar nichts infrage. Dies ist nicht das erste und nicht das letzte Haus, wo der Dominus Sklaven und Sklavinnen vögelt.«

»Das vielleicht nicht. Aber, dass er Gefühle für sie entwickelt – das ist nicht so häufig.«

Walda sprang von ihrem Platz auf und begann, unruhig hin und her zu gehen.

»Du weißt aber schon, dass er da drüben jetzt gerade die andere Sklavin pflügt und nicht mich?«

Jetzt, da sie es laut ausgesprochen hatte, rauschten Wellen

aus glühender Lava durch Waldas Kopf und schienen jeden klaren Gedanken zu verbrennen.

»Wenn ein Mann mit einer anderen Frau schläft, muss das nicht heißen …«

»Halt!« Walda riss ihre Hand hoch und gebot Antonia zu schweigen. »Ich will von alledem nichts mehr hören. Weder zwischen dem Dominus noch dem jungen Herrn und mir gibt es eine gefühlsmäßige Bindung. Wer auch immer dich geschickt hat, du kannst ihm sagen, dass von mir keinerlei Gefahr ausgeht. Ich mache die Beine für die beiden Gebieter breit, so wie sie es verlangen, und wenn sie meiner überdrüssig sind, kehre ich zu meinem angestammten Platz zurück.«

Jetzt war es an der Ornatrix, empört zu sein. Entgegen ihrer zuvor gezeigten Ruhe sprang sie auf und eilte in Richtung Türe.

»Niemand würde es wagen, aus mir eine Botin zu machen, kleines Germanenmädchen!«

»Kleines … was?«, stieß Walda hervor und wollte in ihrem Zorn die Hand gegen die Ornatrix erheben. Indem sie aber ihren Arm hochriss, blieb ihr Armreif an ihrem Gewand hängen und riss es herab, sodass ihre Brüste entblößt wurden.

Antonia schien förmlich zu erstarren. In dem Moment zogen die Wolken vor dem vollen Mond weiter und das Mondlicht ergoss sich in das Zimmer.

Walda erkannte, mit welchen Blicken die Ornatrix auf ihre Brüste starrte.

»Wie schön du bist«, sagte sie mit belegter Stimme. »Leg dich auf das Bett und lass mich deine Spalte verwöhnen.«

Die junge Germanin wusste nicht, was sie tun sollte.

»Lass mich dich verwöhnen und ich werde jede Bedrohung von dir abwenden …«

Ehe Walda reagieren konnte, führte Antonia sie zu ihrem Bett, legte sie darauf und spreizte Waldas Schenkel. Energisch barg sie ihr Gesicht in der feuchten Spalte der Sklavin.

»Das ist noch der Samen des Dominus, nicht wahr?«

Wie entfesselt bewegte sich die Zunge der Ornatrix an Waldas Kirsche entlang und tauchte dann in ihre Tiefe.

»Ja …«, murmelte sie mit nassem Kinn, »…das ist von ihm. Es ist fast, als hätte er mir ins Gesicht gespritzt. Du Glückliche … Du hast seinen Saft kosten dürfen. Ich wollte, es wäre auch mir vergönnt.«

In diesem Moment begriff Walda, was sich da abspielte. »Schluss!«, zischte sie und stieß die Ornatrix von sich. »Raus aus meinem Zimmer!«

Irritiert erhob sich die so zurückgestoßene Frau und ging, ihr Gewand über den Brüsten haltend, zur Tür. Sie sagte kein Wort, sondern beeilte sich nur, hinauszukommen.

Walda legte sich in ihr Bett. Während sie versuchte einzuschlafen, glitt ihre Hand zwischen ihre Schenkel. In einem merkwürdigen Wachtraum hatte sie das Bild der Ornatrix vor sich, bäuchlings gefesselt auf einem marmornen Stier. Sie war nackt und sowohl ihre Rosette als auch ihre Auster waren entblößt. Sie selbst stand hinter dem Stier und rieb sich die Möse, wobei sie erkannte, dass diese auch ohne ihr Zutun tropfend nass war. Und warum? Weil der Dominus in seiner Uniform vor dem Stier stand und dabei seinen Stamm rieb. Eine Stimme, die aus dem Nichts zu kommen schien, befahl Walda, jenen Knüppel zu nehmen und ihn der Ornatrix in die Möse zu schieben.

Es war ein gewaltiges Instrument und Walda fürchtete, die Gefesselte zu zerreißen.

Die aber herrschte sie an: »Mach schon! Das ist der Rammbock des Gebieters und ich will ihn in mir haben!«

Ihr Herr aber stand nur da, den Kopf in den Nacken gelegt, und war offensichtlich kurz davor, zu explodieren. Dann aber wechselte er den Platz und stellte sich neben Walda.

»Ja, stoß ihn ihr rein, damit ich spritzen kann.«

Es war schwer, in die andere Frau einzudringen. Walda versuchte, ihr geschwollenes Fleisch auseinanderzuziehen, um den Eingang zu finden, was die Ornatrix zum Schreien brachte und den Dominus zum Keuchen.

»Oh … bei allen Göttern, ich bin viel zu eng für diesen Prügel. Sei gnädig und stopf mir etwas anderes rein!«, wimmerte Antonia.

Walda betrachtete deren großen Brüste, die auf dem Marmor zusammengepresst wurden. Und während sie den Zugang zu ihrem Loch suchte, kniff sie energisch in den Nippel der Ornatrix.

»Fick sie durch mit dem Prügel … Ich komme gleich!«, kommandierte der Dominus. Und dann packte er Walda, stieß sie zu Boden, packte ihr Haar und brüllte sie an: »Trink meinen Samen!« Damit rammte er ihr seinen Schwanz in die Kehle und schon spritzte sein Saft mit solcher Heftigkeit in ihren Hals, dass sie ihn gar nicht zu schlucken vermochte.

Sie entließ ihn aus ihrem Mund und schlang stattdessen ihre Arme um seine Lenden. Sein noch immer erigierter Stamm drückte gegen ihre Wange, doch sie genoss dieses Gefühl ungemein. Die Härte, die Wärme, der Duft nach Sex und Nähe. Nichts kam dem gleich. Da beugte er sich zu ihr herab und plötzlich war alles um sie herum verschwunden. Es schien in der ganzen Welt nur noch ihn und sie zu geben.

Mit diesem Gedanken sank sie in den Schlaf.

***

Als sie sich am nächsten Morgen auf den Weg zum Markt machte, stellte sie fest, dass sie noch nie so froh gewesen war, das Haus zu verlassen, wie an diesem Tag. Der Himmel war zwar mit grauen Wolken verhangen, doch es störte sie nicht. Alles war so wirr und ihre Gedanken und Gefühle wirbelten durcheinander wie Herbstlaub. Sie sehnte sich so nach Ruhe, dass sie sogar mit dem Gedanken spielte, darum zu bitten, dass man sie zum Senator bringen möge.

Und dann war da noch der Weinlieferant ... Wegen ihm trug sie noch immer ihr kleines Messer bei sich, das sie im Müll gefunden hatte. Mit Mühe hatte sie es heimlich geschärft, denn an ihm hing ihr Leben, wenn dieser Kerl versuchte, sich über sie herzumachen.

Als sie auf dem Markt ankam, schmerzten ihre Füße und die ersten Regentropfen fielen.

Walda hatte sich genau eingeprägt, was sie kaufen sollte und wie viele Sesterzen sie ausgeben durfte.

Während sie an den Ständen entlangging, setzte Regen ein, der immer intensiver wurde. Ihr wollener Umhang würde bald mit Wasser vollgesaugt sein.

»Diesmal sollte ich dir keinen Rat anbieten, sondern meinen Umhang ...«

Walda richtete sich auf und blickte in die lustigen blauen Augen des Cheruskers. Er trug noch immer seine Uniform, auch wenn er sie gepflegt zu haben schien.

»Bist du fertig mit deinen Einkäufen?«

»Du siehst genau, dass ich das nicht bin. Oder ist mein Netz mit Waren gefüllt?«

»Bist du wütend auf mich?«

Die Lippen zusammenpressend und ein Schnauben von sich gebend, ging Walda weiter.

»Jetzt hör auf, dich zu sträuben«, murrte der Fremde, zog den Umhang aus Leder und Fell von seinen Schultern und legte ihn Walda um. Sie fühlte sich tatsächlich schlagartig besser.

»Aber das ist ein wertvoller Umhang.«

»Du sollst ihn ja auch nicht behalten. Du gibst ihn mir wieder, wenn eine Gelegenheit dazu ist.«

W*ann sollte das wohl sein,* dachte sie.

»Zum Beispiel, wenn das nächste Fest in eurem Haus stattfindet. Ich könnte mich als Musikant ausgeben und dann spiele ich ein bisschen auf und am Ende gibst du mir den Umhang wieder.«

»Aha. Und warum so ein Aufwand? Warum kommst du nicht einfach mit und ich gebe ihn dir, wenn wir am Haus meines Herrn angekommen sind?«

»Ich will dir nicht zu nahetreten, aber das ist wirklich eine dumme Idee. Kannst du dir vorstellen, was passieren würde, wenn du in meiner Begleitung zurückkommen würdest? Dein Dominus würde dich verprügeln, dass dir Hören und Sehen verginge.«

»Das würde er niemals tun«, rutschte es der Sklavin heraus.

»Du schläfst mit ihm, nicht wahr?« Er errötete, als er das sagte, was Walda sehr süß fand.

»Ich schlafe nicht mit ihm – er schläft mit mir. Was ein Unterschied ist.«

»Hast du Hunger?« Er schien ablenken zu wollen von einem Thema, für das er doch nicht mutig genug war.

»Ja«, schoss es aus Walda heraus, was nun wiederum ihr peinlich war.

»Gut. Dann lade ich dich da vorn in die Taverne ein.«

Sie senkte den Kopf, sodass ihr Haar nach vorn glitt. Zum ersten Mal empfand sie ihren Status als Sklavin schmerzhaft. Im Haus ihres Gebieters wimmelte es nur so von Sklaven. Sie wurden jedoch genauso behandelt wie die Diener und Dienerinnen. Jetzt aber stand sie vor einer Taverne und wagte nicht, sie zu betreten. Auch nicht an der Seite eines Offiziers.

»Die Suppenküche genügt wohl«, sagte sie leise. Noch nie hatte sie jemand zum Essen eingeladen und sie wusste nicht einmal, ob man eine Taverne als Sklavin überhaupt betreten durfte.

»Na, komm schon. Sie werden dich nicht fressen.« Arminius nahm ihren Ellenbogen und zog Walda mit sich.

Sie wählten Fisch, eingelegte Oliven und Brot. Sie hatte sich bereits gesetzt, als Arminius mit dem hölzernen Brett zurückkam, auf dem das Essen lag.

Walda war ein wenig stolz, von einem Offizier eingeladen zu werden. Als er aber seinen Helm abnahm, konnten ihr die Blicke nicht entgehen, mit denen man den Soldaten mit der germanischen Frisur betrachtete. Wenn sich die Leute auch Mühe gaben, ihn nur aus dem Augenwinkel zu betrachten, so fiel es ihr dennoch auf. Umso mehr, als eine Serviermagd bei ihnen am Tisch auftauchte und ihren Begleiter mit unterwürfiger Stimme bat, er möge keinen Ärger machen. Arminius nickte essend und würdigte das Mädchen keines Blickes.

Dieser unangenehmen Aufgabe entledigt, zog sie sich so schnell als möglich zurück.

»Geht dir das öfter so?«, fragte Walda besorgt.

»Ja. Aber ich habe mich daran gewöhnt. Es bedeutet, dass sie mich in Ruhe lassen.«

Walda schob die kleinen, getrockneten Fische hin und her und aß nur ab und zu einen Bissen von ihrem Brot.

»Ich finde, zwei Menschen sollten nur dann miteinander schlafen, wenn sie beide es freiwillig tun.« Er schob etwas Öl mit dem Brot zusammen.

»Hast du jemanden, mit dem du schläfst?«

Abrupt hob er den Kopf und lächelte sie spitzbübisch an. »Bietest du dich an?«

Schnell schüttelte sie den Kopf.

»Das war ein Scherz. Ja, ich habe jemanden. Ich bin verheiratet. Und ich würde niemals mit einer anderen Frau schlafen als mit ihr.«

»Du fürchtest den Zorn unserer Götter!«

»Nein, ich fürchte den Zorn meiner Frau.«

Jetzt lachten beide und Walda fühlte sich wunderbar in seiner Nähe.

Sie schwiegen eine Zeit lang und Walda schaute aus den kleinen Fensteröffnungen.

»Dein Dominus soll sich bald auf den Weg in unsere Heimat machen, heißt es.«

»Davon weiß ich nichts. Ich bin eine Sklavin. Über so etwas spricht man nicht mit mir.«

»Angeblich werden die meisten Männer aber im Bett gesprächig.«

»Nicht mir gegenüber.« Walda wurde einsilbig. Sie spürte die Richtung des Gesprächs und es gefiel ihr nicht.

»Hör zu …« Er hatte sein Brot fallen lassen und seine Hand auf ihre gepresst. »… Du weißt, was dein Dominus tun wird … schon auf dem Weg. Jeder Stamm, dem er begegnet, muss sich unterwerfen. Und wer es nicht tut – der wird ausgelöscht. Ich habe mich umgehört … Man sagt, dass dein Gebieter dir mehr bedeutet, als er einer Sklavin bedeuten dürfte. Du kannst nicht wollen, dass er die Unsrigen foltert, vergewaltigt, versklavt und tötet.«

»Was kümmern dich meine Gefühle?«, zischte sie.

»Du bist meine Schwester.«

»Wir gehören nicht einmal zum gleichen Stamm!«, versetzte sie kalt. Es konnte niemals gut gehen, wenn sie sich in solcherlei hineinziehen ließ.

»Sie nennen uns alle Germanen. Also gehören wir zusammen. Man sagt, dass dein Gebieter ein Mann auf dem Weg nach ganz oben ist. Und dieser Krieg – und es wird ein Krieg, glaube mir – ist das Pferd, auf dem er nach oben reiten wird. Bitte, Walda … Würdest du das nicht verhindern wollen, wenn du die Chance dazu bekämest?«

»Ich habe nicht mal mehr eine Erinnerung an meine Heimat. Außerdem habe ich noch viel zu tun.«

Sie erhob sich. »Hab Dank für die Einladung. Es war sehr schön.«

»Denk drüber nach, was werden soll.«

So schnell sie konnte, verließ sie die Taverne, erledigte ihre Einkäufe, ohne auch nur groß hinzusehen, und machte sich sodann auf den Heimweg. Die Unterhaltung mit Arminius hatte sich in ihr Gedächtnis gebrannt. Vor allem aber seine Warnung, dass Marcus Lucius in einen Krieg reite. Konnte das denn sein? Hieß es nicht, es solle nur dafür gesorgt werden, dass die nördlichen Stämme endlich ihre Steuern entrichteten und es keine Überfälle auf die anderen Stämme mehr gab? Niemand sprach von einem Krieg.

»Walda?«

Sie schaute nach oben zum Dominus, der an die Balustrade gelehnt stand und zu ihr hinunterblickte.

»Komm hoch!«

Ihr Netz in der Hand eilte sie die Treppen nach oben und trat dann bei ihm ein. Als er sich zu ihr umdrehte, fiel sein Blick auf den Umhang. »Woher hast du das? Das ist ein Offiziersmantel.« Er wurde kalkweiß. Noch nie hatte sie ihn so gesehen. Und dann erschrak sie zu Tode. Das war Arminius' Mantel. Sie hatte ihn vergessen.

»Es hat so sehr geregnet und da hat ein Offizier ihn mir geliehen.«

»Zu welchem Preis?«

Er kam auf Walda zu und packte ihren Arm. »Los! Sag

schon! Welchen Preis hat er verlangt?« Er schien Feuer und Flammen zu speien. Mit Gewalt riss er den Umhang von Waldas Schultern und schleuderte ihn vor ihr zu Boden.

»Hast du die Beine für ihn breitgemacht? Hast du deswegen so lange gebraucht für deine paar Einkäufe?«

Sie konnte nicht mehr denken. Alles verwirrte sich in ihrem Kopf. Walda wusste nur, dass sie zu Unrecht beschuldigt wurde, und das ertrug sie nicht.

»Ich schlafe mit keinem anderen Mann als mit dir! Niemals!« Jetzt senkte sie den Kopf, denn sie kämpfte mit den Tränen. »Außer natürlich, du befiehlst es mir.«

»Es tut mir leid. Ich wollte dich nicht anklagen.«

Wie sanft seine Stimme war, wie sacht seine Hand, die über ihr Haar glitt.

»Soll ich den Umhang in den Ort bringen lassen, damit er ihn zurückbekommt?«

Was sollte sie jetzt sagen?

»Es ist so dumm, mein Gebieter, aber ich weiß keinen Namen und keine Adresse. Ich weiß nicht, was ich tun soll …«

»Gut. Dann müssen wir warten, bis er sich meldet. Vielleicht spricht er dich ja auch an, wenn du wieder einkaufen bist.«

»Ja, vielleicht. Ich weiß es nicht.«

Ihr Gebieter ging mit langen Schritten eilig auf und ab, blickte auf seine Unterlagen und setzte den Weg fort. Plötzlich blieb er bei ihr stehen. Er schlang von hinten seine Arme um sie und barg sein Gesicht in ihrem Haar.

»Ich schicke jemanden mit dir in den Ort, wenn du das nächste Mal gehst. Ich ertrage den Gedanken nicht, dass du ihn allein triffst. Ich kenne die Offiziere – glaube mir!« Er holte tief Luft. »Du machst mich verwundbar, Walda«, flüsterte er.

»Aber das kann doch gar nicht sein«, erwiderte sie hilflos.

»Ich will, dass du heute Nacht bei mir schläfst. In meinem Bett.«

»Aber danach werde ich dich wieder verlassen?«

»Nein. Ich will, dass du bis zum Morgen bei mir bleibst.«

Ihr war klar, dass sie auch den letzten Wohlmeinenden gegen sich aufbringen würde, wenn sie das täte. Sich von einem Patrizier stoßen zu lassen, war eine Sache. Eine ganz andere aber war es, wie seine Frau bis zum nächsten Tag bei ihm zu liegen.

»So, und jetzt geh und bring deine Sachen in die Küche«, sagte er, zog Walda in seine Arme und küsste sie mit einer Leidenschaft, die jenseits dessen lag, was ein Dominus seiner Sklavin gegenüber empfinden sollte.

Walda aber war vollkommen aufgewühlt, als sie die Stufen in den Keller hinunterstieg. Hatte er ihr jetzt seine Gefühle gestanden? Seine Zuneigung ihr gegenüber?

An den Wänden waren die wuchtigen Tonkannen aufgereiht und weiter hinten kleinere Behälter für Gewürze und Kräuter.

Wenn die Stimmung ihr gegenüber jetzt schon feindselig war – was würde erst geschehen, wenn sie die ganze Nacht bei ihrem Gebieter verbracht hätte?

Die Köchin war gerade dabei, auf einem langen Brett frische Kräuter zu schneiden, wobei ihre Augen besagten, dass sie mit eben diesem Messer lieber Walda zerschneiden würde.

»Ist etwas los?«, fragte sie mit provozierender Stimme.

Die Köchin aber hieb die Spitze des Messers in das Holz und ging davon. Dies alles musste in einem großen Unglück enden. Dessen war sie Walda sicher.

IX.

Der Regen schien nicht enden zu wollen. Er prasselte unablässig auf das Dach der Villa und machte alle Wege und Straßen der Umgegend beinahe unpassierbar.

»Walda ... Komm her!«, rief ihr Gebieter mit begeisterter Stimme.

Es war ihr nicht recht, dass er sie rief, noch dazu mit diesem Ton in der Stimme. Die Sache mit dem Weinlieferanten schwang immer noch über ihr und sie wusste nicht, was es brauchte, um ihn angreifen zu lassen. Doch was konnte sie gegen den Ruf ihres Herrn tun? Gegen den Ruf des Mannes, den sie liebte.

Als sie neben ihm stand, den Blick hinaus in den Garten gerichtet, legte er den Arm um ihre Schultern und küsste Walda sacht auf ihr Haar.

Die Säulen, die den Brunnen in der Mitte des Gartens umgaben, waren dunkel verfärbt und die Blütenköpfe wurden mit jedem Tropfen zu Boden gedrückt.

»Wie angenehm, wenn man im Trockenen sein kann, während draußen die Welt unterzugehen scheint«, sagte er mit zufriedenem Ton in der Stimme und blickte über seinen Besitz hinweg. »Außer ... man wird gepackt und in den Regen gezerrt!«, rief er, umfasste Waldas Taille und warf sie über seine Schulter, als wöge sie nicht mehr als eine Feder.

Sie aber schrie und trommelte mit beiden Fäusten auf seinen Rücken.

»Bei allen Göttern«, prustete ihr Dominus in den strömenden Regen, »... was ist das denn? Ich glaube, ein Vögelchen schlägt mich mit seinen Flügeln.«

»Ich werde nass, mein Gebieter!«, stieß sie zitternd hervor.

»Dann enttäuschst du mich. Ich dachte, du wärest immer nass!« Er lachte laut über seinen eigenen Witz.

»Lasst mich zurück ins Haus. Bitte.«

Ohne auch nur ein bisschen außer Atem zu kommen, hatte er sie aus dem ummauerten Bereich der Villa bis zu einem Baum getragen, der ein gutes Stück entfernt lag. Dort erst stellte Marcus Lucius sie wieder auf die Füße.

Walda schlang ihre Arme nach hinten um den Baumstamm, während der Dominus sie fasziniert betrachtete.

»Wie schön du bist …«, murmelte er. »Aber weißt du, was das Seltsamste ist? Ich würde dich auch lieben, wenn du hässlich wärst. Denn dann wäre da immer noch deine schöne Seele.«

Walda wusste nicht, was sie darauf sagen sollte. Sie hatte keine schöne Seele und sie begriff nicht, was er sich davon versprach, so etwas über sie zu sagen.

Der Regen kühlte seinen Körper ab und so zogen sich seine Brustwarzen zu harten Knoten zusammen, die sich gegen den inzwischen durchsichtigen Stoff der Toga abzeichneten. Ohne darüber nachzudenken, beugte Walda sich vor und saugte seine Nippel durch den glatten Stoff zwischen ihre Zähne. Ihr Dominus stieß einen kehligen, erstickten Laut aus.

»Bei allen Göttern … Saug mich aus, bis ich blute. Nein! Hör nicht auf!« Es kam ihr so vor, als könnte er kaum noch sprechen, und das erregte sie umso mehr.

»Ich will dich pflügen und deinen Unterleib mit meinem Samen anfüllen. Ich will dir ein Kind nach dem anderen machen …«

Er presste sich an Walda und bohrte seine Fingerkuppen in ihren Hintern. Dann begann er, sie hemmungslos zu küssen. So wild und stürmisch, dass sie förmlich überwältigt wurde. Er schien sie mit seinen Lippen verschlingen zu wollen und sie konnte sich kaum gegen seine gierigen Attacken zur Wehr setzen.

Der Regen prasselte auf sie nieder, ließ sie erblinden, weil immer wieder schwere Tropfen von ihren Wimpern fielen.

Walda öffnete ihren Mund, um Luft zu holen, und schluckte Unmengen vom Regen, der auf die niederging.

»Ich will dich jetzt haben …«

»Mein Gebieter … bitte …« Aber wie sollte sie einen Krieger zurückhalten, der sich gebärdete wie ein wilder Stier?

Er versuchte mit unkoordinierten Griffen ihr Gewand nach oben zu schieben, doch wo es nicht an ihrem von Gänsehaut überzogenen Körper klebte, wurde es vom Regen angedrückt.

Dann gab er auf. Das dachte Walda zumindest.

»Du machst mich wahnsinnig mit deinen wundervollen großen Brüsten und diesem weichen Bauch …« Seine Stimme bebte.

Nun verlor auch Walda die Kontrolle. Mit wild flatternden Händen öffnete sie sein Gewand und zog es ihm über den Kopf. *Welch Anblick,* dachte sie. Diese muskulöse Brust … Zunächst wanderten nur ihre Augen entlang der Narben abwärts bis zu jenen Rinnen, die in den dunklen Locken endeten, aus denen sein Stamm erwuchs. Doch dann suchten auch ihre Finger den Weg, begleitet von ihren Lippen. Wieder erfasste sie jenes Sehnen, ganz und gar mit ihm verschmelzen zu wollen.

»Fass mich hart an!«, stieß er zwischen zusammengepressten Zähnen hervor. Und sie tat, wonach es ihm verlangte. Mit einer Hand packte sie seinen Schaft, während die andere versuchte, sein Gehänge zu erfassen.

Der Regen rann an seiner glatten Haut herab und überzog ihren Gebieter mit einem durchsichtigen Tuch.

»Was kann ich mit dir tun, das uns beide vereinigt?«, wisperte sie in der Überzeugung, dass er sie nicht hören könne.

Doch Walda hatte sich geirrt. Er hatte es sehr wohl gehört.

»Ich weiß nicht. Ich weiß nur, dass ich all deine Löcher füllen will. Kein anderer soll dich jemals das Gleiche fühlen lassen wie ich.«

Und während seine Lippen die ihren verschlangen, presste er seinen zum Zerreißen gespannten Stamm zwischen ihre Schenkel.

Sie versuchte, den Stoff ihres Gewandes hochzuraffen, aber es gelang ihr nicht. Sie war zu ungeschickt ... ihr Dominus hatte bereits seinen Schaft ergriffen und bohrte ihn mit dem feinen Stoff zusammen in ihre Auster.

Es war dieses Reiben des Stoffes in ihrem Innersten, das sie erbeben ließ.

»Ich weiß nicht, was nasser ist – dein Körper innen oder außen ...«, grinste er sie spitzbübisch an, während er in ruhigen Stößen in Walda hineinpumpte und ihr Rücken schmerzhaft an der Baumrinde entlangschrammte.

Doch auch wenn sie den Schmerz wahrnahm – er störte sie nicht. Alles, was sie wollte, war, ihn in sich zu spüren, seine Wünsche zu erfüllen. Und das nicht, weil sie seine Sklavin war, sondern weil sie ihn liebte.

In einer Mischung aus Erschöpfung und Konzentration presste er seine Stirn gegen ihren Hals, während sein Unterleib sich immer schneller bewegte.

Walda wimmerte, so sehr überkam sie die Lust, sich ihm in nie gekannten Arten hinzugeben. Alles zu tun, was ihm einfiel. »Du kannst alles von mir verlangen, mein Gebieter. Ich werde dir nichts verwehren.«

Seine ganze Reaktion bestand aus einem tiefen, beinahe verzweifelt klingenden Seufzen.

»Jetzt!«, schrie er und stieß mit gewaltiger Kraft in ihren Leib. Walda erschrak dermaßen, dass sie wild aufheulte. Und im gleichen Moment spürte sie die Hitze seines Samens, der sich in ihrem Schoß verteilte.

Doch es schien nicht das Ende zu sein, denn ihr Gebieter stieß und stieß. Als wäre es das letzte Mal, dass er ihren Leib anfüllen könnte. Und wirklich bemerkte Walda, dass er immer neue Salven in sie verschoss.

»Ich habe noch nie eine Frau begehrt, wie ich dich begehre. Ich hatte so viele. Alte, junge, dicke, dünne, große, kleine … Jede hat mir auf ihre Art Lust verschafft. Aber du …« Er zog sich aus ihrem Schoß zurück, setzte sich an den Baumstamm und zog Walda auf seinen Schoß.

»Und, weißt du, wann mir das klar geworden ist?« Er lächelte sie sanft an. »Als du meine Karten studiert hast. Da wusste ich es. Da war so eine merkwürdige Härte in dir. Ich habe dich betrachtet und eine Kriegerin gesehen, wie sie mir öfters in Germanien begegnet sind. Von dieser Stunde an war ich wie von Furien gejagt. Ich war mir vollkommen sicher, dass du eine Spionin bist. Und die Fragen, die ich dir gestellt habe – du hast sie wahrhaftig nicht überzeugend beantwortet. Ich bin mir sicher, dass du mich bei der ersten sich bietenden Gelegenheit töten wirst. Denn du bist sicher viel – aber du bist keine Sklavin.«

Walda hatte seinen Stamm ergriffen und massierte ihn sanft, während ihr Dominus mit ihren Zitzen spielte.

»Du hast mich gekauft. Das macht mich zu deiner Sklavin. Was davor lag, hat keine Bedeutung mehr.«

Er nahm ihre Kinnspitze zwischen seine Finger, hob sie ruckartig an und küsste sie ebenso leidenschaftlich wie zuvor.

»Du magst dem Namen und deinem Aufzug nach eine Sklavin sein … Aber halte mich nicht für töricht, nur weil ich ein Soldat bin. Innen … da wo niemand hinsehen kann … da bist du eine Kriegerin. Nur, dass ich noch nicht weiß, was dein Auftrag ist.«

Walda fühlte sich unwohl und konnte nicht anders, als sich ihm ein stückweit zu entziehen. Dabei tat sie so, als wollte sie lediglich eine Blüte pflücken, die neben ihnen wuchs.

»Was machst du damit?«, wollte ihr Gebieter wissen, glitt mit seinem Arm über ihre Schulter hinweg und streichelte die Blüte beinahe. »Sie ist hübsch …«

»Ich werde sie aufheben, damit ich immer an diesen Moment erinnert werde, wo ich so unendlich glücklich war.«

»Wirklich? Du bist glücklich?« Er zupfte jetzt eine Blüte nach der anderen aus dem Gras und steckte sie Walda ins Haar. »Aber du sprichst jetzt, als sei unser Unglück bereits vorbestimmt …«

Walda schwieg einen Moment und drehte währenddessen die kleine Blüte zwischen ihren Fingern. »Ist es das nicht zwangsläufig? Ich bin eine germanische Sklavin und du bist ein römischer Offizier und Patrizier.«

»Und wenn ich …«

Walda ließ ihn nicht weitersprechen. »Du weißt es besser als ich … Der Weg liegt so klar und deutlich vor uns …« Ihre Kehle war wie zugeschnürt und Tränen kämpften sich aus den Tiefen ihrer Brust empor.

»Oh Clementia, Göttin der Milde und des Erbarmens, steh mir bei … Walda … Ich liebe dich …« Er hob sie von seinem Schoß, stand auf und verließ mit ein paar langen Schritten das schützende Dach des Baumes, unter dem sie sich geliebt hatten.

»Glaubst du mir, wenn ich dir sage, dass ich noch nie so gefühlt habe? Dass ich dich zu meiner Frau machen will, egal was es mich auch kosten möge?« Der Dominus klang so entschlossen, als zöge er bereits in den Kampf.

»Eben sagtest du noch, dass ich vorhätte, dich zu töten, und dann willst du die gleiche Frau zu der deinen machen?«

»Sag mir, was ich dagegen tun soll!«, schrie er sie an.

Sie wusste zu viel, um ihm antworten zu können. Und nicht genug, um seine Gefühle vollkommen zu erwidern.

Sein Gesicht verdüsterte sich. Langsam, Schritt für Schritt, trat er auf sie zu, ergriff ihre Ellenbogen und zog sie auf die Füße.

Seine Blicke eilten über Waldas Gesicht, als könnte er ihre Gedanken lesen.

»Wir könnten nie zusammenkommen. Du musst heiraten, weil du eine politische Karriere anstrebst. Also braucht du eine Gemahlin mit großem Vermögen, welches das deine mehrt. Ich bin eine Sklavin und nicht mal die Fesseln an meinen Gelenken gehören mir.«

»Wieso sagst du so etwas?« Offensichtlich war er mehr überrascht denn empört oder wütend. »Ich habe dir niemals Fesseln angelegt und du musst nicht einmal das Sklavenhalsband tragen.«

Wehmütig schlang sie ihre Arme um ihn und kämpfte abermals mit den Tränen. Sie wusste genau, dass sie die Wahrheit gesprochen hatte, aber der Stich eines Dolches schmerzt nicht weniger, nur weil wir ihn selbst führen.

»Ich weiß, Dominus. Vergib mir …«

»Nein! Rede nicht so. Das bist nicht du. Du bist eine Kriegerin. Du bist meine Kriegerin!«

Und dennoch wussten beide, dass Walda nichts weniger als die Wahrheit ausgesprochen hatte. Marcus Lucius Equitius war ein mehr als wohlhabender Mann, aber um jenen Posten zu erreichen, den er anstrebte, musste er den Nachweis über einen Besitz von mindestens einer Million Sesterzen erbringen. Also bedeutete die Erfüllung ihres tiefsten Wunsches – nämlich, dass er in keine Schlacht mehr ziehen müsste – gleichzeitig die Erfüllung ihres immer wiederkehrenden Albtraumes – nämlich, dass er heiraten würde. Und mit jedem Tag, den sie an seiner Seite verbrachte, fürchtete sie dies mehr. Denn sie gewöhnte sich an seine Aufmerksamkeiten. An seine kleinen Geschenke. Die zärtlichen Worte, mit denen er sie verwöhnte, und vor allem daran, dass er keiner Frau und keinem Mann mehr seinen Stamm in die Löcher schob. Dass er es dafür umso öfter mit Walda trieb, störte sie nicht im Geringsten. Was er tat oder von ihr verlangte – sie erfüllte seine Wünsche mit Begeisterung.

***

Walda trug, ganz wie ihr Dominus es wünschte, nur noch durchsichtige Stoffe. Sie genoss seine Blicke auf ihrem Körper, die intimen Berührungen, die er ihr schenkte, selbst wenn Gäste dabei waren. Niemand schien etwas dabei zu finden, dass er seine Sklavin behandelte wie eine normale Geliebte.

Vielleicht, so dachte Walda, weil niemand, der ihn kannte, davon ausging, dass er etwas Verrücktes tun würde. Wie oft hörte sie ihn in Gesellschaft sprechen. Seine nüchternen Feststellungen, eingepackt in knappe Sätze. Dann sprach er wie ein Soldat, nicht wie ein Patrizier.

»Du willst also wirklich für den Senat kandidieren, wenn du aus Germanien zurück bist?«, fragte einer seiner engsten Freunde, Gaius Atronius Megellus, als sie neben dem Becken im Erdgeschoss saßen und der Vollmond auf sie herabschien.

Walda stand wie immer neben ihrem Herrn und wartete auf seine Wünsche, denn er befahl ihr nie etwas.

Kleine Falter tanzten um die Flammen der Öllampen und man hörte nur das leise Tappen der Diener und Sklaven, die mit Wein und Tellern voller Leckereien umhereilten.

Walda versuchte, sich so wenig wie möglich zu bewegen, denn sie wollte vermeiden, dass sich der Gast durch sie gestört fühlte. Bald aber wurde ihr klar, dass ihr Herr ihre Anwesenheit schlicht vergessen hatte. Es war eine Art Mechanismus, der allen Patriziern innezuwohnen schien. Sie konnten ihre Sklaven vollkommen vergessen, bis zu dem Moment, da sie etwas wollten oder brauchten. Dann erinnerten sie sich ihrer und schickten sie los. Und so stand sie im Schatten, regungslos in ihrem hauchfeinen Gewand, durch das der Abendwind blies. Er kam vom Meer über die Ebene und brachte einen Geschmack von Salz und Tang, der den Speisen in jenem Teil des Landes einen so unvergleichlichen Geschmack verlieh.

»Woher weißt du, dass ich aus Germanien zurückkehren werde?«, erwiderte ihr Gebieter mit etwas mehr Ernst in der Stimme, als Walda gefallen mochte.

Der Gast lachte. »Weil du der beste Krieger bist, den ich kenne. Keiner hat sein Schwert in so viel Blut getaucht wie du. Du reitest gegen deine Feinde, auch wenn dein Rang dir längst gebieten würde, nur noch zu kommandieren und den Schlachten aus der Ferne zuzusehen.«

Der Duft von Jasmin und Lilien zog über Walda hinweg.

»So manche deiner Wunden ist noch nicht einmal richtig verheilt. Nein, mein Freund … Du musst in die Politik gehen und Rom dein Wissen zur Verfügung stellen.«

Marcus Lucius nahm einen Schluck Wein und schien nachzudenken.

»Du weißt, dass man eine Million Sesterzen braucht … von den Fürsprechern ganz abgesehen, die auch alle verwöhnt werden wollen.«

»Du bist ja wohl kein armer Mann, mein guter Marcus.«

»Eine Million habe ich trotzdem nicht und ich wüsste nicht, wer sie mir leihen sollte.« Er hatte seinen Pokal geleert und Walda schenkte ihm nach.

»Leihen? Wer spricht denn von leihen? Du weißt, wie ein Mann wie du an so viel Geld kommt.«

Die Schatten im Gesicht ihres Herrn wurden tiefer. »Ein ungutes Thema an solch einem Abend«, murmelte er.

»Wie? Es könnte kein besseres geben! Und wie der Zufall es will, habe ich auch schon eine Idee mitgebracht.«

»Wir wollen über etwas anderes sprechen. Ich habe gehört, du hast deiner Saveria eine neue Sänfte gekauft … Man spricht überall davon.«

»Ja, sie ist breit genug, dass ich die Süße jederzeit darin bespringen kann. Bei allen Göttern … Sie ist das heißblütigste Weib, das ich je gefickt habe.« Sein ausgezehrtes Gesicht strahlte zum Himmel.

»Erinnerst du dich an das Bordell in Brindisium? Wo du gleichzeitig die schwarzhaarigen Zwillingsschwestern und die Rothaarige beackert hast? Verflucht … Was eine Nacht … Ich werde nie vergessen, wie ich dagelegen habe und diese unglaublich dralle Blonde hat mich geritten und ich konnte zu euch hinübersehen … Bei Annona … ich brauchte euch nur anzusehen, da habe ich gespritzt, dass ich dachte, ich würde dort in diesem Bordell vertrocknen wie eine alte Olive. Es war unfassbar, wie du es diesen Huren besorgt hast.«

Walda stand noch immer starr. Sie redete sich ein, dass sie, wenn sie sich nur genug konzentrierte, nicht mehr die Worte des Gastes hören würde, sondern das Flattern der Mottenflügel. Aber das Glück hatte sie nicht.

»Ach ja …«, erwiderte ihr Herr gedehnt. »Die alten Geschichten. Das ist lange her. Heute bedeuten solche Weiber mir nichts mehr.«

Gaius Atronius ließ seine knochigen Finger durch sein dünnes, bereits ergrauendes Haar gleiten. »Ja … weg mit den alten Geschichten. Wenn die neuen auch keineswegs so … unbelastet sind.«

»Was willst du damit sagen?«, forderte Marcus Lucius mit gepresster Stimme, die von der Anspannung zeugte, die in ihm herrschte. Er konnte diesem ehrenvollen Gast nicht den Mund verbieten und von einem Themenwechsel schien der nicht viel zu halten.

Er hielt noch immer Waldas Hand, die über seiner Schulter lag.

»Sie ist hübsch, deine Germanin, und man munkelt, sie sei zu hübsch, denn du habest sie nicht mehr hergeben wollen. Zudem sei sie intelligenter, als es einer Germanin zukommt.«

»Ich weiß nicht, wann da jemand eine Begrenzung eingeführt hat …«, sagte der Dominus mit müder Stimme.

»Ich langweile dich«, versetzte sein Gast und stieg von der Liege.

»Auf gar keinen Fall. Wir alle freuen uns über Ablenkung in diesem tristen ländlichen Alltag.«

»Hör zu, alter Freund. Wir kennen uns seit Kindertagen. Deswegen sage ich dir jetzt etwas, das du längst weißt: Du stehst vor dem Ende deiner militärischen Laufbahn. Danach willst du in die Politik. Und du hast es ja bereits gesagt, dass man in Rom nur mit viel Geld in die Politik eintreten kann. Du trägst einen großen Namen, Marcus Lucius …« – sein Gastgeber hatte ihn wieder auf die Liege gedrängt – »… aber du hast bei Weitem nicht genug Geld.«

»Auch das sagte ich bereits«, wiederholte der Patrizier. Sein Freund winkte ab.

»Und ich, Gaius Atronius Megellus – ich habe eine Braut für dich.« Der Gast hatte sie wieder vergessen und sprach, als sei sie gar nicht da. »Ein entzückendes junges Ding. Unberührt wie eine Rose im Tau. Mit festen, kleinen Brüsten, leider aber auch mit einem schmalen Becken. Wobei die Eltern einen Arzt konsultiert haben und meinten, das täte der Sache keinen Abbruch.«

Der Dominus nahm sich ein weiteres Glas Wein und leerte es auf einen Zug.

»Ich will keine andere Frau. Ich will überhaupt keine heiraten. Wie soll denn das gehen? Ich gehe hoch und schwängere meine Ehefrau und dann gehe ich runter und schwängere meine Geliebte?«

Sein Freund schüttelte den Kopf. »Es gemeinsames Leben kann es für euch nicht geben. Sie wird immer eine Hure bleiben.«

»Ich möchte im nächsten Herbst anfangen, Wein anzubauen. Ich denke, die Hänge dort drüben würden sich wirklich dafür eignen«, erklärte ihr Gebieter plötzlich, als hätte er die Worte seines Freundes überhaupt nicht beachtet.

»Lenk doch nicht dauernd ab. Ich biete dir eine großartige Gelegenheit, das nächste und das übernächste Jahr zu ... überleben.« Er leerte den nachgefüllten Kelch bis zur Hälfte.

»Ach, wenn die Kleine nicht ein so kostbares Gut wäre ... Ich hätte meinen Schaft in ihre Auster gerammt, bis sie dem Wahnsinn nahegekommen wäre. So aber habe ich dies alles für dich gelassen. Enttäusche mich nicht. Die Eltern sind beide dafür. Aber ... Bedingung ist, dass du die Germanin loswirst. Das haben mir alle gesagt, die ich gefragt habe. Wobei die besten Fänge gleich abgewinkt haben, wenn ich ehrlich sein soll. Niemand gibt seine Tochter einem Mann, der stets seine Sklavin an seiner Seite hat.« Er beugte sich geheimnistuerisch zu seinem Freund herüber und wisperte: »Das ist schamlos, mein Guter. Es stellt unsere Sitten und Gebräuche infrage. Und wenn man damit anfängt, weiß niemand mehr, womit das endet.«

Er leerte seinen Kelch und ließ sich die Stirn abwischen. »Und zudem ... Wer garantiert denn dann noch, dass du ausreichend Manneskraft besitzt, um deine Gemahlin zu schwängern, wenn du dich beständig bei deiner Hure entleerst? Man muss ... diese ... Mädchen permanent schwanger halten. Aber das weißt du selbst. Und so wie deine Germanin aussieht, lässt sie keinen Tropfen für eine andere in deinem Schwanz.«

»Ich glaube, wir haben genug über sie geredet.«

Sein Freund drehte sich ein wenig um und sah Walda intensiv an.

»Die fickt gern. Das sehe ich ihr an. Fides opfert sie sicher nicht oft.«

Marcus Lucius stand von seiner Liege auf, während der Kopf seines Freundes in das Kissen sank.

»Bringt ihn in sein Bett und erklärt ihm, wenn er aufwacht, über welche Themen ich nicht zu sprechen wünsche.«

Er ging ein paar Schritte und als er merkte, dass Walda ihm nicht folgte, wandte er sich um, hielt ihr die Hand entgegen und sagte: »Komm! Ich werde dir zeigen, dass ich auf sein Geschwätz nichts gebe. Wenn du willst, werde ich es dir die ganze Nacht lang zeigen.«

Wenn sie nur hätte sicher sein können, dass er sie nicht nur mit sich nahm, um seinem Freund etwas zu demonstrieren.

Sacht schob er sie zu seinem Bett, aber als Walda sich hinlegen wollte, bedeutete er ihr, stehen zu bleiben.

Dann hob er das hauchdünne Gewand, durch dessen Stoff sich ihre Brustwarzen hart und hoch abzeichneten.

Walda wusste für einen Moment nicht, was ihr Gebieter vorhatte, aber dann kniete er sich vor sie und ließ seine Zunge um ein Winziges in jene Stelle oberhalb des Liebeskerns eindringen. Er ließ die Spitze so intensiv in sie hineinschnellen, dass die Reibung sie beinahe um den Verstand brachte. Sie legte ihre Hände an die Seiten ihrer Auster und präsentierte ihm ihre empfindsamsten Stellen. Ungläubig schaute sie auf ihn herab. Mit welcher Inbrunst er jede noch so winzige Stelle mit seiner Zunge liebkoste. Sacht legte er einen Arm auf ihren Rücken, während er mit der anderen Hand ihre Brust stimulierte. In diesem Augenblick traute sie ihm zu, sie an jeder Stelle ihres Körpers zu einem Orgasmus zu bringen.

»Hast du schon einmal gesehen, dass du genau da ein kleines Muttermal hast? Es sieht aus wie die Sichel des Mondes.«

Seine Lippen berührten das Mal wie ein kostbares Kunstwerk.

»Setz dich hin und spreize deine Schenkel, damit meine Zunge in dich eindringen kann«, sagte Marcus Lucius mit einem kleinen Lächeln.

Walda tat, was er wollte. Dann hob sie ihren Oberkörper an, sodass sie sehen konnte, was ihr Gebieter tat.

»Entspann dich, meine Blume«, flüsterte er und hielt Walda gleichzeitig die mittleren drei Finger seiner rechten Hand hin. Ohne zu zögern nahm sie sie tief in den Mund und saugte derart lüstern an ihnen, dass ihr Gebieter zu stöhnen begann. Dann aber entzog er ihr seine Hand, setzte seine Finger an ihrem Hügel an und bog seine Kuppen in ihr Inneres.

Waldas Brust entrang sich ein tiefes Keuchen. Eine Mischung aus Lust und Schmerz.

»Leg dich jetzt zurück, wie ich es dir gesagt habe …«, wiederholte er in einem leichten Kommandoton.

Und so sanft und rücksichtsvoll er soeben noch gewesen war, schon im nächsten Augenblick bearbeiteten seine Finger den Bereich um ihren Lustkern herum in einer Schnelligkeit, die sie sich niemals hätte vorstellen können. Mit weit geöffneten Lippen wollte sie sich aufsetzen. Nicht nur, um besser sehen zu können, was ihr Liebhaber mit ihr tat, sondern auch, um ihre Lust zu vervielfachen. Immer heftiger spürte sie die glühenden Wellen, die sich an jener Stelle bildeten, wo er sie bearbeitete. Doch dann ließ er schlagartig von ihr ab.

Und gerade als Walda protestieren wollte, schob er die Finger beider Hände in sie hinein, öffnete ihre Lusthöhle und bearbeitete ihr Innerstes mit wütender Gier.

Ein heftiger Schrecken überkam sie, als sie erkannte, wie sich ihre Auster dazu bereitmachte, nicht nur in einem unglaublichen Orgasmus zu explodieren, sondern gleichzeitig Unmengen ihres Saftes zu verspritzen.

»Ich … ich …«, stammelte sie. Hätte ihr kochender Leib

sie nicht in Krämpfen geschüttelt, hätte sie ihren Dominus warnen können. So aber schoss die Liebesfontäne aus ihrer Öffnung und überzog ihren Herrn.

Walda wollte sich entschuldigen, doch er brachte sie zum Schweigen, indem er seine nassen Finger in ihren Mund schob.

»Leck sie sauber, meine wollüstige Sklavin«, knurrte er. »Jetzt kostest du deinen Saft und gleich kostest du den meinen«, fügte er lächelnd hinzu, richtete sich auf und warf die Toga zu Boden.

Wie oft sie ihn auch sah, Walda war jedes Mal aufs Neue überrascht und angezogen von diesem göttlichen Körper, der in Marmor gehauen auf dem Forum hätte stehen können. Und all jene Narben und Risse taten der Anziehungskraft keinen Abbruch, vielmehr steigerten sie Waldas Lust bei seinem Anblick. Und so beugte sie sich nach vorn, bis sie – nass von ihrem Liebessaft – seinen Stamm ergreifen konnte. Wissend, wie sie ihm die höchste Lust verschaffen konnte, schloss sie ihre Lippen, setzte seine Eichel an und drückte den Stamm langsam durch die enge Öffnung in ihre Mundhöhle. Aber das sollte noch nicht genug sein. Egal wie sehr er stöhnte und ächzte, sie führte ihn geschickt so tief ein, dass er schlussendlich mit seinen Löckchen ihre Lippen berührte. Er füllte ihre Kehle aus und drohte sie zum Würgen zu bringen, aber das störte die Sklavin nicht. Im Gegenteil. Sie bewegte ihren ganzen Oberkörper so schnell vor und zurück, dass er sich beinahe tief in ihrem Rachen entladen hätte.

Sie bemerkte, wie er nach etwas suchte, an dem er sich festhalten könnte, doch er riss nur unkontrolliert am Betttuch und an den Kissen. Begleitet von einem tiefen Knurren sagte er: »Ich spritze ab und du wirst daran ersticken!«

Walda erkannte, dass etwas Wahres an diesen Worten war, doch sie hatte bereits eine neue Idee. Schnell entließ sie seinen

Schaft aus ihrem Mund und barg ihn stattdessen zwischen ihren Brüsten. So gut sie konnte, spie sie auf seinen Schwanz, um ihm das, was sie mit ihm vorhatte, so angenehm wie nur möglich zu machen. Und so ließ sie ihn erst langsam und dann immer schneller vorwärts und rückwärts gleiten, wobei seine Vorhaut ebenfalls bewegt wurde und an seinem seidenzarten Fleisch zog.

»Oh, bei allen Göttern«, ächzte er und starrte mit gerötetem Gesicht auf Walda herab. »Du machst mich wahnsinnig … Bist du etwa in Wahrheit eine Hetäre? Oh, jaaaa.«

Walda redete sich ein, dass sich bei ihm jetzt die Folgen des Weingenusses zeigten.

»Du bist göttlich. Ich schwöre dir – wärest du eine Hure … du wärst die reichste Hure der Welt.«

So fest sie konnte, presste sie ihr Kinn gegen die Brust und schaffte es so, seine Eichel in ihren Mund rutschen zu lassen, wo sie ihn benetzen konnte, sodass ihm das Reiben nicht unangenehm war.

»Ich will jetzt kommen … Bitte … ich flehe dich an …«

Mit einem spöttischen Lächeln sah sie auf ihn herab.

»Du willst also kommen? Wohin willst du denn kommen? In meine Möse?«

»Das reicht nicht mehr …« Er warf den Kopf wie in Verzweiflung in den Nacken.

»Dann weiß ich es …«

Zügig legte sie sich auf das Bett, umfasste ihre Oberschenkel und spreizte die Beine.

Und dabei hätte sich Walda keinen Augenaufschlag länger Zeit lassen dürfen, denn ihr Gebieter konnte gerade noch seinen Stamm umfassen und auf ihre Möse zielen, bevor er sich mit ein paar Hüben entlud.

Sofort schwammen ihr Hügel, ihr Bauch und ihre Vulva in seinem Samen. Und er schoss immer weiter. Walda begann zu lachen, als die cremigen Tropfen ihr Gesicht zu überziehen begannen. Nie hätte sie erwartet, dass es ihr solches Vergnügen bereiten würde, ihren Körper von ihm mit seiner Sucus bedecken zu lassen.

Mit beiden Händen sammelte sie seinen Samen ein und leckte sie dann genüsslich ab.

»Gib her, Liebster … Gib ihn mir! Ich will auch ihn säubern«, bat sie und tat dies sorgfältig.

Aber was war das? Ihr Gebieter schien sich zu verkrampfen. Seine Haut wurde fahl und kalt. Voller Entsetzen blickte sie zu ihm auf.

»Was ist mit dir?«, fragte die Sklavin mit bebender Stimme.

Mit grau gewordenen Zügen blickte er auf sie herab.

»Du hast mich *Liebster* genannt …«

Todesangst packte Walda. Das hatte sie nicht bemerkt. Sie hatte es einfach nicht bemerkt. Es war aus ihrem Herzen direkt auf ihre Zunge gesprungen und er würde sie dafür fürchterlich strafen.

»Vergib mir, Dominus!«, stieß sie hervor und warf sich nieder.

Doch Marcus Lucius griff nach ihrem Kinn und küsste sie mit gieriger Leidenschaft. »Bin ich dein Liebster?«, murmelte er, nicht für einen Augenblick in seinem Kuss innehaltend.

»Ja, das bist du. Und selbst wenn ich den Langen Pfad durchwandert haben werde, werde ich deiner nicht anders gedenken.«

Die Germanin wusste nicht, wieso, aber bei diesen Worten traten Tränen in ihre Augen.

»Und ich werde deiner nie anders gedenken als … meiner Gemahlin.«

Der Ernst, mit dem er dies sagte, erschreckte Walda beinahe. Er zog sie neben sich, küsste sacht ihr noch feuchtes Gesicht und streichelte ihre hoch aufragenden Brustwarzen.

»Ich habe lange gebraucht, um mir über meine Gefühle zu dir klar zu werden. Umso schwerer fällt mir der Gedanke, dass uns nur noch so wenig Zeit zusammen bleibt.«

Walda hielt die Luft an.

Der Patrizier blickte ihr tief in die Augen. »Umso mehr werden wir die verbleibenden Tage genießen.«

»Was meinst du?« Sie setzte sich erschrocken auf.

»Die letzten Vorbereitungen laufen. Wir reiten in drei Tagen nach Germanien.«

Hätte in diesem Moment ein Knüppel sie getroffen, es hätte nicht schlimmer sein können. »Drei Tage?«, stieß sie fassungslos hervor. Dabei spürte Walda, wie eiskalt ihre Stirn und Nase wurden. Wofür straften die Götter sie derart grausam? Was hatte sie getan, das zu verdienen?

»Ich werde dir folgen. Auch Offiziere brauchen ihre Sklaven«, erklärte sie wild entschlossen.

»Es dürfen nur Männer bei der Truppe sein. Ich nehme Decius mit. Im Übrigen …« Er stand auf und ging in Richtung eines der Fenster. Walda verzehrte sich schon in diesem Moment, da er nur ein paar Schritte vom Bett weg getan hatte, wieder nach seinem Körper. Die Vorstellung, ihn für Monate, vielleicht Jahre nicht mehr zu sehen, war unerträglich. Es war eher selten, dass Truppen gleich nach ihrem avisierten Einsatz zurückkehrten. Die meisten wurden von ihrem ursprünglichen Einsatz an einen weiteren Kampfplatz geschickt. Erst nach Jahren zurückzukehren war nicht selten. Aber sie würde auf ihn warten. Wenn er nur überhaupt wiederkäme.

»… habe ich …« – immer wieder hielt ihr Liebster inne, als verliefen sich seine Gedanken in der Ferne – »…einen Brief an Gaius geschrieben. Er wird zurückkehren und …« – er schluckte so hart, dass sie es dort auf dem Bett liegend hören konnte – »… und sich deiner annehmen.«

Walda war sich sicher: Sie hatte sich verhört. Das konnte er nicht gesagt haben. Ihr Herz schwankte zwischen wilden, ungleichmäßigem Schlagen und vollständigem Aussetzen.

»Gaius?«, stieß sie zwischen zusammengepressten Zähnen hervor. »Heißt das, du schenkst mich ihm?«

Marcus Lucius holte so tief Luft, dass seine Rückenmuskulatur sich förmlich aufblähte. »Es tut mir leid. Aber ich kann nicht anders. Er ist der Herr im Haus, wenn ich weg bin. Ich kann dich keinem anderen anvertrauen. Auch wenn ich weiß …«

»Auch wenn du weißt, dass er mich in sein Bett holen wird? Auch wenn du weißt, dass ich mich ihm nicht widersetzen darf?«

Er flog förmlich herum und brüllte sie mit wuterfüllter Stimme an: »Ja. Auch wenn ich es weiß. Weil es mir wichtiger ist, dass du in Sicherheit bist. Bis ich zurückkomme, ist sowieso unendlich viel Wasser den Tiber hinuntergeflossen. Wer weiß, was bis dahin ist.«

»Bitte, lass mich mit dir kommen«, flüsterte Walda. »Ich werde mein Haar abschneiden und ein Pallium tragen. Sag mir, was ich tun soll, und ich tue es. Aber lass mich nicht hier zurück.«

Mit schnellen Schritten eilte Marcus Lucius auf sie zu und blickte sie dann mit einem Blick an, den Walda nicht zu deuten vermochte.

»Meine Liebste … Mach es mir nicht so schwer. Ich gebe dir mein Wort: Ich werde niemals nach dem fragen, was hier geschehen ist in meiner Abwesenheit. Ich werde zurückkehren und mit der Frau leben, die ich liebe. Du wirst deine Freiheit erhalten. Wenn ich zurückkehre, durch meine Hand, und wenn ich fallen sollte, durch mein Testament. So habe ich es niederschreiben lassen und so habe ich es Gaius übermittelt.

Im Übrigen erhältst du für den letzteren Fall eine großzügig bemessene Rente.«

Abrupt presste Walda ihre Hände auf die Ohren. »Hör auf. Ich will das nicht hören.«

»Du hast recht, meine Liebste. Und dennoch muss man darüber sprechen. Also solltest du vernünftig sein und den Einzelheiten meines Testaments zuhören. Wir können trotzdem noch unsere Körper erkunden … Immerhin werde ich für eine sehr lange Zeit keine Frau mehr benutzen.«

Mit diesem einen Satz hatte er sie auf eine Wolke des Glücks gebettet. Er würde ihr treu bleiben und nicht so handeln wie Römer es für gewöhnlich taten – sich zu jeder Tages-, und Nachtzeit irgendwo Sex holen.

»Komm her … in meine Arme. Lass uns diese Stunden genießen.«

Marcus Lucius legte sich neben Walda, zog sie in seine Arme und hielt sie schweigend fest.

Niemand wagte, die beiden zu stören, bis die Sonne untergegangen war und die Sterne am wolkenlosen Firmament blinkten.

Wieso, dachte Walda, mussten die Götter so verschlagen sein, einem das größte Glück zu schenken, gepaart mit dem größten Unglück.

X.

Ihr Dominus hatte sich zu Besprechungen mit seinen Offizieren zurückgezogen und so hatte Walda beschlossen, den Markttag zu nutzen, um Dinge zu suchen, die ihm den langen Ritt angenehmer gestalten mochten, wenn sie auch ihren Entschluss, ihn zu begleiten, noch immer nicht aufgegeben hatte.

Auf keinen Fall würde sie in der Villa ausharren, bis Gaius auftauchte. Sie war keine Lichtelfe und sie war sich nur allzu sicher, was geschehen würde, wenn Gaius sie in sein Bett riefe.

Aber ihr Liebster wusste doch um ihre Schwäche … und es war ja mehr als eine Schwäche – sie war noch immer Sklavin und sie dufte sich ihrem Herrn nicht widersetzen. Konnte es sein, dass er sie nur auf die Probe stellen wollte? Oder rechnete er wirklich damit, nicht zurückzukehren? Mit diesen düsteren Gedanken im Netz erreichte sie bei langsam ansteigenden Temperaturen den Markt. Es duftete nach Raps und die Felder zogen sich in leuchtendem Gelb über Hügel und Ebenen, begleitet von goldenem Korn.

Walda schlenderte von Stand zu Stand und suchte etwas, von dem sie keine feste Vorstellung hatte, was es sein sollte.

»Suchst du etwas für deinen Gebieter, kleines Sueben-Mädchen?«

Ein eisiger Schauer rauschte über ihren Rücken, als sie den befremdlichen Arminius erkannte.

»Das geht dich gar nichts an«, erwiderte sie schnippisch.

»Hör zu … Weder will ich dir Übles noch deinem … Herrn. Ich will dich heimbringen. Das ist alles.«

Walda war zornig und so versetzte sie hart: »Wieso willst du mich heimbringen? Ich habe noch gar nichts eingekauft.«

»Du weißt, was ich meine«, erwiderte er. »Er reitet jetzt in unsere Heimat, kleines Sueben-Mädchen. Und du weißt, was das bedeutet. Ich aber werde dafür sorgen, dass kein Römer mehr wagt, seinen Fuß auf unser Territorium zu setzen.«

Arminius ging weg und kehrte gleich darauf mit zwei Bechern Milch zurück.

»Ich wusste, du würdest nicht mit mir in die Taverne kommen.«

Ohne den Becher auch nur eines Blickes zu würdigen, fixierte Walda den Germanen. »Was willst du von mir?«

»Ich will, dass du mit nach Germanien kommst und mir gegen die Römer hilfst.«

»Du bist selbst ein Römer. Sieh dich doch mal an. Allein die Frisur steht dagegen!«

»Und meine Uniform?«, hakte er unzufrieden nach.

»Tja, die …«, sagte Walda gedehnt. »Auxiliartruppen. Zu denen könntest du gehören.«

»Wie auch immer. Ich bin Offizier. Römischer Offizier. Und ich weiß, dass die Römer unsere Heimat zerstören wollen.«

Walda hielt ein Stück Stoff hoch. Fest, beinahe hart, und dazu eine Oberfläche, die wohl wasserabweisend wirkte.

»Ich weiß nichts von alledem. Militärisches geht mich nichts an.«

»Es gibt Leute in der Heimat …« Arminius bedeutete dem Händler, den Stoff nach Waldas Wünschen abzumessen, und bezahlte ihn dann.

»Ich brauche keine milden Gaben von dir, Fremder«, zischte sie und hielt ihm die Münzen hin, die er soeben für den Stoff ausgegeben hatte. Mit einem Lächeln nahm er sie entgegen und ließ sie in seinen Beutel gleiten.

»Warum steigst du mir hinterher?«, herrschte sie ihn an, als sie zwei weitere Stände passiert hatte, ohne dass Arminius ihr von der Seite gewichen wäre. »Hältst du mich für eine Hure, die hier auf der Jagd nach Soldaten ist, die sie ausnehmen kann?«

»Nein. Ich halte dich für ein törichtes Mädchen, das – vor Liebe blind – einem Mann hinterherläuft und nicht die leiseste Ahnung hat, was sich in ihrer Heimat verändert hat. Wenn du nämlich …« – seine plötzlich so ernste, dunkle Stimme hatte jeden Hauch von Amüsiertheit verloren – »… in seinem Tross in der Heimat ankommst, werden sie dich fürchterlich für deinen Verrat bestrafen.«

Walda hatte eine gewisse Erinnerung an die Strafrituale der Sueben und die standen denen der Römer in nichts nach.

»Ich bin keine Verräterin! Ich bin eine Frau, die liebt«,

zischte sie bleich vor Zorn.

»In Zeiten, wo das alles andere als eine gute Idee ist. Weil der Mann, dem du dich opfern willst, dummerweise ein Römer ist. Ein Feind!«

Das Wort hallte in Waldas Kopf nach wie das Brüllen eines wilden Tieres. Doch dann fasste sie sich wieder.

»Also, Arminius«, versetzte sie ruhig. »Noch einmal – was willst du von mir?«

»Ich will, dass du mitkommst. In seinem Tross. Und ich werde dich persönlich beschützen.«

Walda legte den Kopf ein wenig in den Nacken und zog verächtlich die Oberlippe hoch.

»Und dein Preis dafür, dass du mich beschützt, damit ich für den Römer die Beine breitmachen kann?«, fragte sie provozierend.

»Ich finde … wir sollten uns rüber in den Schatten setzen und dort unsere Milch trinken.« Mit diesen Worten führte er Walda zu einem kleinen Hein, wo man sonst die Schafe und Ziegen grasen ließ. Es setzte sich auf einen Felsen und Walda tat es ihm nach.

»Mein Preis … Worte. Ja. Mein Preis sind Worte. Ich will darüber informiert werden, was die Römer planen.«

»Niemals«, zischte sie den in einer römischen Uniform steckenden Germanen an.

»Ich bin keine Verräterin. Außerdem … Wenn meine liebenden Landsleute – wie du sagst – nichts eiliger zu tun haben werden, als mich abzuschlachten … Weshalb sollte ich ihnen dann den Mann, den ich liebe, zum Fraß vorwerfen?«

»Dann bist du also wirklich keine Suebin mehr …« Seine Ruhe erboste Walda noch mehr.

»Ich werde bis zu meinem letzten Atemzug eine Suebin sein. Aber nicht zu dem Preis, dass ich meinen Herrn, der mir nicht ein Übel angetan hat, ans Messer liefere.«

Arminius' Augen weiteten sich und ein zynisches Lächeln umspielte seinen Mund.

»Der dir nicht ein Übel getan hat?«, wiederholte er ihre Worte. Dann aber schien er sich zu besinnen und über ihren Einwand hinweggehen zu wollen.

»Bedenke, dummes Mädchen ... Du kommst in deine Heimat. Du kannst ihn in dir spüren, so oft du willst. Und wenn es so weit ist, kannst du dafür sorgen, dass ihm kein Leid widerfährt, denn auch ich weiß mein Wort zu halten. Selbst gegenüber einem Römer. Du wirst sein Schutzschild sein. Welch größeren Dienst könntest du ihm erweisen?«

Seltsamerweise kam in all seinen Ausführungen nicht einmal das Wort *Verrat* vor. Alles stimmte und alles schien gut und richtig.

»Ich muss darüber nachdenken«, sagte sie leise, während sie ihren Becher zögernd zum Mund führte.

»Aber nicht zu lange. Du hast nur noch zwei Tage. Das ist dir klar, nicht wahr?«

Wenn er das wusste – wie viel wusste er dann noch, fragte sich Walda. Und was waren seine Pläne?

Sie kehrte nach Hause zurück und verbarg den gekauften Stoff unter ihrem Bett.

Nun, da der Tag des Aufbruchs nahte, ging es im ganzen Haus zu wie in einem Bienenstock. Walda aber suchte nach jeder sich bietenden Gelegenheit, um ihren Geliebten sehen zu können. Sie versuchte, jeden Augenblick festzuhalten, und doch wusste sie, dass es unmöglich war.

Wenn sie sich aber in seine Nähe begab, so schien er sie kaum zu bemerken. Als hätte sie sich in jene gewöhnliche Sklavin zurückverwandelt, die sie einmal gewesen war.

Mit einem Krug Wein im Arm betrat sie sein Arbeitszimmer. Marcus Lucius stand über seinen Tisch gebeugt und machte sich Notizen. Sie erkannte sofort, dass es sich um ihre Heimat handelte, die auf den oben liegenden Karten abgebildet war. Ohne sich ihr zuzuwenden, deutete er nur mit einem Arm in Richtung eines schmalen Tisches, der an der Wand stand. In Walda brach alles zusammen. Ihr Magen war wie mit Lehm gefüllt. Was für ein fantastischer Schauspieler er doch war. Es war, als hätte er seine Gefühle bei Sturm über Bord geworfen und sähe jetzt zu, wie sie von der Wucht der Wellen hin und her geworfen wurden. Für sie aber interessierte er sich nicht.

»Wo ist die Anhöhe, von der du erzählt hast?«, wollte er plötzlich wissen.

Walda ging provokant langsam auf ihn zu. Dann beugte sie sich desinteressiert über die verteilten Landkarten.

»Hier. Ich hatte sie bereits eingezeichnet, Dominus.«

Mit strenger Miene blickte er sie von unten herauf an. »Dominus?«, wiederholte er. »Hast du mich nicht vor Kurzem noch anders genannt?« Eine leichte Heiserkeit hatte sich in seine Stimme geschlichen.

»Wir sind nicht allein«, flüsterte Walda.

»Ich erwarte meinen Bruder heute aus Rom zurück.«

»Gewiss.«

»Der Wald dort … Wie ist er beschaffen?«

Sie verstand nicht, wieso er auf einmal so distanziert war … Es verletzte sie mehr als ein Schlag. Und dennoch liebte sie ihn. Und es gab nichts, was das hätte ändern können.

»Der Wald liegt so …«

Er reichte ihr den Griffel, wobei sich ihre Hände berührten. Es kam einem Blitzschlag gleich, was da durch ihren Körper schoss. Jede Faser ihres Körpers sehnte sich danach, sich ihm hinzugeben.

Sie zeichnete die gewaltigen Umrisse, die weiter reichten, als die Karte hoch war. Marcus Lucius war offensichtlich beeindruckt. »Und wie ist er beschaffen?«

»Er ist sehr dicht, mit Hainen, die darin verstreut liegen. Es gibt auch Bäche. Quellen. Und überall Bauernhöfe und kleine Siedlungen.«

»Zeichne sie ein!«, befahl er.

»Das kann ich nicht, Gebieter. Ich kenne sie selbst kaum. Aber ich weiß, dass es Selbstmord für eine Armee ist, in solch ein Gebiet zu reiten.«

»Die römische Armee kämpft nicht zum ersten Mal in solch unwegsamen Gelände«, erklärte er mit einer gewissen Arroganz.

»Wie du meinst, Gebieter. Verzeih mir.« Mit diesen Worten versuchte Walda, sich zurückzuziehen.

Doch Marcus Lucius griff sie am Arm. »Habe ich dich entlassen?«

Er legte sich auf eine der Klinen, stützte seinen Kopf auf und sah sie schweigend an. Es fiel Walda schwer, diesem Blick standzuhalten und ebenfalls zu schweigen.

»Wenn Gaius wieder hier ist, wirst du ihm dienen, wie du mir gedient hast. In jeder Hinsicht.«

Walda stand starr am Fußende der Kline und blickte in die Ferne.

»Es wird keinen Unterschied geben zwischen ihm und mir.«

Jetzt explodierte sie. »Keinen Unterschied? Jeden Unterschied der Welt!«, stieß sie mit fiebrig glühenden Wangen hervor.

Marcus Lucius sprang auf und blieb so dicht vor ihr stehen, dass sie die Sprenkel in seinen Augen sehen konnte. »Es geht mir nur um dich!«, brüllte er zurück.

»Gut. Dann ziehe ich mich jetzt zurück, wenn du erlaubst, und lasse mich für ihn und seinen Schwanz bereitmachen.«

»Wie kannst du es wagen?«, brüllte er, dass man seine Worte bis Rom hätte hören können. »Wer denkst du, dass du bist?«

»Die Fotze, die zwischen Patriziern herumgereicht wird.«

Der Arm, der gerade ausgeholt hatte, sank herab und er sagte so leise, dass Walda ihren Gebieter kaum verstand: »Geh. Ich kann dich jetzt nicht sehen.«

Walda zog sich wortlos zurück.

Sie wusste nicht, wie er in Wahrheit empfand, und wahrscheinlich würde sie es auch nicht mehr erfahren. Wie konnte er sagen, dass er sie liebte, und sie dann wie einen Gegenstand herumreichen? Weil sie nichts als eine Sklavin war? Oder war es seine Art, ihr zu zeigen, was er für sie empfand?

Und was der Cherusker gesagt hatte … Wenn sie es richtig deutete, bedeutete es den sicheren Tod für den Mann, den sie liebte. Wie sollte sie das zulassen?

Liebe endete nicht, nur weil der andere nicht auf die gleiche Art empfand.

Es war ein seltsam glühendes inneres Bild, das sich vor Walda auftat: Sie stand an der Balustrade und blickte hinunter in die Ebene, wo plötzlich sein Pferd auftauchte. Mit einem leeren Sattel. Ihr Herz schien sich in Stein zu verwandeln und sie wusste, dass alles besser war, als ihn nach Walhalla ziehen zu lassen.

XI.

Walda kniete in der sengenden Mittagshitze mitten in den Blumen, die um einen großen Teich herum gepflanzt waren, und zupfte Unkraut.

Ein paar Sklaven hatten sich darangemacht, ein bewegliches Dach über dem Teich aufzuspannen – einmal um das Wasser zu erhalten, und zum anderen, damit jene, die darin baden wollten, nicht von der Sonne verbrannt wurden.

Walda gehörte nicht zu den Auserwählten, denen diese Gnade des Dominus zuteilwurde. Der Schweiß lief ihr in wahren Sturzbächen über den Rücken und sie hätte viel gegeben für eine kleine Weile in dem Bad.

So sehnsüchtig hatte sie zu dem verheißungsvollen Wasser geschaut, dass sie gar nicht gleich bemerkt hatte, wie sich Diener und Sklaven aufgeregt in Bewegung setzten. Allesamt strebten sie in Richtung jenes seitlichen Durchgangs, der zum Arbeitshof und dann ins Freie auf einen leeren Sandplatz führte. Dorthin, wo der Dominus vor Kurzem trainiert hatte.

Ein Sklave, ein zartgliedriger Nubier, stieß sie an die Schulter und bedeutete ihr, mit dem Unkrautzupfen aufzuhören und stattdessen mitkommen.

Da ihr alles angenehmer erschien, als weiter in der Gluthitze zu kauern, folgte sie den anderen.

»Was ist denn?«, fragte sie neugierig.

»Hast du es nicht mitbekommen? Ein Gladiator ist eingetroffen.«

Walda wusste nicht allzu viel von diesen Männern, sie wusste nur, dass ein Gladiator allein zu nichts zu gebrauchen war.

»Er ist ein Geschenk des jungen Herrn an den Dominus!«, erklärte die Dienerin mit vor Aufregung gehetzt klingender Stimme. Und da erschien er! Ein Mann von mittlerer Statur mit wildem, schulterlangem Haar. Es hatte die Farbe vom Staub der Arena.

Augenblicklich machte sich eine merkwürdige Reaktion im Publikum breit: Man wich für einen Moment zurück, begleitet von einem Aufstöhnen vor dem muskelbepackten Kämpfer, um ihm im nächsten Moment entgegenzustreben – in der Hoffnung, nicht die kleinste Einzelheit seiner Person und Ausrüstung zu verpassen.

»Das ist ein Scissor!«, erklärte einer der älteren Diener mit vor Aufregung rotem Gesicht.

»Ich begreife nicht, was ein einzelner Gladiator soll … gegen sich selbst kämpfen?«, murrte sie. Doch das Murren hatte nur den Zweck, sich über ein anderes Gefühl zu legen, das in ihr wuchs.

»Siehst du die metallene Röhre, in der sein Arm steckt? Daran ist eine Klinge befestigt. Damit kann er seinen Gegner aufschlitzen wie ein Reh beim Ausweiden!«

Das erregte Rufen und Seufzen war umso heftiger, als keiner der Anwesenden sich je einen Gladiatorenkampf hatte anschauen können, auch wenn sie kostenlos waren.

Jetzt aber machte ihnen der junge Herr ein solches Geschenk.

»Und der Dominus lässt uns zuschauen … Könnt ihr euch solch ein Glück vorstellen?«

Der Gladiator trug einen eiförmigen Helm, der seinen ganzen Kopf überzog und nur winzige Augenschlitze hatte. Jetzt marschierte er mit in Siegespose hochgereckten Armen über den staubigen Sandplatz. Er schwitzte heftig, denn er trug auch noch eine Tunika mit einem langen Kettenhemd darüber.

»Hoffentlich wird er nicht ohnmächtig, bevor der Kampf stattgefunden hat …«, zischte eine Sklavin in Waldas Ohr.

»Was für ein Kampf?«, fragte sie und schob sich durch fassungslos dreinschauende Diener und Sklaven, bis – kurz vor dem Durchgang in den ersten Innenhof – plötzlich ein Aufstöhnen durch die Menge ging, das Walda innehalten und sich umdrehen ließ. Vereinzelt hörte man sogar entsetzte Ausrufe.

Die Wand aus Menschen, durch die sie sich nach vorn drängen musste, schien dichter geworden zu sein. Kleinere Personen stellten sich auf die Zehenspitzen. Gelenkige stiegen auf die Mauer. Manche brachten sogar große tönerne Vorratsgefäße herbei, drehten sie um und stellten sich darauf.

Rangeleien begannen und hier und da beschimpften sich zwei Kontrahenten.

Und nun, da Walda ganz vorn angekommen war, erkannte sie, woher all die Aufregung rührte: Marcus Lucius kam aus einem der Seitenflügel des Hauses. Er trug seine Uniform, war bewaffnet und hielt seinen Helm unter dem Arm.

Walda starrte ihn fassungslos an. Er war in diesem Moment das Bild eines römischen Offiziers. Durchtrainiert, Arme und Beine gebräunt. Die Tunika in strahlendem Weiß. Darüber trug er seinen ledernen Brustpanzer, wenn auch nicht den wertvollsten, den er besaß. Seine Züge sprachen von Ernst und Entschlossenheit.

»Welcher Wahnsinn!«, rief eine Dienerin aus. »Was, wenn der Dominus getötet wird?«

»Sie hat recht«, stimmte ein anderer zu. »Der junge Herr wird uns alle verkaufen, denn um uns zu behalten, dazu fehlt ihm das Vermögen.«

Wenn Marcus Lucius sterben sollte, ging es der Suebin durch den Kopf, dann wäre ihr auch egal, wenn Gaius sie auf dem Markt anböte.

Wie sollte sie ohne ihn leben?

Der Scissor hatte seinen Gegner ins Auge gefasst und beide Männer standen sich ruhig gegenüber.

Dann eröffnete der Gladiator den Kampf, indem er auf den Dominus zulief und mit stechenden Bewegungen abwechselnd sein Kurzschwert und seinen mit der Klinge versehenen Arm nach vorn schnellen ließ.

Walda, die einen solchen Kampf noch nie gesehen hatte, bewunderte die Leichtfüßigkeit, mit der der Gladiator sich durch den Sand bewegte. Aber noch mehr bewunderte sie ihren Gebieter, der diesen Kampf austrug, ohne in dieser Kampfkunst ausgebildet worden zu sein.

Wenn der Scissor auch muskulöser war als der Patrizier, so war Marcus Lucius doch wendiger und so schaffte er es, den ersten Angriff durch eine blitzschnelle Drehung um die eigene Achse abzuwehren.

Der Gladiator holte Schwung, stach mit der Klingenhand in Richtung des Gegners, während er gleichzeitig mit dem

Schwert einen Halbkreis zog. Und sein Kalkül ging auf: Der Dominus erlitt einen langen Schnitt quer über den Rücken, wobei aber nur seine Schultern verletzt wurden, da der Rücken durch die Uniform abgeschirmt war.

Ein Aufschrei ging durch die Menge. Allein Walda blieb seltsam ruhig. Sie sandte nämlich beständig Gebete an Frigga, damit sie ihre Liebe schütze.

Das Blut verfärbte auf beiden Seiten die Tunika, doch es schien, als hätte der Dominus nicht einmal bemerkt, dass er verletzt worden war. Im Gegenteil. Jetzt trug er nicht mehr nur den Gladius, sein Kurzschwert, sondern in der anderen Hand auch noch seinen Pugio, den massigen Dolch. Das bedeutete, dass er den Nahkampf suchte. Er wollte seinem Gegner in die Augen sehen, wenn einer von beiden zu den Göttern heimkehrte. Eisige Gänsehaut rann über Waldas Körper und ließ sie beben, als hätte das Fieber sie gepackt.

Die Finger ihres Gebieters umfassten die Griffe der Waffen mit Macht, wobei seine Knöchel kalkweiß aus der Haut hervortraten.

Hatte der Gladiator erkannt, dass er es nicht mit einem normalen Gegner zu tun hatte? Es schien Walda, als bewegte er sich inzwischen öfter rückwärts, als dass er versucht hätte, den Offizier zu verletzen. Doch es konnte sich auch um Taktik handeln. Noch stand nicht fest, wie schwer Marcus Lucius verwundet war. Manchmal bluteten selbst harmlose Wunden heftig. Zudem waren verwundete Tiere am gefährlichsten.

Doch da tat ihr Dominus etwas mehr als Überraschendes. Er rannte los, passierte seinen Gegner, wobei der seinen Klingenarm quer über den Rücken des Offiziers zog. Als sich der Gladiator aber umdrehte, beugte dieser sich vor und trat mit aller Macht nach hinten.

Die Menge zuckte beim Geräusch der brechenden Knochen zusammen. Entsetzensschreie gellten durch die Ebene.

Der Gladiator aber lag wie tot im Sand, während Marcus Lucius sich heftig atmend gegen eine Mauer lehnte und zu beruhigen suchte. Als er sich wieder gefangen hatte, bewegte er sich langsam zu dem noch immer reglosen Kämpfer hin.

Nachlässig hatte er den Gladius gehalten, jetzt aber sandte er alle Kraft in seinen rechten Arm, wo sich die Muskeln zusammenzogen und die Haut in einem archaischen Rhythmus bewegten. Ruhig stand er da und wartete. Seine Tunika war inzwischen rot verfärbt.

Mühsam erhob sich sein Gegner. Mehr tot als lebendig, wenn man auch nur hier und da Blut fließen sah. Er kniete sich unsicher in den Sand, als verlöre er jeden Moment das Gleichgewicht. Dann senkte er sein Haupt.

Der Dominus aber setzte ihm die Schwertspitze zwischen die Schulterblätter. Dies war der Todesstoß.

Es war kein Spiel gewesen, sondern tödlicher Ernst.

Walda starrte ihn an, doch er bemerkte sie nicht, sondern wartete auf das Urteil der Umstehenden, gerade so, als befänden sie sich wirklich in der Arena.

Wie seltsam erschien es Walda, als plötzlich alle brüllten: »Iugula! … Iugula! …« Menschen, die sein Schicksal als Sklave teilten, lechzten nach seinem Blut, nach seinem Ende.

Walda kochte vor Zorn. Die eisige Kälte war wie weggeflogen. Sie wollte gehen und wusste doch, dass er sie dabei haben wollte. Er wollte, dass sie Zeugin dessen wurde, wozu er fähig war.

Es gab nur eine Lösung: Sie wandte sich um und ging in Richtung Durchgang. Dazu suchte sie sich eine Stelle, an der besonders viele Zuschauer standen. Energisch drängte sie sich durch die verschwitzten, vom Grölen heiseren Diener und Sklaven. Noch immer tönte es *Iugula! Iugula!*

Walda sah sich nicht mehr um, sondern bahnte sich ihren

Weg bis zum Tor.

»Mistfotze!«, brüllte ein Mann hinter ihr her. »Glaubst wohl, du bist was Besseres, nur weil du vom Herrn deine Löcher gestopft bekommst.«

»Ach halt doch dein versoffenes Maul«, keifte ihn eine Frau an, die Walda nicht kannte.

»Ich kann sagen, was ich will. Hab doch vor so einer keine Angst.«

»Vor der vielleicht nicht, aber wenn du recht hast – was meinst du, was dir dann von ihm blüht?«

»Echna … Haltet beide den Mund!«, rief eine weiter hinten stehende Sklavin und schrie dann los: »Iu- gu- la! Iu- gu- la!«, als wollte sie die beiden übertönen.

Walda hatte den Garten wieder betreten, kniete sich zwischen die Blüten und fühlte sich dabei an den Gladiator erinnert, der jetzt seine letzten Momente durchlebte. Hoch aufgereckt lauschte sie starr, bis ein Aufschrei ertönte und dann Jubel aus der Menge aufbrandete.

Es ist vorbei, dachte Walda, beugte sich herab und machte genau da mit dem Unkrautzupfen weiter, wo sie zuvor aufgehört hatte.

Niemand musste einen anderen töten, um zu trainieren, dachte sie. Die Götter konnten den Menschen aus Holz erschaffen, die Menschen aber hatten nicht einmal annähernd die gleiche Macht. Auf der anderen Seite, so überlegte sie, war er ein Krieger und der andere ein Kämpfer. Sie hatten getan, wozu sie bestimmt waren. *Und ich bin die Hure.*

»Walda!«, hörte sie eine Stimme rufen. »Walda! Haben sie dir die Ohren abgeschnitten? Nein? Dann warte, was ich tue, wenn du dich jetzt nicht gleich bewegst.« Vor ihr stand Quintus, der private Diener des Dominus, und schaute sie mit zornigen Blicken an.

»Er will dich sehen. Los!«

Sie erhob sich unsicher, denn sie hatte zu lange im Sand gekniet. Da es ihm nicht schnell genug ging, schlug Quintus ihr gegen den Hinterkopf.

Das war die Quintessenz der Sklaverei, dachte sie. Jeder durfte einen misshandeln, sogar jemand, der auf der gleichen Stufe stand wie man selbst.

»Er ist im Cubiculum und wartet auf dich.« Seine Stimme troff vor Niedertracht und Walda war augenblicklich auf der Hut, mochte es doch immerhin sein, dass er etwas gegen sie im Schilde führte.

Als sie das Schlafzimmer betrat, stand er in der Mitte des Raums. Ihr Magen zog sich konvulsivisch zusammen, denn ihr Dominus war von oben bis unten mit Blut bespritzt. Dem Blut des Gladiators.

Provokativ blieb Walda stehen und schaute ihn an.

»Komm her und hilf mir, die Sachen auszuziehen.«

Erst als sie neben ihm stand und der metallische Geruch von Blut und Dreck sie umgab, erkannte sie, dass seine Arme und Beine bebten.

Schnell öffnete sie die Riemen des Brustpanzers.

»Brauchst du Hilfe? Einen Arzt?«

Ihr Gebieter schüttelte nur den Kopf. »Es ist nichts. Da habe ich schon Schlimmeres ausgestanden.«

Walda hob die blutverschmierte Tunika über seinen Kopf und erstarrte.

Der Gladiator hatte ihm mehrere tiefe Wunden beigebracht, die noch immer bluteten.

»Das sieht schlimm aus. Wirklich schlimm. Ich lasse den Medicus beibringen«, erklärte sie entschlossen.

»In den Hades mit deinen schwachsinnigen Ideen. Ich brauche nur ein Bad und einen Verband.« Damit ging er mit unsicheren Schritten zu dem üppigen Badebecken.

Walda aber blieb im Cubiculum stehen.

»Wasch mich!«, herrschte er sie an. »Ich will diesen verdammten Gestank loswerden.«

»Jawohl, mein Gebieter«, sagte sie leise, nahm ein weiches Tuch und stieg in das Becken.

Er hielt sich mit den Ellenbogen am Rand des Beckens fest und beobachtete sie.

»Zukünftig erwarte ich, dass du nackt hier in das Becken steigst.«

Walda tat so, als wollte sie ihr Gewand lösen, doch Marcus Lucius winkte ab.

»Ich will dich nicht ficken. Ich muss mich auf den Krieg vorbereiten.«

»Gewiss, Dominus«, sagte sie mit leiser Stimme. »Wie du wünschst.« Dabei konnte ihr nicht entgehen, mit welchen Blicken er ihre Brüste beobachtete, die – vom Wasser gereizt – hart und in winzige Fältchen zusammengezogen, emporstanden.

Das Wasser hatte sich sanft rot gefärbt und sie sah das Blut, das aus seinen Wunden floss. Sie wagte keine Prophezeiung, wie lange es dauern mochte, bis er das Bewusstsein verlöre. Auf jeden Fall musste er aus der Wanne und sie musste seine Wunden versorgen.

»Wünschst du, dass ich dir ein hübsches Mädchen rufe, welches dich verwöhnt?«

Unter leisem Ächzen drückte er sich von der Wannenwand weg. Doch Walda musste ihm helfen, aus dem Becken zu steigen. Innerhalb von Momenten war er wieder so blutüberzogen wie vorher.

»Warum nicht? Mir ist danach, mich in eine …« Die weiteren Worte gingen in seinem Gemurmel unter.

»Du … Bring mir einen Topf Honig aus der Küche.«

Das Mädchen rief noch im Laufen: »Verbandmaterial?«

»Nein«, wehrte Walda ab.

Mit sicheren Griffen half sie Marcus Lucius, sich auf sein Bett zu legen.

»Du musst auf der Seite liegen bleiben. Sonst kann das Mädchen dich ja nicht überall verwöhnen.«

Er schloss die Augen. Ein Schnitt verlief von der einen Seite des Unterkiefers zur anderen.

Vorsichtig tupfte sie mit einem Spatel den Honig auf jede geöffnete Hautstelle.

»Wenn die Götter nur einen Funken Mitleid mit uns haben, lassen sie ihn nicht gesunden, bevor die Legion abgezogen ist«, wisperte Vibia ihr ins Ohr. »Das mit dem Honig ist eine gute Idee. Nicht alle Germanen sind Mörder und Idioten.« Dabei presste sie lächelnd die Lippen zusammen und feixte in Waldas Richtung.

Walda reagiert nicht. All ihr Denken war erfüllt von Sorge um ihren Liebsten. Sie wusste, dass sehr viel Wille und Heilkraft des eigenen Körpers vonnöten wären. Honig allein war nicht genug.

»Wenn ich nur wüsste, warum er einen solchen Wahnsinn gemacht hat«, sagte sie mit tränenerstickter Stimme.

»Es war für dich. Nur für dich«, erwiderte die Dienerin lächelnd. »Er wollte dir deine Sorge nehmen, indem er dir am gefährlichsten Gegner demonstriert, wie stark und geschickt er ist. Alles nur für dich …«

XII.

Tag und Nacht hatte sie an seiner Seite verbracht, um die Wunden zu beobachten. Er hatte viel geschlafen und eingedenk Vibias Worte musste Walda bald erkennen, dass sie ihn zu gut gepflegt hatte.

Der Abmarsch war zu Waldas größter Enttäuschung lediglich verschoben worden. Und inzwischen nahm ihr Liebster seine Mahlzeiten schon wieder im Triclinium ein und empfing sogar Gäste.

»Sie machen mich wahnsinnig«, knurrte die Sklavin, als sie mit Vibia allein war. »Man könnte gerade meinen, dass sie kommen, um ihn noch einmal zu sehen. Als seien sie sich alle vollkommen einig, dass er nicht zurückkehren wird. Kannst du dir das vorstellen? Und so etwas nennt sich *seine Freunde* …«

Vibia kehrte das hereingetragene Laub zusammen. »Jedes Land hat andere Sitten und bei einem Soldaten liegt es nahe, dass er nicht zurückkehrt. Und wenn man ihn noch so sehr liebt.«

Walda half ihr, die Blätter in einen ledernen Sack zu füllen.

»Was willst du damit sagen?«

Vibia richtete sich auf, nahm den Sack und sah sie lange schweigend an.

»Jeder hier weiß, was zwischen dem Dominus und dir vorgeht. Und das macht viele nicht glücklich.«

»Ich weiß«, erwiderte die Suebin dumpf.

»Jeder muss wissen, wo sein Platz ist. Der Dominus könnte dich nie zu seiner Frau machen. Du könntest höchstens seine Hure sein und zusehen, wie er eine Frau seinesgleichen heiratet. Und wenn er fällt – was die Götter verhindern mögen –, dann wird niemand da sein, dein Schicksal mit dir zu tragen.«

Für einen Moment dachte Walda über diese Worte nach.

»Was auch immer er dir getan hat, was auch immer er gerade tut … vertraue ihm, denn er will nichts weiter, als dich beschützen für die Zeit, da er es nicht mehr kann.«

»Was willst du damit andeuten?«

Sie wechselten in ein anderes Zimmer, wo Vibia weiter kehrte und Walda die marmornen Figuren abwischte.

»Dass er dich in seinem Testament seinem Bruder schenkt.«

Bei dem Gedanken spürte Walda Tränen ihre Kehle emporkriechen.

Vibia richtete sich auf und umklammerte ihren Besenstiel.

»Das dachte ich mir. Das denkt sich jeder hier. Du liebst ihn.«

»Und? Was wollt ihr tun? Mich umbringen? Meinen toten Körper vor seine Türe legen?« Sie war dicht vor die Dienerin getreten und starrte sie mit funkelnden Augen von oben herab an. »Ich schwöre dir – wenn einer versucht, die Hand gegen mich zu erheben, muss er sich sehr anstrengen, denn ich werde ihm sein schlagendes Herz aus der Brust reißen und den Hunden zum Fraß vorwerfen.«

»Mich brauchst du nicht bedrohen, Mädchen. Ich bin dir wohlgesonnen. Es sind ganz andere, die Pläne schmieden, dem Herrn durch dich zu schaden.«

Walda ließ blitzschnell ihren Lappen fallen, griff mit der einen Hand nach dem Besenstiel und mit der anderen nach den Haaren der Dienerin.

»Wen meinst du? Rede oder ich steche dir deine verschlagenen Augen in den Schädel!«

»Ich kenne keine Namen. Ich habe nur davon gehört und ich rate dir gut, zumindest zum Schein auf die Wünsche des Dominus einzugehen. So gewinnst du für euch beide Zeit.«

»Warum man mich beiseiteschaffen will, das verstehe ich ja noch. Aber wieso will man dem Dominus schaden?«

»Weil er mit dem, was er gerade tut, die Grundregeln seiner Schicht infrage stellt. Aber das sind Dinge, die sind zu hoch für ein altes Weib wie mich. Gehe Schritt für Schritt und denke nicht zu weit voraus«, mahnte Vibia.

Walda ließ sie los, nahm ihren Lappen und beschloss, nach ihrem Liebsten zu sehen. Was sie ansonsten tun sollte, wusste sie nicht.

Als sie sein Zimmer betrat, lag er auf einer Liege und studierte Papiere. Für einen kurzen Moment blickte er zu ihr hin.

»Bring mir Wein!«, sagte er tonlos.

Walda reichte ihm sein Glas und war sofort eingehüllt von seinem wunderbaren Duft. Jemand hatte ihn eingeölt und das machte sie wütend. Niemand sollte das tun dürfen außer ihr. Wahrscheinlich hatte er sich auch schon in eine andere Auster von den Mengen seines Samens erleichtert. Aus den Augenwinkeln suchte sie nach verräterischen Zeichen.

»Was hast du heute gemacht?«, fragte er wie jemand, der mit einer kleinen, nutzlosen Konversation die Zeit totschlagen will.

»Ich habe mit Vibia zusammen das Atrium gereinigt. Sie hat gekehrt und ich habe gewischt.« Sie wusste, dass es ihn ärgerte, wenn sie so sprach.

Er nickte, als hätte man ihm gerade eine große Menschheitsfrage beantwortet.

»Wie geht es dir, Dominus?«

»Gut. Dennoch müssen wir den Aufbruch um weitere zwei Tage verschieben.«

Ein Stein schien in ihre Kehle gerutscht zu sein, denn Atmen und Schlucken fielen ihr unsagbar schwer. »Wenn ich noch irgendwie behilflich sein kein …«

Er ließ die Hand mit dem Pergament sinken und sah Walda fragend an.

»Was meinst du?«

»Nichts Bestimmtes, mein Gebieter.«

Die Sonne war untergegangen, ohne dass sie es gemerkt hatte. Marcus Lucius sah auf seine Unterlagen. »Mach das Licht neben mir an.«

Walda entzündete einen Kienspan und trat an seine Liege.

»Verzeih mir …«, wisperte sie und beugte sich so weit über ihren Gebieter, wie sie nur konnte, um die Lampe zu erreichen.

Walda spürte verwirrt, wie sein Atem ihre Brust streifte. Ihre Nippel richteten sich auf und er musste sehen, wie erregt sie war. Ihm so nahe zu sein … Natürlich hatte sie ihn gepflegt, aber das war etwas vollkommen anderes. Jetzt, da sie so über ihm stand … Warum tat er nichts? Warum nahm er sich nicht, was sie ihm so willig darbot? Sie konnte nicht ewig so verharren.

Da er sich nicht bewegte, richtete Walda sich wieder auf.

»Nimm die Sachen weg und lege sie dort drüben auf den Tisch. Ich will jetzt ein wenig schlafen.«

Die Sklavin tat, wie ihr geheißen, und kehrte dann neben seine Liege zurück. Zu Waldas Überraschung war er bereits eingeschlafen und so nahm sie lediglich sein Tuch und deckte ihn zu. Sie würde bei ihm bleiben und über ihn wachen, falls er etwas brauchen sollte.

Die Dunkelheit sank über die Villa und bald herrschte weitestgehend Stille, von jenen Räumen abgesehen, wo die Diener und Sklaven noch Arbeiten zu verrichten hatten.

Walda sehnte sich danach, seine Hand zu ergreifen, doch sie verbat es sich. Stattdessen lauschte sie auf den Atem ihres Dominus.

»Wie geht es ihm?«

Walda zuckte zusammen und starrte auf den Schemen, der in der Tür stand und sich nicht zu regen schien.

Sie kannte die Stimme wohl, allein der Umriss passte nicht dazu.

»Gaius?«, wisperte sie.

Sein Körper hatte sich verändert. Die Schultern breit, die Hüften schmal stand er da und ähnelte seinem Bruder mehr, als sie je erwartet hätte.

»Es geht ihm so weit gut.«

»Er ließ mich aus Rom herbeizitieren. Ich soll mich um den

Besitz und um dich kümmern. Wobei das ja das Gleiche ist.«

»Ja. So ist es wohl.«

Noch immer hatte Gaius sich nicht aus dem Schatten bewegt und dabei war sie doch so neugierig, wie er sich verändert haben mochte.

»Warum nimmt er dich nicht in seinem Tross mit?«

Walda hob die Schultern und ließ sie wieder sinken.

»Dann hätte er dich nach Bedarf zu sich rufen können, sich an dir befriedigen und dann wieder zum Tross zurückschicken.« Er sprach mit der ruhigen Gelassenheit eines Mannes, der eine Nebensächlichkeit berichtet.

»Ich weiß es nicht. Vergib mir.«

»Ist seine Leidenschaft für dich erkaltet?«

»Das geht mich nichts an.«

Es gab eine Bewegung dort im Schatten und Walda bemerkte, dass er auf sie zukam. Wie sehr sie ihre Augen anstrengte, um ihn zu erkennen. Seine Schultern waren breit geworden. Seine Züge hatten jene markanten Linien, die ihn als Marcus Lucius' Bruder zu erkennen gaben.

»Wenn er nichts mehr für dich empfindet … Ich tue es. Ich will in dich eindringen. In jeder nur denkbaren Art und Weise.«

Gaius presste seinen Körper an Walda.

»Es kommt mir wie eine Ewigkeit vor, seit ich dich zum letzten Mal so gehalten habe. Seit sich deine wundervollen, großen Brüste an mich gedrängt haben.«

Sie versuchte, einen kleinen Abstand zwischen Gaius und sich zu bringen, zumal ihr Gebieter nur um Armeslänge von ihnen entfernt lag.

Gaius' freie Hand umfasste von unten ihre Brust und drückte sie nach oben. Mit Kraft saugte er sie zwischen seine Zähne und sandte so einen brennenden Schmerz durch Waldas Oberkörper in ihre Wirbelsäule.

»Schmerzt es dich, wenn ich deine Brüste benutze? Und das, wo sie so aufregend sind. Ich bin ich Rom von einem Bordell ins andere gelaufen, immer in der Hoffnung, ein Mädchen zu finden, die … ich meinen Armen halten konnte, die Augen schließen und die sich dann wie du anfühlte. Ich habe bei Unzähligen die Augen geschlossen und habe sie gestoßen, bis sie geschrien haben.«

Seine Stimme war kaum noch zu verstehen, denn er presste sein Gesicht gegen Waldas Hals.

»Ich weiß, was du meinst«, flüsterte sie.

»Ich habe viel zu lange auf diesen Moment gewartet, habe mir vorgestellt, dass ich dich mit meinen Fingern weiten und sodann meinen Stamm vollständig in dich hineinpressen würde. Fass mich an! Spürst du, wie hart er ist?«

Walda spürte, wie Gaius sich in Rage redete. Sein Schwanz war wirklich hart wie Stein. Aber sie hörte auch den Atem ihres Gebieters, der offensichtlich von heftigen Träumen heimgesucht wurde.

»Knie dich vor mich hin!«, sagte Gaius mit entschlossener Stimme. »Ich will, dass du ihn in den Mund nimmst.«

Entsetzt schüttelte sie den Kopf.

»Wieso nicht?«

Sie sandte einen langen Blick zu ihrem Dominus.

»Er schläft. Sein Körper braucht alle Kraft, um zu gesunden. Oder willst du, dass wir in dein Zimmer gehen? Geh dort rüber zu der Kline und setz dich darauf!«

Walda tat, was er sagte, und fürchtete sich doch davor, was geschehen würde … Der Dominus drehte den Kopf in ihre Richtung und hatte doch scheinbar die Augen geschlossen.

»Das geht nicht … Bitte nicht …«, wisperte sie.

»Er hat dich mir überschrieben. Du bist jetzt mein Besitz.«

Und doch widersprach der junge Dominus der Härte des Begriffes B*esitz,* indem seine Hand sanft über Waldas Wange strich. Er hatte seinen Kopf ein wenig schräg gelegt und seine Lippen suchten die ihren.

Egal, wie verzweifelt Walda sich nach Zuneigung und Zärtlichkeit sehnte, es war nicht Gaius, der ihr Herz gewonnen und gebrochen hatte.

»Du ahnst nicht mal, wie sehr ich mich nach dir verzehrt habe …«, wisperte er in ihr Haar, während seine Lippen sich in Richtung der ihren bewegten.

»Ich habe so unendlich viel Zeit …« Seine Stimme versagte, während er sie leidenschaftlich küsste. Während seine Zunge nach ihrer Zunge suchte und über ihre Zahnreihen streifte. Im gleichen Moment bohrte sich sein Zeigefinger durch den hauchfeinen Stoff ihres Gewandes und in ihre Spalte.

»Bei allen Göttern«, keuchte er und begann, sie zu reiben. Und auch wenn sie ihn nicht liebte, so reagierte ihr Körper doch auf jene gierigen Reize, die Gaius auf ihn ausübte. Walda konnte nicht anders, als ihren Unterleib zu bewegen, als würde sie versuchen, ihn in sich hineinzuziehen.

»Warst du schon immer so nass?«

»Bitte … lass mich gehen. Es ist nicht richtig. Bitte …«

»Hast du es nicht verstanden? Du gehörst jetzt mir. Aber ich will dich zu nichts zwingen«, sagte er plötzlich entschlossen. »Ich bin kein Vergewaltiger. Wenn du mich nicht willst …« – er gab einen abschätzigen Laut von sich – »… dann ficke ich andere Frauen. Fotze ist Fotze.«

Was für ein Schicksal sollte das sein, das ihr einen Mann schickte, der sie liebte und begehrte, und den sie abwies für einen, von dem sie nicht einmal sicher wusste, ob er überhaupt etwas für sie empfand? Walda war der Verzweiflung nahe.

Vielleicht, so überlegte sie, indem sie zu ihrem Dominus hinüberging, sollte sie doch an ihrem Platz bleiben und Marcus Lucius nicht nach Germanien folgen.

Hätte es nur einen Menschen gegeben, dem sie vollkommen trauen konnte. Aber sie war eine Sklavin. Und für Sklaven gab es das Wort V*ertrauen* nicht. Jeder falsche Satz ins falsche Ohr geraunt, konnte ihren Untergang bedeuten.

Walda kontrollierte noch einmal den Atem des Dominus und seinen Puls, dann deckte sie ihn zu und verließ sein Zimmer.

Der Mond war eine große Scheibe. Er tauchte das Impluvium mit seinem wundervollen Mosaik in milchiges Licht. Sie wusste, dass sie nicht würde schlafen können. Zu schwer lagen die Entscheidungen, die sie treffen musste, auf ihrem Herzen.

Warum konnte der Dominus nicht einfach so für sie empfinden, wie er es schon angedeutet hatte? Was hatte er davon, wenn er sie in ein andauerndes Wechselbad der Gefühle stürzte? Doch egal, wie er sie auch benutzte … Sie konnte ihn nicht seinem Schicksal überlassen.

Wenn es stimmte, was der merkwürdige Cherusker sagte, dann würde ihr Dominus nicht lebend zurückkehren.

Walda blickte hoch zur gewaltigen Scheibe des Mondes und ein solch qualvoller Schmerz erfasste sie, dass sie glaubte, es nicht ertragen zu können. Dieser Gedanke fühlte sich an, als zerrisse es ihren Körper in zahllose Stücke, und sie wusste, dass sie das nicht überstehen würde. Würde er sterben, könnte sie auch nicht weiterleben. Ob er sie nun liebte oder nicht.

XIII.

Die sonst so konstant scheinende Sonne hatte sich hinter einen Berg grau-beiger Wolken verzogen. Es war nicht auszumachen, ob der Morgen graute oder ob es dämmerte.

Man hatte Walda einen tönernen Krug in die Hände gedrückt, mit dem sie jene Blumen gießen sollte, die außen um die Mauer herum gepflanzt worden waren. Sie hasste diese Arbeit, vor allem wenn die Luft so feucht war, dass alles an der Haut klebte, was sie berührte.

Ihr Rücken war mit kleinen, trockenen Blättchen und Knospen bedeckt, die von den Bäumen fielen. Selbst zwischen ihren Brüsten juckten die winzigen Hölzchen. Wenn sie sich bemühte, hörte sie in der Ferne das Rumoren eines Gewitters, aber es würde zu lange brauchen, um sie von ihrer Arbeit zu erlösen.

Etwas anderes hörte sie allerdings viel schneller nahen: eine Kutsche!

Niemand hatte ihr erzählt, dass man Besuch erwartete. Und da sie keine Ahnung hatte, konnte sie an ihrem Platz bleiben und sich den Blumen widmen, deren verzaubernder Duft sie umhüllte.

Was Walda allerdings irritierte, war das wilde Kichern, das aus den Fenstern des Gefährts erklang. Es erschien ihr ein wenig zu laut, zu exaltiert, um echt zu sein. Umso mehr reizte es sie, zu sehen, wer wohl diesem edlen Fahrzeug entsteigen würde.

Sobald es das Tor passiert hatte, sprang ein junger Sklave vom Kutschbock. Er hatte langes schwarzes Haar, das er am Oberkopf zusammengebunden trug. Sein Gesicht war bartlos, wie das eines Römers, wobei er kleiner war, aber nicht weniger muskulös.

Der Sklave hatte ein Brandmal am Unterarm, wie Walda erkennen konnte, während sie um die Ecke des Torpfostens schaute.

Jedem, der sich in Sichtweite dieses wohltrainierten Mannes mit der glänzenden, gebräunten Haut aufhielt, bemerkte seine seltsame Kleidung. Statt einer Tunika trug er eine merkwürdige kurze Hose, die aus Leder,- und Stoffstreifen gefertigt zu sein schien. Darüber trug er einen Gürtel wie die Baltea der Soldaten.

Über Brust und Rücken kreuzten sich lederne Riemen, an denen auf Schulterhöhe ein Umhang befestigt war.

Mit einem Band rollte er gerade den Vorhang hoch, der den Zugang zum Kutscheninneren bedeckte, woraufhin das Gelächter noch deutlicher zu hören war.

»Das sind Huren«, sagte einer der Diener und bückte sich nach dem ledernen Eimer, mit dem er das Impluvium leerte, um frisches Wasser nachzufüllen. Walda hatte ihn nicht um die Ecke kommen hören.

»Was stehst du hier so tumb herum, germanische Schlampe?« Er holte aus und schlug den Eimer gegen Waldas Oberarm, sodass sie von oben bis unten nass wurde. »Hast du nichts zu schaffen, faule Ratte?«

Sie stieß ihn beiseite. »Hättest du das Wasser nicht verschüttet, könnte man es jetzt den Blumen geben, du dämlicher Sack.«

Letzteres sagte sie so leise, dass er es nicht hören konnte. Zumindest dachte sie das. Tatsächlich aber packte er brutal ihren Oberarm und zog sie dicht vor sein ausgemergeltes Gesicht mit den bräunlich verfärbten Zähnen.

»Hör zu, Fotze … Wenn du denkst, dass du auch nur die geringste Chance hast, wenn der Dominus gegangen ist, dann hast du dich geirrt. Und deine Möse für den jungen Herrn aufzumachen, bringt dir genauso wenig. Denk an meine Worte, Dreckstück!«

Walda riss sich los, wobei seine gespaltenen Fingernägel ihr tiefe Schrammen ins Fleisch rissen.

»Und wenn du meinst, dass ich mir von einem wie dir alles gefallen lasse, dann hast du dich …« Blitzschnell bückte Walda sich, schnappte einen kantigen Stein vom Wegesrand und holte gerade aus, als der Diener davonrannte und eine Stimme ihren Namen rief. Zornig schleuderte sie den Stein hinter dem bösartigen Kerl her und ging dann in Richtung des seitlichen Hofes, wo ihr schon Vibia entgegenkam. Aus ihrem hochgesteckten grauen Haar hatte sich eine lange Locke gelöst und wehte im stärker werdenden Wind.

»Geh die Treppe hoch und tu, was man dir sagt!«

Allein die Formulierung gefiel ihr schon nicht.

»Was waren das für Frauen, die gerade angekommen sind?«, fragte sie, doch Vibia versetzte ihr lediglich einen Stoß.

»Mach schon und lauf!«

Also raffte Walda ihr Gewand und eilte die marmornen Stufen empor zum Zimmer ihres Dominus.

»Halt ... halt! Wo läufst du hin, törichtes Ding?«, rief eine amüsierte Stimme.

Eine Frau mit beinahe grotesk aufgetürmten dunkellila Haaren stand vor ihr. Ihr durchsichtiges Gewand, das ihr locker von den Schultern hing, hatte die exakt gleiche Farbe. Bei jeder noch so kleinen Bewegung klirrten ihre Schmuckstücke, die nicht nur ihr Aussehen unterstreichen sollten, sondern auch die Qualität ihrer Leistungen, denn umsonst pflegten ihre Kunden nicht so tief in den Beutel zu greifen.

Jetzt erkannte Walda die Frau. Es war Iulia Balbilla, die *Lupa,* die schon einmal bei ihrem Herrn gewesen war.

»Komm! Die Mädchen warten schon!«

Dass jemand so nett zu ihr sprach, war sie nicht gewöhnt und so folgte sie der Hure ohne Widerworte.

Die Lupa ging einen halben Schritt vor Walda her und so sah sie, wie der hauchdünne Stoff tief zwischen ihre Pobacken gezogen wurde. Mit einem Schritt hinein, mit dem anderen hinaus. Dabei glitzerte eine Kette, die sicherlich erst dann richtig zur Geltung käme, wenn sie ihr Gewand fallen ließe.

Im Übrigen erkannte Walda erst jetzt, dass der Stoff mit goldenen Ketten befestigt war und dabei den Rücken entblößt ließ – und zwar so tief, dass die Pofalte der Lupa mit dem Ansatz ihrer festen, runden Backen auf das Appetitlichste zur Geltung kam.

»Du fragst dich, was deine Aufgabe sein wird?« Das Lächeln in der Stimme der Hure war deutlich zu hören.

Walda schwieg. Sie ahnte die Antwort und die gefiel ihr nicht.

»Dein Dominus hat mir so oft Gutes erwiesen, dass ich dachte, es wäre jetzt an der Zeit, mich zu revanchieren. Und deswegen habe ich mir etwas ausgedacht …«

Sie blieb neben einer Schale mit Früchten stehen und bediente sich bei den Kirschen.

»Um mit mir selbst anzufangen … Ich werde mich auf das Überwachen und Orchestrieren beschränken, während sich die beiden Mädchen lieben werden. Du treibst es derweil mit meinem scharfen Sklaven. Du findest ihn doch scharf, oder? Denk dran! Du bekommst heute umsonst, wofür andere Frauen sonst große Summen entrichten.«

Walda erstarrte. Von allen Erbärmlichkeiten, die sich die Götter hätten ausdenken können, wählten sie die niederträchtigste. Ihre Magen brannte, sie fühlte sich wie lebendig begraben.

»Das tue ich nicht«, erklärte sie ohne nachzudenken.

Die Lupa war so perplex, dass sie mit einem fröhlichen Lächeln auf den Lippen noch einige Schritte weiterging, bis sie abrupt stehen blieb, sich zu Walda umdrehte und sie wutentbrannt ansah.

»Du tust WAS nicht?«, stieß sie hervor und im gleichen Augenblick schlug sie Walda derart fest auf den Hinterkopf, dass diese ein lautes Knacken vernahm.

»Jetzt hör mir mal gut zu, kleine Germanin … Und das ist ein wirklich gut gemeinter Rat, den ich dir nur deshalb gebe, weil du mich an jemanden erinnerst, den ich vor langer Zeit mal kannte … Vergiss niemals … niemals … wo dein Platz ist. Du hast mit dem Dominus geschlafen. Gewiss …« Sie ließ sich mit einer solchen Eleganz auf einer der Bänke nieder, dass der feine lila Stoff sich um sie herum ausbreitete wie eine Blüte. »Dabei mag er dir das Gefühl gegeben haben, etwas Besonderes zu sein, etwas Besonderes für dich zu empfinden …«

Walda versuchte zu erraten, ob sie unter ihrer Schminke errötet war.

»Das aber, meine Liebe, ist die Art der Männer.«

»Ich weiß, was du meinst, Herrin. Aber das trifft nicht zu.«

Iulia legte den Kopf ein wenig schief. »Er hat nur mit mir gespielt. Aber beschwert sich der Ball, wenn er hin und her geworfen wird? Es geschah nicht aus Niedertracht oder um dich zu verletzen. Es ist einfach die Natur der Männer.«

Die Hetäre ergriff Waldas Hände und hielt sie fest. »Du wärst eine fabelhafte Hure, mein Kind. Wenn dein Dominus weg ist, werde ich sehen, ob ich dich dem jungen Herrn nicht früher oder später abkaufen kann. Er wird bald in Geldnöten sein bei einem solch großen Haushalt.«

Sie sah sich um, als gälte es bereits jetzt, den Preis eines jeden Stückes einzuschätzen. »Und du wirst die Attraktion meines Bordells. Jeder wird mit dir ficken wollen. Seinen Schwanz haben, wo ihn der große Marcus Lucius hatte.«

Die Lupa sagte dies mit so aufrichtiger Begeisterung, dass Walda körperlich übel wurde.

»Und ich verspreche dir hier und jetzt, dass du dir als einziges der Mädchen deine Kunden aussuchen darfst!«

Beschwingt von den Plänen, die sie entwickelte, zog sie Walda hinter sich her.

»Aber jetzt werden wir dich erst mal dem Ereignis angemessen ankleiden …«

Das bedeutete, dass Walda – nachdem man sie nackt ausgezogen und gewaschen hatte – mit einem goldenen Kettennetz behängt wurde. An diesen Ketten hingen kleine Edelsteine,

Perlen und aus Gold geformte Blüten. Über ihre Brüste legte die Lupa eine Art Gerüst, das ihre Nippel umfing und nach oben drückte.

»Und wir wollen natürlich deine Möse ebenfalls in Vorfreude anschwellen lassen …« Damit gürtete Iulia die Sklavin mit einem Dreieck, in dessen Mitte ein hölzerner Phallus stand. Dick und lang.

»Warte nur, bis du damit gehst … Ich sage dir … Du wirst es nicht erwarten können, bis Geta seinen echten gegen deinen falschen Schwanz austauscht.«

Die Mädchen hatten ebenfalls ihre Kleidung gewechselt.

Die eine trug nichts als einen Kettenharnisch, während die andere vollkommen mit Gold angemalt war. Von ihrer Taille abwärts wand sich eine goldene Schlange, deren Kopf im lockigen Dreieck ihrer Möse gebettet lag, während ihre Zunge in Richtung ihrer Lustperle züngelte. Ihre Nippel hatte man mit Blattgold abgedeckt.

»Geta? Bist du fertig?« Die Lupa lauschte in den Raum, zu dem sie die Türe geöffnet hatte.

»Du kannst zu ihm hineingehen. Lernt euch erst mal ein wenig kennen. Beschnuppert euch. Vielleicht mag er ja auch seinen Schwanz schon mal in dich reinstecken, um auszuprobieren, wie du dich anfühlst. Er kann dadurch nachher so lange durchhalten, wie nötig ist. Zier dich nicht und denk immer an das, was ich dir vorhin gesagt habe.«

Mit diesen Worten schob sie Walda in den nur spärlich beleuchteten Raum, in dem sie noch nie gewesen war. Die Sklavin blinzelte und doch konnten sich ihre Augen nicht an die Düsternis gewöhnen, die nur von einem einzigen, winzigen Öllämpchen durchbrochen wurde.

Sie hatte sich alle Mühe gegeben, aber jetzt, da sie vor diesem anderen Sklaven stand, brachte sie es nicht mehr über sich.

»Geta … Ich weiß nicht, wie ich es sagen soll. Und ich weiß auch nicht, was passieren wird …« Walda spürte, wie sie zu stammeln begann. »Ich will ja auch nicht, dass du bestraft wirst wegen mir … Aber das hier … jetzt … das kann ich nicht.«

Ein dumpfer Laut kam von der anderen Seite des Zimmers her.

»Ich … Ich liebe einen anderen und ich … Bitte, sage es keinem, denn …«

»Und wer ist das?«

Sie kannte diesen Akzent … Einer ihrer Nachbarstämme sprach so.

»Das kann ich dir unmöglich sagen.«

»Ich will es wissen, wenn ich dich schon nicht bekomme.«

»Ich kann es nicht. Du würdest mich für genauso verrückt halten wie die anderen.«

»Ist er auch ein Sklave?«

Walda schüttelte entschieden den Kopf.

»Ein Patrizier also, nach deiner Geheimniskrämerei zu urteilen.«

Der Sklave bewegte sich. Er stand auf, doch er kam nicht auf Walda zu.

Mit zusammengepressten Lippen stand sie da und schwieg.

Jetzt ging er langsam quer durch den Raum. »Sag mir, wer es ist! Für welchen Patrizier riskierst du die furchtbarsten Strafen?«

»Wieso interessiert es dich?«

Sie kannte nicht nur den Akzent, sie kannte auch den Duft des Sklaven. Aber sie vermochte ihn nicht einzuordnen.

»Ich will es einfach wissen. Sag es mir! Hat er dich schon geritten?«

»Das geht dich gar nichts an«, rief Walda empört.

»War er der Beste, den du bislang zwischen deinen Schenkeln hattest?« Er packte ihre Oberarme, doch Walda stieß ihn weg.

Urplötzlich hörte er auf, hinter ihr herzulaufen. Wie gemeißelt blieb er stehen.

»Es ist der junge Dominus, nicht wahr? Alle sprechen davon, dass er dein Herz gewonnen hat. Und dass er seinen Bruder, den alten Kerl, ausgestochen hat. Walda … Jeder kann dich verstehen. Wer will schon einen zähen, ledernen Legionär, wenn er so ein appetitliches Bürschlein haben kann.«

Als hätte er mit einem Dolch in ihr Herz gestochen, begann sie sich zu wehren.

»Hör auf, so von ihm zu reden. Er ist kein zäher, lederner Legionär. Er ist nur ein Mann, den die Kriege hart gemacht haben.«

»Genau.« Zynisches, kehliges Lachen. »Es stimmt einen schon traurig, wenn man an all die geschlachteten Germanen denkt. An all das Blut, das seine Klinge hinunterrinnt. Was denkst du … wie viele von unseren Mädchen und Frauen wird er wohl geschändet haben? Wie viele Männer geschlachtet? Er ist ein verfluchter Römer, du törichte Kuh. Er spielt mit dir. Und du fällst darauf rein. Welcher Triumph für den großen Marcus Lucius. Tag und Nacht kann er unsere Völker erniedrigen, indem er eine der Unseren pflügt.«

Jetzt ertrug sie seine Worte nicht länger. So entschlossen sie nur konnte, holte sie aus und wollte ihm ins Gesicht schlagen, doch er hatte wesentlich bessere Reflexe. Also fing er den Schlag mitten in der Luft ab und drehte ihren Arm auf den Rücken, wo sie sich knurrend und tobend wie ein wilder Hund zu befreien versuchte.

»Lass mich los, du Dreckschwein! Du brichst mir den Arm.«

Mit Wucht trat sie hinter sich, in der Hoffnung, sich befreien zu können.

Stattdessen schlang er einen Arm unter ihren Brüsten hindurch und presste Walda gegen sich. Jetzt bekam sie nicht einmal mehr richtig Luft. Wild keuchend versuchte sie immer noch, sich zu befreien.

»Du machst mich so heiß, wenn du so kämpfst«, murmelte der Sklave. Und in genau diesem Moment schaffte Walda es, ihren Arm zu befreien. Entschlossen griff sie hinter sich und versuchte, ein Büschel seiner Haare zu fassen. Daran wollte sie so heftig ziehen, dass er von ihr abließe.

Wie groß aber war ihr Schreck, als sie nur kurzes, welliges Haar zu greifen bekam anstatt des langen glatten Haares.

Ihr Herz schlug bis zum Hals. Das Blut rauschte derart in ihren Ohren, dass sie nicht verstehen konnte, was er sagte.

Er war es – Marcus Lucius! Ihr Dominus.

»Wie kannst du es wagen?«, herrschte sie ihn an, als hätte sie vollkommen vergessen, mit wem sie da sprach. »Haben all deine anderen Possen noch nicht genügt? Hast du mich nicht genug verletzt und erniedrigt? Wieso?«, fragte sie gedehnt.

»Weil ich wissen wollte, was du wirklich empfindest. Und mir war klar, dass eine Sklavin nur einem Sklaven gegenüber ehrlich wäre.«

Der Dominus begann, unruhig auf und ab zu gehen. »Ich habe mit mir gekämpft. Vor allem jetzt … wo ich ins Feld ziehe. Ich habe nicht mit dir gespielt. Ich wollte dich von mir wegstoßen.« Beinahe hilflos streckte er die Hand nach ihr aus, doch sie schlug sie beiseite.

»Ich will deine Umarmung nicht.«

»Hast du nicht gerade gesagt, dass du mich liebst?«

»Das war eine Lüge, ich wollte nur den Sklaven nicht ficken.« Diese Verschlagenheit, dieses Misstrauen würde sie nicht noch belohnen. Es brachte sie zur Weißglut, dass sie ihn dem vermeintlichen Sklaven gegenüber auch noch derart verteidigt hatte. Welche Blöße hatte sie sich gegeben!

Im gleichen Moment riss der Dominus sie in seine Arme.

»So sprichst du zu mir?« Seine Faust packte ihr Haar und zerrte ihren Kopf in den Nacken. »Ich bin dein Gebieter und dein Leben und Wohlergehen liegen in meinen Händen. Ich kann beides augenblicklich straflos beenden. Und – glaube mir – ich könnte dein Genick …«

Sein Gesicht war direkt über ihrem. Doch in ihren Augen las er keine Angst, keinen Zweifel. In ihren Augen stand Herausforderung. Wilde Wut.

»Dann tu es doch!«, spie sie ihm entgegen.

Stattdessen presste ihr Herr seine Lippen auf die ihren und Walda konnte nicht anders, als ihren Mund für seine Zunge zu öffnen.

Sein Kuss war von einer ungeahnten Raserei. Sie konnte sich nur noch seiner Eroberung ergeben. Und während er sie mit einem Arm stützte, zerfetzte er mit der anderen die Ketten, die sie trug. Wie aus der Ferne hörte sie das Klirren des Metalls auf dem Marmor.

»Mein Stamm ist hart wie Stein«, knurrte er. »Und du willst ihn nicht in dir haben?« Dann küsste er sie wieder, gerade so, als wollte er sie verschlingen.

Marcus Lucius presste seinen Unterleib gegen Waldas Hüften und sie spürte die Härte, die sich dort gebildet hatte.

»Willst du nicht die Huren genießen, die sich in deinem Haus tummeln?«, fragte sie mit zynisch-scharfer Stimme.

»Was interessieren mich die Huren? Ich will nur dich. Jeden Augenblick meines Lebens.«

Plötzlich richtete er sich auf und schluckte hart. Es war zu dunkel, als dass sie die Farbe seines Gesichtes hätte erkennen können. Aber die Art, wie er flach atmete, deutete auf schwere, schmerzhafte Gedanken hin.

»Ich lasse uns Wein holen und dann treiben wir es und betrinken uns dabei. Dann vergessen wir, was morgen ist.«

»Nein!«, widersprach Walda mit großer Heftigkeit. »Das müssen wir nicht, denn ich werde mit dir gehen!«

»Das war der Grund, warum ich dich von mir gestoßen habe. Das wollte ich verhindern. Ich wollte, dass du mich hasst.«

Walda presste ihre Hände gegen seinen Hals. »Das könnte ich niemals!«, rief sie empört und besiegelte ihre Worte mit einem langen, innigen Kuss.

Seine Hand aber glitt zwischen ihre Beine. »Wut erregt dich, nicht wahr?«, murmelte er mit belegter Stimme. »dann werde ich dich jetzt wütend machen …«

Er schob sie zu einem Tisch, der nahe der Wand stand, und drückte sie bäuchlings darauf nieder.

»Was tust du?«, zischte sie ihn an.

»Ich lasse dich spritzen. Wieder und wieder. Ich will in deinem Saft baden.«

Mit der flachen Hand schlug er Walda auf die entblößte Poseite, denn über der anderen waren noch Reste der Ketten.

Der Patrizier kniete sich hinter seine Sklavin und zog ihre komplette Spalte auseinander. Walda stöhnte auf.

Mit größter Geschicklichkeit wand sich seine Zunge in ihr Inneres. Er drückte ihr geschwollenes Fleisch auseinander und reizte sie mit blitzschnellem Reiben.

»Willst du etwa jetzt schon kommen? Nach dem bisschen?«

Damit schob er Walda seine Finger in den Mund. Sie war so aufgegeilt, dass sie fickende Bewegungen machte, während sie an seinen Fingern saugte.

»Gut. Das genügt!«

Ihr Dominus beugte sich so über Walda, dass sie sich nicht bewegen konnte, und schob ihre Beine auseinander.

»Was tust du, Dominus?«, presste sie atemlos hervor.

»Ich werde dich mit meiner Hand ficken …«

Als sie das hörte, fuhr ihr der Schreck in alle Glieder. »Das kannst du nicht tun!«

»Meine ganze Hand ...« Seine Stimme klang wie das Säuseln des Windes in trockenem Laub, wie ein Versprechen. Und es raubte Walda den Verstand. Mit weit geöffnetem Mund schaute sie nach hinten, um zu beobachten, wie er sie gebrauchte.

Von Zeit zu Zeit, wenn er wieder ein Stück tiefer in sie eingedrungen war, hauchte sie: »Nein. Bitte ... Nein!« Und dann spürte sie seine Finger in sich. Ihre Möse war so weit offen, wie sie es nie für möglich gehalten hätte. Und tatsächlich – der Dominus begann, seine Finger zu bewegen, und Walda rann der Schweiß von der Stirn.

»Du Schwein!«, keuchte sie und bewegte doch ihren Unterleib mit seiner Hand mit. Immer neue Hitzewogen rollten durch ihre Adern und ließen sie vor Geilheit beinahe den Verstand verlieren. Sie war sicher, dass er sie zerreißen würde. Und gleichzeitig war ihr klar, dass er ihr das nie antun würde.

Ihr Unterleib stieß wieder und wieder gegen die Tischkante, während er sich innerlich abwechselnd verkrampfte und lockerte. Ihre Gefühle wurden mit jedem Atemzug intensiver. Der Schmerz wurde zu Flügeln, die sie über jenen Orgasmus hinaustrugen, der sie jetzt erfasste. Walda schrie wie von Sinnen und dann spritzte ihre Möse.

»Oh ja!«, sagte er und zog mit einem brutalen Ruck seine Hände aus ihrem Loch. »Sieh dir das an, du geiles Biest!«

Tatsächlich hatte sie so heftig abgespritzt, dass seine Toga dunkel verfärbt war und am Boden zwischen ihren Beinen eine kleine Pfütze schimmerte.

Walda wandte sich um, schob seine Toga hoch und umfasste entschlossen seinen Schaft. Sie rieb ihn dergestalt, dass ihre Hand unterhalb der Eichel eine Drehung machte und dann wieder abwärts glitt, wobei sie die Vorhaut mitnahm.

Ihr Dominus keuchte und stöhnte, umklammerte die Tischkante und harrte auf jenen Moment, wo Walda ihn zur Explosion bringen würde. Doch dann tat die Sklavin etwas, womit er nicht gerechnet hatte: Sie legte sich mit ihm auf die Kline und führte seinen Ständer zu ihrer Möse.

Marcus Lucius konnte nur atemlos zusehen, wie Walda ihr Bein anhob und mit seinem prall gefüllten Schaft ihre Liebesperle stimulierte.

»Bei allen Göttern – ich beschwöre dich … steck ihn rein!«

Doch er konnte bitten, wie er wollte, seine Sklavin benutzte ihn, wie sie wollte, und nicht, wie er es sagte. Ihr Gebieter bewegte seinen Unterleib, denn jede Berührung seiner zum Bersten gefüllten Eichel mit ihrer Spalte schien ihn um den Verstand zu bringen.

Und gerade, als er fürchten musste, in die Luft zu spritzen, und sein Unterleib vor Gier zu verbrennen drohte, schwang Walda sich hoch und setzte sich mit einem Ruck so tief auf seinen hoch aufgerichteten Schwanz, dass ihr Gebieter vor Gier aufschrie. Er packte ihre weiblichen Hüften, presste seine Fingerkuppen tief in das rosige Fleisch und bewegte sie in seinem Rhythmus. Die Sklavin aber beugte sich herab und drückte ihre Brust in seinen Mund. Die Bewegungen, die er nun machte, waren so heftig, dass Walda nicht wusste, ob er saugte oder zubiss. Aber schlussendlich war es auch egal. Sie konnte sich fallenlassen. Zum ersten Mal, seit sie denken konnte, ließ sie los. Sie schien zu fallen und doch wusste Walda, dass sie flog.

Für den Mann, der dies für sie wahrwerden ließ, vermochte sie alles.

Er stieß mit roher Gewalt und endloser Leidenschaft in ihren Unterleib. Erfüllte jede Faser ihrer Existenz wie sie die seine.

»Ich kann nicht mehr«, stöhnte er und zog an ihrem Nippel, während er gleichzeitig das füllige Halbrund ihrer Titte knetete.

Doch Walda wollte noch nicht zum Ende kommen. Sie wollte ihn weiter reiten. Ihn so tief in sich hineinstoßen wie nur irgend möglich.

»Noch nicht!« Sie stieg von ihm ab, kauerte sich zwischen seine Beine und ließ ihren Mund aufreizend langsam über seinen Schaft gleiten. Dabei mischte sich ihr eigener Saft mit dem seinen, denn er hatte tatsächlich begonnen zu spritzen.

Walda schluckte und es war doch zu viel. Sie musste einen Gutteil aus ihrem Mund laufen lassen, zusehen, wie die dicken, cremigen Tropfen in seinen dunklen Locken landeten. Was sie konnte, wischte sie mit beiden Händen ab und massierte es in ihre Titten ein.

Sein fiebriger Blick zeigte, wie sehr ihn dies erregte. Er begann förmlich nach ihren Händen zu schnappen, bis Walda es ihrem Dominus überließ, ihre Finger abzulecken und sodann einen langen, innigen Kuss mit ihr zu teilen.

Als sie danach beieinanderlagen, verschwitzt und von ihren Liebestränken überzogen, konnten sie lange kein Wort sagen.

Walda konzentrierte sich auf jedes Detail. Auf den prasselnden Regen. Einen Falter, der die Nähe des kleinen Flämmchens der Öllampe suchte. Die gleichmäßigen Atemzüge des Mannes, den sie über alles liebte. Sie ließ eine Hand auf seiner Brust ruhen, damit sie sich merken konnte, wie sich die nunmehr glatte Haut seiner Brustwarze an der Seite ihres Fingers anfühlte.

»Man hört keine Vögel«, sagte sie leise.

»Das ist wegen des Regens.«

Sie lauschten gemeinsam in die Dunkelheit.

»Jetzt dauert es nicht mehr lange«, flüsterte er, als müsste es gesagt werden.

»Sprich nicht davon!«, herrschte Walda ihn an. »Und überhaupt … Du bist noch nicht gesund genug für so etwas.«

»Dank deiner Pflege schon«, schmunzelte er. Plötzlich aber richtete Marcus Lucius sich auf, stützte seinen Kopf in die Hand und sah sie an.

»Es wird dir gut gehen, Liebste. Ich habe in meinem Testament angeordnet, dass du freizulassen bist, wenn mir etwas zustößt.«

Ein rasender, wahnsinniger Schmerz packte Walda. »Ich will deine verfluchte Freiheit nicht. Und im Übrigen werde ich nie frei sein, wenn du nicht bei mir bist!«

Der Römer verschloss ihre Lippen mit einem langen Kuss.

»Ich will doch nur, dass du weißt, dass für dich gesorgt ist.« Er atmete tief durch. »Ich will dir nichts vormachen … Germanien ist ein gefährlicher Ort. Meine Chancen stehen nicht gut, dass mich deine Landsleute davonkommen lassen.« Sein kleines Lächeln ließ ihre Brust verkrampfen. »Niemand, den ich kenne, war je in dieser Situation und ich hatte nicht mehr genug Zeit, um herauszufinden, wie ich am besten für dich sorgen kann.«

»Nein«, knurrte sie störrisch. »Ich will absolut nichts davon hören.«

»Ich hatte einen Traum und im Tempel hat man mir offenbart, dass ich mein Leben in Germanien lassen werde.« Seine Stimme war ruhig und vollkommen gefasst, als berichtete er von einer vollkommenen Lappalie. »Aber wie auch immer … Wir werden uns danach wiedersehen. Und dann kann uns nichts und niemand mehr trennen.«

Sie nickte. Und sie hoffte. Aber konnte es eine Sicherheit geben? Würde er als Römer nach Walhalla kommen? Als sei ein Eiszapfen in ihr Herz gestoßen worden, hatte sie den grauenhaften Gedanken, dass sie sich nie mehr wiedersehen würden.

XIV.

Eine strahlende Sonne hatte den Regen der Nacht vertrieben. Längst war der Boden getrocknet und beinahe wieder so hart wie zuvor.

Die Truppe hatte sich vor den Stadtmauern versammelt und nahm unter Marcus Lucius' konzentrierten Blicken die Marschformation ein. Er trug eine feuerrote Tunika und darüber einen herrlichen Brustpanzer aus Leder, der seinen muskulösen Oberkörper nachbildete. Dazu seine Waffen und einen scharlachroten Umhang. Die Sonnenstrahlen blitzten von seinem Helm mit dem imposanten Helmbusch und zogen alle Blicke auf sich.

Vor- und Nachhut bildeten die Reiter, während die Fußtruppen dazwischen Aufstellung nahmen.

Befehle hallten durch die flirrende Hitze, doch dies schien niemand zu bemerken.

Ein paar kurze Wortwechsel zwischen den Befehlshabenden, dann setzten sich Marcus Lucius und seine Leibgarde in Bewegung. Sie nahmen die Plätze an der Spitze ein, während er die unerfahrenen Truppenteile weiter nach hinten stellen ließ, waren sie so nicht erstes Angriffsziel.

Auf einen heiser gebrüllten Befehl hin setzte man sich in Bewegung. Zahllose Zuschauer hatten sich am Straßenrand versammelt, um der Legion zuzuwinken und Segenswünsche nachzurufen. Jemand drückte Marcus Lucius sogar einen kleinen Feldblumenstrauß in die Hand, für den er sich mit galanter Verbeugung bedankte.

Bald aber sah man die Legion nicht mehr, denn sie war in eine dichte Wolke aus Sand und Staub gehüllt. Nur noch das Schnauben der Pferde sowie das gleichmäßige Stampfen der Füße waren zu hören. Die Dorfbewohner wandten sich ab und gingen an ihre Arbeit zurück.

»Nun los, dummes Ding. Hast du nichts zu schaffen?«, blaffte eine Frau ihre Sklavin an, die noch stehen geblieben war.

»Die Kerle sind fort und kaum einen wirst du wiedersehen.« Damit versetzte sie ihr einen Schlag gegen den Hinterkopf.

***

Walda hatte keine Zeit verloren, nachdem sie den Entschluss gefasst hatte, ihm zu folgen. Zunächst hatte sie noch überlegt, erst bei Dunkelheit loszulaufen, aber sie konnte kaum wagen, eine Fackel zu entzünden, und sie musste den Weg sehen können, denn sie folgte den Spuren der Legion.

In ihrem Bündel trug sie nur, was sie am nötigsten brauchte, denn sie durfte sich auf keinen Fall selbst beschweren.

Sie hatte Durst und der Staub erfüllte bald ihre Kehle. Jetzt bemerkte sie, dass ihr Sklavenleben so unbequem gar nicht gewesen war.

Während der Nacht schlief sie in Senken und im Unterholz. Nach einigen Tagen traf sie keine Olivenbäume mehr an. Die Luft wurde kühler und die Wolken am Himmel dunkler. Obwohl sie sich bemüht hatte, hatte sie es doch nicht geschafft, die Tage zu zählen. Sie wusste also nicht, wie lange sie schon marschiert war. Ihre Beine waren zerrissen und zerstochen und brannten. Aus den Wunden war Blut bis zu den Füßen gelaufen. Sie konnte kaum noch gehen und musste immer wieder in einem Versteck rasten, um nicht entdeckt zu werden.

Doch es geschah dennoch. Sie hatte den Reiter nicht einmal kommen sehen und schaffte es nicht mehr, sich noch einen Unterschlupf zu suchen.

»Was tust du da, Sklavin?«, herrschte der Römer sie an.

Walda schluckte heftig.

»Ich muss eine Besorgung für meinen Herrn machen …« Sie hielt schützend die flache Hand über die Augen. Wobei sie – so zu ihm aufschauend – spürte, wie ihr übel wurde und die Sinne schwanden.

»Was ist das für ein schändlicher Herr, der dir solches Schuhwerk gibt und nichts zu essen?« Er streckte die Hand aus und deutete auf Waldas zerrissene und blutige Beine.

Ohne ein weiteres Wort packte er sie und zog sie vor sich in den Sattel. Sie wollte sich noch wehren, aber sie brauchte alle Kraft, um nicht in Ohnmacht zu fallen.

Jetzt aber, da sie ihm so nah war, erkannte sie den Römer.

»Arminius?« Ihre Stimme versagte. Er sah so edel und imposant aus in seiner glänzenden Rüstung.

Der Cherusker lachte aus vollem Hals. »Hast du mich jetzt erst erkannt? Dann muss ich dir ja einen schönen Schrecken eingejagt haben.« Vor sich hin grinsend, presste er die Fersen in die Seite des Pferdes und ritt los.

»Was … machst du … mit mir?«, keuchte sie.

»Was ich mit dir mache? Wir reiten zu deinem Herrn. Wollen doch mal sehen, ob wir ihn nicht bestrafen können dafür, dass er dich so behandelt hat.«

»Nein. Bitte nicht«, presste die Sklavin hervor. »Lass mich wieder runter.« Walda machte ein paar unbeholfene Bewegungen, um sich aus dem Griff des Cheruskers zu befreien und vom Pferd gleiten zu lassen.

»Kommt nicht infrage. Das hättest du dir vorher überlegen müssen. Wir haben eine Abmachung. Du hilfst mir und ich helfe dir. Dir und deinem Dominus.«

Walda sagte kein Wort mehr. Zu sehr war sie von der Erschöpfung übermannt. Sie war müde und unendlich durstig. Sicherlich würden die Götter alles zum Guten wenden. Und wenn nicht … Dann vermochte sie es auch nicht mehr zu ändern.

»Wurden jemals so viele Leben für die Liebe eines einzigen

Mannes aufs Spiel gesetzt?«, murmelte Arminius und trieb sein Pferd weiter an.

Mit fragendem Blick sah Walda zu ihm auf. »Was?«

»Ach nichts«, wiegelte er ab. »Nichts Wichtiges …«

Eine Böe griff unter seinen Helm, zog ein paar lange, blonde Strähnen hervor und ließ sie im Wind wehen.

LESEPROBE: HELEN CARTER ANWALTSHURE 1

… Dort, wo wir gerade noch all diese Delikatessen verspeist hatten, ragte jetzt die rasierte Möse der knienden Jane in die Luft und erwartete mich. Sofort stellte ich mich hinter sie und betrachtete eingehend ihren feuchten Spalt. Jane hatte eine herrliche, geschwollene Scheide, die sich mir derart appetitlich anbot, dass ich auf das Menu hätte verzichten können.

Ich biss kurz in ihre rechte Arschbacke und fuhr dann mit dem Zeigefinger die volle Länge ihrer Spalte nach. Von ihrer Rosette bis zu ihrem geschwollenen Kitzler. Als ich dort ankam, knickte sie leicht ein. Oh, ja! Sie war reif!

Also näherte sich mein Gesicht ihrer Lustzone. Ihr Duft war würzig und angenehm. Der Augenblick war gekommen, dass ich mich nicht mehr beherrschen konnte. Unter dem kritischen Blick Lord Abershires begann ich, ihren Spalt auszulecken. Sie bekam eine Gänsehaut, die meine Lippe kitzelte und ich wusste, dass ich ihre Säfte auf meiner Zunge schmecken wollte. Noch nie hatte ich von einer Frau gekostet, deshalb war ich unendlich neugierig.

Jane bewegte ihren Unterleib und stöhnte, denn sie mochte, wie ich meine Zunge durch ihre Falten rieb und dann den geschwollenen Kitzler fast zum Tanzen brachte.

Lord Abershire ließ jetzt Stück um Stück von seiner Kleidung fallen. Er hatte einen gut trainierten Körper mit leicht behaartem Brustbereich. Sein Penis war dick und lang und versprach großes Vergnügen, wenn er erst einmal in mir steckte.

Jane war jetzt so weit, dass sie mir ihre Spalte förmlich ins Gesicht stieß. »Leck mich härter, verdammt! Jetzt! Ich brauche es. Und jemand muss meine Titten rannehmen!«

George, ebenso nackt wie seine Lord Abershire, trat vor Jane an die gegenüberliegende Seite des Tisches und steckte ihr seinen Penis in den Mund. Die Intensität der Stöße, die ich mit meinem Kopf abfangen musste, machte deutlich, dass George sie ziemlich heftig in den Mund vögelte. Dabei hielt er wohl ihre Brüste gepackt und knetete sie. Sicherlich dauerte es nicht mehr lange und der Lord würde mich entern. Doch bislang stand er nur da, polierte seinen Helm und sah uns zu.

Ich tat so, als wolle ich Luft holen, wobei ich die Mischung aus Speichel und Mösensaft von meinem Gesicht wischte und George beobachtete. Mit geschlossenen Augen hatte er den Kopf genießerisch in den Nacken gelegt und benutzte Janes Mund mit ruhigen, gleichmäßigen Stößen.

Er durfte auf keinen Fall in ihren Mund kommen, schoss es mir durch den Kopf. Ich wollte seinen Samen trinken!

Doch ich war voreilig gewesen. Jetzt trat nämlich Lord Abershire in Aktion. Plötzlich zog er mich von Janes Spalte weg und schob mich zum Esstisch. Dort drückte er meinen Oberkörper sanft auf die Tischplatte und gab George ein Zeichen. Dieser zog seine Erektion aus Janes Mund und platzierte Jane neben mir.

Jetzt, da sich Janes und mein Körper seitlich berührten, konnten wir uns ungehindert küssen. Unsere Zungen tanzten und unsere Säfte mischten sich. Ich spürte ihren Atem, der meine Lider überzog und auch die Hände der Männer, die meine Rückseite kosten, streichelten, kneteten und ungehindert in mich eindrangen, um mein Innerstes zu erkunden.

Es war eine unglaubliche Art, Sex zu haben. Meine Haut schien sich aufzulösen.

Weitere erotische Geschichten:

Helen Carter
AnwaltsHure 2

Eine Hure aus Leidenschaft,
ein charismatischer Anwalt und
ein egozentrischer Sohn ...

... Die spannende Fortsetzung von
Reichtum, Sex, Zuneigung,
Wollust, Eifersucht, Liebe und
dem ältesten Gewerbe der Welt.

Lesen Sie, wie es mit Emma, George,
Derek und neuen Kontrahenten weitergeht.

Helen Carter
RockStar

Der harte Weg eines RockStars!

Er liebt den Erfolg,
den Alkohol und den Sex!

Ein RockStar, den alle wollen:
Die Groupies, die Presse
und seine neue grosse Liebe.

Kann er es schaffen,
allen gerecht zu werden?

Sara Bellford
LustSchmerz Erotischer SM-Roman

Sir Alan Baxter hat eine Passion:
Er sammelt Frauen!

Er will sie um ihretwillen besitzen

Sie wollen vom ihm gedemütigt und
geliebt werden

Gemeinsam zelebrieren sie die schönsten Höhepunkte aus Lust, Schmerz und Qual ...